STRATÉGIE DE SORTIE

CRIMES ET ENQUÊTES : THRILLERS JUDICIAIRES DE
KATERINA CARTER CRIMES ET ENQUÊTES :
THRILLERS JUDICIAIRES DE KATERINA CARTER

COLLEEN CROSS

Traduction par
EMMA CAZABONNE

SLICE PUBLISHING

eBook ISBN : 978-1-988272-19-1

Paperback : 978-1-988272-21-4

Publié par Slice Publishing

Inscrivez-vous à son bulletin d'information pour être immédiatement informé de nouvelles parutions !

http://eepurl.com/c1hzCv

STRATÉGIE DE SORTIE

UN THRILLER JUDICIAIRE DE KATERINA CARTER

Dans son emploi de juricomptable, Katerina Carter a du mal à s'arrêter. Cela la conduit dans des situations assez difficiles et précaires. Maintenant qu'elle n'a plus de travail et est à court d'argent, Kat a besoin de trouver de nouveaux clients. Sinon, elle devra retourner occuper un misérable box à son précédent cabinet de comptabilité. Pour Kat, ce serait pire que d'être endettée.

Lorsque Susan Sullivan, la PDG des mines de diamants Liberty, l'engage pour retrouver le directeur financier qui a disparu et une grosse somme d'argent détournée, Kat est un peu trop impatiente d'accepter le poste. La misère est une grande source de motivation pour accepter des cas difficiles, mais l'enthousiasme de Katerina se transforme bientôt en terreur lorsque deux employés de la société sont sauvagement assassinés. Elle se rend compte que cette enquête pourrait être plus dangereuse qu'elle ne s'y attendait.

Pour compliquer les choses, elle découvre un lien sinistre entre des diamants de sang et le crime organisé. Il ne lui reste plus qu'à obtenir des preuves, tout en évitant de se faire tuer avant de démasquer les véritables criminels. Avec l'aide de ses amis et d'un oncle excentrique, Kat doit avancer avec précaution. Sinon, sa première affaire pourrait bien être la dernière...

Stratégie de sortie est un thriller légal et financier, bourré d'action, dans le style de Michael Connelly et de John Grisham.

« *Une histoire internationale de diamants, danger et disparition, Stratégie de sortie m'a captivée dès la première page...* »

« Stratégie de sortie, *le premier livre de la série bourrée d'action des thrillers judiciaires de Katerina Carter, est un thriller psychologique dont le suspense vous fera rapidement tourner les pages !* »

« *[...] une tension et des intrigues à vous couper le souffle !* »

CHAPITRE 1

BUENOS AIRES, ARGENTINE

*L*a lumière de la chambre s'alluma brusquement et le monde de Clara explosa. Trois hommes portant des masques de *luchadors* firent irruption dans la pièce. Ils encerclèrent son lit comme une équipe dans un ring de catch. Elle tourna la tête pour regarder Vicente, mais ne vit que le dos de son mari.

Des troupes de danse du carnaval défilaient dans la rue en dessous, le tout Buenos Aires inconscient du drame qui se déroulait dans sa chambre. Le bruit des caisses claires et des cymbales lui parvint, tandis que la *murga* faisait retentir les dernières notes de la *Despidida*, la chanson finale.

Le trapu frappa Vicente avec une batte de base-ball. Son coup lui atterrit sur les jambes avec un bruit sourd. Le matelas implosa sous l'impact. Clara frissonna de terreur. Vicente grogna, mais resta immobile. Des milliers d'images traversèrent la tête de Clara : sa mère, les copains de son père et ses concurrents. Toutes ces disparitions avaient dû commencer ainsi.

Tourne-toi.

Vicente se raidit à côté d'elle. Il fit glisser sa main vers la sienne et la serra sous le drap sans regarder Clara. Elle lui serra aussi la main, tout en s'efforçant de calmer ses folles pensées. Se faire attraper ne faisait pas partie de leurs plans.

Puis l'homme se tourna vers Clara. Il portait un masque vert criard avec d'épaisses bordures rouges autour de ses yeux et de sa bouche. Il la défiait du regard. Elle agrippa la couverture en soie de sa main exposée, la tirant vers elle. Le tissu trembla à chaque battement de son cœur affolé.

Les diamants. Son père était au courant du plan.

— Donne-moi ton prix. Je te paierai, lança-t-elle dans un murmure.

Ils avaient retardé leur évasion de deux jours, pour attendre le paiement de la dernière expédition de diamants. Vicente s'était opposé à l'idée, soutenant qu'on ne pouvait pas risquer une année de préparation pour une journée. Mais Clara voulait s'emparer de la richesse de son père jusqu'au dernier peso, pour le ruiner, pour le faire payer. Elle voulait prouver qu'elle était plus maligne que lui, comme elle l'avait fait ces deux dernières années. Leur évasion semblait maintenant compromise. Comment son père avait-il découvert leur plan ?

— Tu peux pas m'acheter, Clara, rétorqua Rodriguez, sans prendre la peine de déguiser sa voix, par stupidité ou par arrogance.

— Pourquoi pas ? Mon père l'a fait. Combien tu veux ?

Elle parla sur un ton calme, malgré la bile qui lui montait dans la gorge. Son père avait fait exprès d'envoyer Rodriguez, sachant qu'elle le méprisait.

Vicente lui serra la main, maintenant humide de sueur. Les deux autres hommes restèrent au pied du lit, leurs AK-47 braqués sur le couple.

— C'est pas l'argent qui m'intéresse, reprit Rodriguez.

Il ôta son masque. Sa dent en or refléta la lumière du plafonnier.

— Tu peux encore me choisir. Au moins, j'ai un avenir.

Le gars élancé au masque de Wolfman éclata de rire et baissa son arme.

Imbécile. Elle n'était pas un trophée à marier. Rodriguez pensait peut-être faire partie des plus proches amis de son père, mais Clara savait qu'il n'en était rien. Il aurait tout aussi bien pu être lui-même dans la ligne de mire. Tôt ou tard, ce serait son tour.

Vicente se redressa dans le lit.

— Laisse-la en dehors de ça.

Clara tira Vicente par le bras. Même elle savait qu'il ne fallait pas mettre Rodriguez en colère. On ne l'appelait pas le Bourreau pour rien.

— Ta gueule, lança Rodriguez en repoussant Vicente sur le lit avec la crosse de son fusil.

— Appelle mon père. C'est un malentendu.

Elle pourrait trouver une bonne explication pour les diamants et le convaincre qu'il en tirerait même de plus grands profits. Son idée d'échanger des armes à feu et des munitions pour des diamants de sang avait été une vache à lait pour l'organisation, mais son père n'avait pas daigné la remercier. Clara et Vicente s'étaient alors servis. Ils méritaient un bonus.

— Trop tard. Il a quitté le pays. On peut pas le joindre.

— Menteur. Appelle-le, Rodriguez. Je t'ordonne de le faire, tout de suite !

Rodriguez n'était guère plus qu'un voyou. Il avait gravi les échelons de l'organisation de son père en étant prêt à tout, prêt à tuer n'importe qui. Comment pouvait-il savoir que son père prévoyait de transférer la gestion quotidienne du cartel à Vicente ? À ce qu'il prétendait. Ils avaient dîné avec lui au Resto, le restaurant préféré de Clara, seulement quelques heures auparavant. Son père avait-il envoyé ses voyous pendant qu'ils mangeaient ? Non, il avait probablement orchestré le dîner et la punition plusieurs jours auparavant, en attendant le moment ultime de la vengeance. L'ironie l'aurait ravi.

— Je reçois pas d'ordres de gamines gâtées.

— Appelle-le tout de suite ! répéta Clara manquant de se redresser, oubliant qu'elle était nue sous les draps.

— Non. Il est temps que j'aie un peu ce que je veux.

Rodriguez avança lentement vers son côté du lit. Wolfman et El Diablo restèrent près du mur, leurs armes braquées sur leurs têtes. Vicente bougea sur le matelas à côté d'elle et lui serra la main sous les draps.

Clara s'adressa à Rodriguez sur un ton plus doux.

— S'il te plaît, je dois parler à mon père.

— Tu lui parleras à l'enterrement de Vicente.

Rodriguez se retourna et se dirigea vers les autres hommes. Il leur fit signe d'un simple mouvement du poignet et disparut dans la salle de bains.

Les hommes baissèrent légèrement leurs armes, tandis que l'un puis l'autre observaient les couvertures, commençant à ses pieds et remontant le long de son corps jusqu'à rencontrer son regard. Elle n'avait pas besoin de voir leurs visages pour deviner à quoi ils pensaient. Elle le sentit.

Clara frémit en tirant la couverture à elle. Wolfman rit et s'approcha. C'était clairement un des hommes de main de son père, mais elle ne le reconnaissait pas.

Il fourra le canon de son fusil sous le bord de la couette et la retira brusquement. Sans jamais quitter Clara des yeux. Elle frissonna, mais n'osa pas bouger.

Vicente se raidit à côté d'elle.

Les rideaux flottèrent dans la petite brise. Les fêtards étaient rentrés chez eux et c'était presque l'aube. Elle pouvait déjà entendre les bruits étouffés de la circulation sur l'avenue Libertador. Des *porteños* plus respectueux de la loi commençaient leur journée de travail habituelle. Que ne donnerait-elle pas pour une occupation ennuyeuse en ce moment !

— Surveille la porte, dit Wolfman à El Diablo en faisant un signe vers le couloir, tout en la fixant toujours des yeux.

Puis il se rapprocha, pointant l'arme sur sa tête. Il puait le vieux cigare. Il s'assit sur le bord du lit, bloquant la fenêtre ouverte. La chambre parut soudain étouffante.

Rodriguez sortit de la salle de bain. L'homme se releva rapidement.

— Pas maintenant, dit Rodriguez en faisant signe à Wolfman de retourner contre le mur.

Il se tourna vers Vicente.

— Lève-toi, connard.

Vicente lâcha Clara. Elle le sentit glisser la main vers l'oreiller, là où il gardait son arme.

— Arrête tes conneries. Tourne-toi. Les mains en l'air, sinon je te les coupe.

Rodriguez savourait le plaisir de commander Vicente.

Vicente lui obéit.

— Lève-toi. Lentement.

Il avait le dos tourné, elle ne pouvait pas voir ses yeux.

— Donne-moi une minute.

— Je te donne rien, imbécile. Maintenant !

Vicente trébucha en se levant. Il était nu. Il leva les bras en signe de reddition.

— Dans la salle de bain. Tout de suite.

Rodriguez le poussa dans le dos avec le canon de son arme.

— Non ! s'écria Clara.

Elle saisit son verre d'eau sur la table de chevet et le lança vers Rodriguez. Elle rata son coup et le verre alla se briser contre le mur.

Vicente se retourna pour la regarder.

— *Mi amor, nuestro sueño. Nunca olvides.*

Il trébucha tandis que Rodriguez enfonçait la crosse de son fusil dans son dos.

Son visage resta gravé dans l'esprit de Clara quand les tirs commencèrent.

Notre rêve. N'oublie jamais.

Jamais.

Sa dernière pensée se noya dans le bruit saccadé des coups de feu.

Puis tout devint noir.

CHAPITRE 2

VANCOUVER, CANADA

*I*l y a deux sortes de voleurs. Les premiers s'emparent de vos biens à bout de fusil et vous tuent parfois. Les juri-comptables comme Katerina Carter s'occupent de la seconde sorte. Ils ne portent pas d'arme, ne profèrent pas de menaces et n'exigent que votre confiance. Et ils savent comment l'obtenir. Le Directeur Administratif et Financier Paul Bryant rentrait facilement dans la deuxième catégorie. Il volait tout en plein jour.

— Bon sang ! J'ai toujours eu un mauvais pressentiment avec Bryant. Mais cinq milliards de dollars ? Impossible.

Susan Sullivan, PDG des mines de diamants Liberty, était assise sur le bord du bureau de Bryant. Elle toisait Kat de sa hauteur. Elle portait des vêtements Prada bruns et arborait une expression hostile.

Kat tira sur sa jupe, essayant de dissimuler ses collants filés. Sous le bureau, elle chercha de ses orteils ses Jimmy Choo trop petites, regrettant de ne pas avoir choisi des chaussures plates.

— La preuve est ici, expliqua Kat en retirant du fichier les documents du prêt.

Pourquoi Susan avait-elle engagé une petite professionnelle

comme elle au lieu d'une plus grande entreprise ? Sa plus grosse affaire à ce jour, une fraude de Bingo de cinq cent mille dollars, pâlissait en comparaison avec Liberty. Kat s'occupait essentiellement d'actifs cachés dans des cas de divorces acrimonieux ou d'aider les compagnies d'assurance à éviter les paiements en cas de fraude. Même ce genre de clients s'étaient faits rares avec la récession. Elle n'était pas sûre que sa calculatrice ait assez de zéros pour faire le calcul dans cette nouvelle affaire.

Kat se renversa en arrière dans le fauteuil de Paul Bryant et effleura des doigts le cuir souple de l'accoudoir. Elle avait besoin de garder son sang-froid et une distance prudente avec Susan. Elle était arrivée chez Liberty tôt ce matin après un appel paniqué de Susan. On était maintenant vendredi soir, après 17 heures, et il pleuvait. Depuis plus d'une heure, elles répétaient la même conversation de cinq minutes, mais la PDG de Liberty refusait toujours d'accepter la réalité.

— Liberty n'a pas ces sommes d'argent. Comment pourrait-il donc voler tout cela ? insista Susan en enfonçant son Montblanc dans le sous-main et en cassant la plume.

Kat eut un mouvement de recul en voyant le stylo plume incrusté de pierres précieuses déchirer le buvard et faire gicler de l'encre sur tout le bureau. Les éclaboussures faillirent atteindre les documents de prêt et de virements bancaires, la seule preuve de la fraude de Bryant. Kat les éloigna de la ligne de mire.

— Avec ça, expliqua Kat en brandissant les papiers, l'argent du prêt.

Elle regarda son Paper Mate, reconnaissante d'avoir des goûts plus simples.

Comment avait-il fallu deux journées entières pour découvrir une fraude si massive ? C'était comme manquer de remarquer un vol à midi au Louvre. Elle n'allait pas obtenir une réponse claire de Susan. Les PDG narcissiques trouvaient toujours quelqu'un d'autre à blâmer.

Personne n'avait cru un instant que c'était vrai. Après tout, les débits et les crédits s'équilibraient à zéro, et Liberty n'était pas une compagnie assez grosse pour mener une transaction s'élevant à des milliards. Le comptable qui avait découvert la fraude avait attendu pour informer Paul Bryant, qui était en voyage d'affaires. Lorsque le DAF ne revint pas, la raison devint douloureusement évidente.

— Quel prêt ? Il doit y avoir une erreur.

Paul Bryant avait exploité Liberty au maximum avec des crédits à haut risque, l'équivalent de prêts sur salaire pour les entreprises. Puis il avait disparu. Avec l'argent. Moins d'une heure auparavant, Kat avait trouvé des copies froissées des trois virements dans le bureau de Bryant.

— Regardez ici, précisa Kat en montrant du doigt le bas du document. Vous et Bryant avez signé les documents de prêt.

— Donnez-moi ça.

Susan arracha les papiers de la main de Kat, l'aveuglant avec un gigantesque solitaire qui reflétait les lumières halogènes du bureau. Il devait être au moins de trois carats, probablement en provenance de l'une des mines de Liberty.

— C'est un faux, c'est évident. Pensez-vous honnêtement que je ferais appel à vous si j'étais impliquée ?

— Non, répondit Kat sur un ton calme. Je dois juste vérifier si vous…

— Katerina, chaque seconde que nous passons à discuter sur des détails donne plus de temps à Paul Bryant pour s'enfuir.

Susan se leva et, de loin, lança son stylo plume vers la poubelle. Elle rata son coup et Kat se retint d'aller le récupérer. Le stylo de deux mille dollars ferait tout juste l'affaire pour couvrir les paiements minimums de ses cartes de crédit.

Kat essaya une approche différente :

— Quand avez-vous vu Bryant pour la dernière fois ?

Susan se dirigea vers la fenêtre, le dos tourné à Kat.

— La semaine dernière peut-être ? Je ne me souviens pas.

Susan se retourna pour faire face à Kat et croisa les bras.

— Je ne vois pas en quoi c'est important.

La sonnerie du Portable de Kat retentit. Elle vérifia l'origine de l'appel et le laissa passer sur messagerie vocale. C'était son propriétaire qui réclamait de nouveau le loyer impayé.

— Chaque détail compte, et vous avez travaillé avec lui tous les jours pendant deux ans. Vous n'avez jamais rien remarqué de suspect ?

— Si j'avais remarqué quelque chose, nous n'aurions pas cette conversation.

Susan décroisa les bras et regarda ses mains.

— Je n'aurais jamais pu imaginer qu'il ruine la compagnie comme ça.

— A-t-il des problèmes de dépendance ? Avec le jeu, la drogue ? A-t-il des problèmes d'argent ?

— Comment diable pourrais-je le savoir ?

Susan devint plus agitée et Kat crut entendre un léger accent, sans pouvoir reconnaître d'où.

— Ressentait-il de l'amertume ? Pour ne pas avoir obtenu une promotion escomptée ou quelque chose comme ça ?

— Non. Et la psychanalyse ne nous aidera pas à récupérer l'argent.

La plupart des criminels en col blanc voulaient entretenir quelque chose, une dépendance ou leur ego. Mais d'après Susan, Bryant n'avait pas de problèmes.

— Je peux probablement traquer l'argent en quelques jours.

Le récupérer était une autre question, mais elle ne pouvait pas perdre plus de temps à discuter avec Susan.

— La police a-t-elle des pistes ?

— Elle n'est pas impliquée. Je vous ai engagée à la place.

Kat en resta bouche bée.

— Vous n'avez pas signalé sa disparition ?

— Pas question. Si le public l'apprend, le cours des actions va chuter.

— Mais Liberty est une société publique. Vous devez au moins publier un communiqué de presse avant que les marchés ne rouvrent lundi. C'est la loi. Et je traque l'argent, pas les gens. Même si la piste de l'argent nous conduit à lui, c'est le travail de la police. C'est impossible pour moi de…

Susan brossa des poussières invisibles sur sa jupe en laine.

— « Impossible » ne fait pas partie de mon vocabulaire. Je vous paie au prix fort. Voulez-vous travailler sur cette affaire ou non ?

Susan se retourna et sortit du bureau sans attendre la réponse de Kat.

CHAPITRE 3

K at referma brusquement son portable, furieuse envers Susan pour l'avoir induite en erreur et ne pas avoir signalé le délit. Pas étonnant qu'elle l'ait engagée à la place de l'un des quatre grands cabinets comptables. Ils n'allaient pas risquer leur réputation avec quelqu'un qui ignorait ouvertement les lois sur les valeurs mobilières. Susan pensait-elle vraiment que Kat allait mettre la sienne en péril ?

Elle fourra les papiers dans sa serviette. Le sac Hermès était un achat inutile effectué avant qu'elle ne soit obligée de réduire son train de vie l'année dernière, un rappel des jours meilleurs avant la crise financière. Elle se demandait combien elle pourrait le vendre sur eBay au moment où son ongle se coinça dans la fermeture éclair et se brisa. Cherchant sur le bureau une paire de ciseaux pour couper son ongle proprement, elle aperçut la photo.

Un groupe d'hommes et une femme se tenaient devant une hutte Quonset. Il restait des traces de neige par terre. Le paysage autour d'eux était désertique, seuls poussaient quelques conifères nains. Sur le panneau décoloré accroché au bâtiment, on pouvait lire : *Mines de diamants Liberty – Mystic Lake.*

Kat étudia la photo. Elle reconnut le président du conseil d'administration, Nick Racine, qu'elle avait vu sur le rapport annuel de Liberty. Il était au centre de l'image, souriant et tenant un ruban bleu dans une main et une paire de ciseaux dans l'autre. En lettres d'or sur le ruban était écrit : *Réouverture de Mystic Lake.*

Susan se tenait à sa droite, avec Paul Bryant dominant à côté d'elle, si près qu'ils se touchaient presque. Deux costauds complétaient la photo. Ils portaient tous des jeans et des vestes Gore-Tex. Une fine couche de neige recouvrait leurs épaules.

— Qu'est-ce que vous regardez ?

Kat leva les yeux et aperçut un homme obèse et chauve dans l'embrasure de la porte. Elle reposa son regard sur la photographie puis la remit sur le bureau. C'était le même homme.

— Mystic Lake. Vous êtes sur la photo.

— Alex Braithwaite. Un des actionnaires.

Il parlait de manière saccadée, avec une voix rauque. Il avança en traînant les pieds et vint serrer la main de Kat. Puis il se laissa tomber dans le fauteuil en face du sien, le haut de son corps débordant sur les accoudoirs.

Selon les registres des actionnaires de Liberty, la fiducie familiale de Braithwaite possédait environ un tiers des actions de Liberty. Nick Racine était l'autre actionnaire majoritaire. À eux deux, ils possédaient assez d'actions pour contrôler toute la société.

Lorsqu'il saisit la photo, Kat remarqua ses ongles rongés.

— Ah oui. Deux nouvelles pipes de kimberlite dans une mine qu'on allait mettre au rancart. La croissance a été phénoménale depuis. Et maintenant, Bryant a tout gâché, ajouta-t-il en poussant un soupir.

Il reposa le cadre sur le bureau et se pencha en arrière sur son fauteuil.

— Vous avez des pistes ?

— Rien de précis. Jusqu'à présent, j'ai retrouvé des traces de l'argent dans trois comptes numérotés dans les Bermudes et les îles

Caïmans. Mais percer le voile du secret des paradis fiscaux est assez difficile.

Ça n'avait pas d'importance. Elle allait abandonner l'affaire. Il ne lui restait plus qu'à le dire à Susan.

Braithwaite se pencha en avant et murmura :

— Faites attention à qui vous parlez. Il y a des gens ici qui ne veulent pas que vous retrouviez l'argent.

— Qui par exemple ?

— À votre avis ?

Braithwaite haussa les sourcils en l'étudiant. Puis il boutonna sa veste fripée et se leva.

— Je ne veux pas accuser sans preuve. Venez me voir quand vous en saurez plus.

Pourquoi tout le monde était-il aussi énigmatique ? Kat ressentit de l'irritation quand son Portable se mit à vibrer. Elle faillit le faire tomber en le sortant de l'étui pour regarder subrepticement l'écran. L'e-mail de Jace contenait uniquement ces mots :

On l'a !!

La maison victorienne décrépite figurait sur la liste municipale des propriétés en vente en raison d'impôts impayés. L'offre ridiculement basse de Jace et de Kat avait suffi pour l'obtenir. Ils avaient fait une offre sur un coup de tête, sachant que les chances étaient faibles, même en période de récession. Les gens réussissaient toujours à payer leur impôt foncier à la onzième heure, surtout s'ils risquaient de perdre leur maison. L'économie devait être pire que Kat le pensait.

Son estomac se serra. Où trouverait-elle l'argent ? Son avance de Liberty était destinée à couvrir son retard sur le loyer de son bureau. C'est là qu'elle vivait clandestinement après avoir abandonné son appartement un mois auparavant.

Ou plutôt, c'était ainsi qu'elle avait envisagé d'utiliser cette avance.

Maintenant, il lui faudrait aussi trouver un autre moyen pour couvrir le loyer.

Acheter une maison avec un ex-petit ami n'était pas la chose la plus étrange qu'elle ait jamais faite. D'ailleurs, ces deux dernières années, ils étaient devenus de meilleurs amis qu'ils ne l'avaient été quand ils vivaient en couple. Et la maison était simplement un investissement, se rappelait-elle. Quelques mois suffiraient pour la retaper et la revendre avec profit. D'une façon ou d'une autre, elle trouverait l'argent. Elle tapa sa réponse :

Argent dû quand ?

14:00 demain. Je m'en occupe.

Impossible.

Elle composa le numéro de Jace, espérant qu'il ne soit pas trop tard. Elle n'avait pas le choix, elle devait lui dire qu'elle était fauchée.

Il répondit à la première sonnerie.

— C'est à propos de la maison, je peux pas trouver la…

— Tu te défiles, hein ?

— Jace, je voudrais vraiment l'acheter avec toi, mais je sais pas où trouver l'argent.

— Kat. Me fais pas ça. Viens et on va causer.

— Je peux pas, je suis occupée.

Dans une heure, elle aurait tout son temps.

— T'es sur une affaire ?

— Plus ou moins. Mais je suis sur le point de la laisser tomber.

Elle parla de Liberty, de Susan et de Bryant à Jace.

— Laisser tomber ? T'es folle ! T'abandonnes toujours quand ça devient difficile.

Elle ne pouvait pas vraiment le contredire.

— C'est différent. C'est contraire à l'éthique.

— Est-ce que tu violes personnellement une loi ?

— Non, mais m'associer à quelqu'un qui le fait me rend tout autant coupable.

— Et les avocats qui défendent leur client ? Même les coupables méritent une défense. Susan t'a engagée pour récupérer l'argent, non ? Tu aides les actionnaires. C'est pas de ta faute si elle veut pas signaler le délit à la police.

Jace avait raison. Kat raccrocha.

Elle savait pourquoi Susan ne voulait pas publier de communiqué de presse, même si elle n'était pas d'accord avec cela. Du jour au lendemain, les actions pouvaient chuter et réduire à rien les options d'achat de Susan et de la direction de Liberty. Pour la plupart des cadres dirigeants, y compris pour Susan, le prix des actions était le seul baromètre de la valeur de la compagnie.

Mais lui avait-on présenté toute l'histoire ? Son instinct lui disait que la version officielle était aussi probable qu'une chute de neige en juin.

CHAPITRE 4

*L*a sonnerie de son portable fit sortir Kat de sa rêverie.

— Kat, ils m'ont donné les clés. Je suis dans la maison maintenant. Tu viens ou pas ?

Personne ne traiterait Jace d'indécis. Tel un fin limier sur une piste, rien ne l'arrêtait quand il avait un but. En tant que journaliste indépendant, cela faisait souvent la différence entre un scoop et pas d'histoire du tout.

Kat retint sa respiration. Autant lui demander.

— À combien se montait l'enchère finale ?

— Quatre-vingt mille. Un peu d'huile de coude et on pourra revendre la petite merveille cinq fois plus cher.

Les épaules de Kat s'affaissèrent. D'accord, c'était une bonne affaire, mais où allait-elle trouver quarante mille dollars ?

— Jace, j'ai quelque chose à te dire.

Elle ne pouvait même pas grappiller une fraction de cette somme pour les paiements minimums de ses cartes de crédit.

— Dis-le-moi en face. Faut que tu viennes voir la maison. Tu te souviens de la chambre d'hôtes sur l'île Saltspring, celle aux baies vitrées ? La chambre principale a les mêmes fenêtres.

La première fois qu'ils partaient en week-end ensemble. Ils avaient à peine quitté leur chambre, en sortant seulement pour aller manger. Tant avait changé en deux ans. Pourrait-elle vraiment retaper et revendre une maison avec son ex-petit ami ?

— Il y a plus que ça. On a pas seulement eu la maison. On a aussi tout le mobilier. Apparemment, la propriétaire a disparu sans laisser de trace. Personne n'a vidé la maison puisqu'elle était sur la liste municipale.

— Elle a disparu ? Elle a pas de famille ?

Pas de réponse.

— Jace ? T'es toujours là ?

— Oh !

— Qu'est-ce qui se passe ?

Kat entendit un fracas, puis le téléphone tomber à l'autre bout du fil.

— Jace ? C'est quoi ce bruit ?

— Il y a une… aïe ! Les marches ont besoin d'être refaites. Du moins celles qui sont encore entières.

— Ça va ?

— Ouais. Je me suis juste tordu la cheville. C'est difficile de voir sans électricité. Quand est-ce que tu peux venir ?

Kat regarda sa montre. Après avoir désactivé l'identification et le mot de passe de Bryant, elle avait parcouru tous ses fichiers informatiques et chaque morceau de papier dans son bureau. En dix heures, elle n'avait rien trouvé, à part les documents des virements bancaires dans le tiroir de son bureau. Un changement de décor pourrait lui éclaircir l'esprit et elle recommencerait à zéro demain.

— Je dois d'abord passer par mon bureau. Dans deux heures ?

Connaissant Jace, il aurait déjà établi une liste de choses à faire, avec les priorités et l'estimation du temps pour chaque tâche. Elle avait hâte de voir la propriété. Elle trouverait peut-être un arrangement. Si elle résolvait rapidement cette affaire, elle aurait au moins une partie de l'argent pour payer Jace. Suivre la trace de ces virements bancaires ne devrait pas s'avérer trop compliqué.

Kat attrapa son sac à main et son porte-documents et se dirigea vers la réception. Une dalle géante avec une veine de diamants dominait la pièce. En passant devant, elle entendit des voix en colère en provenance du bureau. De l'argent manquant avait tendance à provoquer ce genre de réaction.

Kat avança sur la pointe des pieds vers le bureau de Susan. Elle chancela sur ses talons de dix centimètres, essayant d'éviter de tomber et de se faire prendre.

— Vous plaisantez ! lança Susan. La police a déjà une longue liste de fraudes sur lesquelles ils travaillent. On a besoin de quelqu'un de totalement concentré sur Liberty pour récupérer l'argent. Pensez-vous que la police considère Liberty comme leur priorité numéro un ?

Quand même, ne même pas signaler le délit ?

— Au moins, ils ont des muscles. Que va faire Katerina si elle trouve l'argent ? Elle sera impuissante à le récupérer.

Qui était la voix masculine ? Kat ne la reconnaissait pas, mais apparemment, l'homme la connaissait.

— Peut-être. Mais une fois qu'elle aura fait les recherches, on pourra appeler les autorités. Ça nous permet de gagner du temps et de court-circuiter toutes les formalités administratives. Plus le temps passe, moins on a de chances de récupérer l'argent.

— Voyons, Susan, soyons sérieux. Carter & Associés n'est qu'un petit cabinet de rien du tout.

Qui que ce soit, Kat le haïssait déjà. Et les attentes de Susan étaient complètement irréalistes. Mais si on allait la congédier, elle préférait s'en aller d'elle-même.

— On perd du temps. Elle ne peut pas faire face à quelque chose d'aussi complexe. Pourquoi n'avez-vous pas consulté l'un des grands cabinets ? Ils ont bien plus d'effectifs qu'elle. C'est une affaire internationale, bon sang. Katerina s'occupe uniquement de cas locaux. Les grands cabinets ont des salariés partout dans le monde pour pister l'argent.

Kat se rapprocha, tendant l'oreille.

— On nous l'a fortement recommandée, Nick. Tant que je suis PDG, je ne vais pas rester ici à attendre que quelque chose arrive. C'est moi qui fais avancer les choses ! Quand vous m'avez engagée, vous m'avez dit que je serais aux commandes sans l'ingérence du conseil, et maintenant vous remettez mes décisions en question. Vous devez me donner carte blanche dans cette affaire. Je sais ce que je fais.

Kat tendit le cou. Cette fois, elle vit la scène. Nick Racine, le président du conseil d'administration de Liberty, se tenait dans l'embrasure de la porte, lui tournant le dos. Les deux bras appuyés contre le chambranle, comme un petit animal essayant de paraître plus gros pour faire de l'effet. Il était sans doute complexé à cause de sa petite taille. Quel que soit le pouvoir qu'il exerçait en tant que président du conseil et fils du légendaire Morley Racine, co-fondateur de Liberty, il ne pouvait pas échapper au fait qu'il mesurait à peine un mètre soixante. Ses costumes étaient probablement faits sur mesure par nécessité plutôt que par extravagance. Kat était maintenant à trois mètres de la porte. Elle ne pourrait pas trouver d'excuse si on la surprenait.

— C'était avant que cinq milliards de dollars se volatilisent. C'est arrivé sous votre surveillance, Susan. C'est normal que je sois inquiet. Vous avez permis que cela arrive en premier lieu, bon sang !

Nick éleva la voix en frappant le mur du poing.

Soudain, Kat entendit quelqu'un tousser derrière elle. On l'avait surprise en train d'écouter leur conversation ! Kat sursauta et faillit tomber avec ses talons hauts.

Le concierge se tenait de l'autre côté du couloir. Il l'observait avec un mélange de curiosité et d'amusement, tandis qu'elle s'efforçait de rester à la verticale dans une imitation bizarre de la posture du guerrier, en équilibre sur une jambe, comme au yoga.

Kat regarda droit devant elle, ignorant l'homme et priant secrètement qu'il se taise, de peur qu'il n'attire l'attention de Nick, toujours dans l'embrasure de la porte. Elle voulait seulement entendre ce qu'ils disaient sur elle. Elle retrouva son équilibre et parcourut le couloir des yeux, mais le concierge avait disparu. Elle chercha vite son téléphone. Si on la découvrait, elle pourrait prétendre s'être arrêtée pour répondre à un appel.

Kat jeta un œil dans le bureau. Susan était debout à la fenêtre. Elle tournait le dos à Nick, les bras croisés devant elle, sa mince silhouette se dessinant sur l'obscurité de l'autre côté de la fenêtre du vingt-deuxième étage.

Susan se retourna et fit face à Nick. Elle éleva aussi la voix, d'un ton désespéré que Kat n'avait jamais entendu chez elle.

— Nick, je vous promets qu'on récupérera l'argent. Donnez-moi juste un peu de temps et une petite…

— J'en ai assez de vos fichues promesses, Susan ! Je veux des résultats à cette heure vendredi. Si on n'a pas retrouvé l'argent, vous êtes virée !

Kat ne put s'empêcher de sursauter. Le délai de trente jours que lui avait donné Susan était déjà assez serré. Trouver Bryant et l'argent en une semaine, sans pistes, relevait presque de l'impossible, même en travaillant 24h/24 et 7j/7.

Nick se retourna brusquement et sortit du bureau, le visage rouge de colère. Kat se précipita vers le bureau de la réceptionniste et ouvrit un dossier, faisant semblant de se concentrer sur son contenu, en chancelant sur ses talons et en se tordant presque la cheville.

Kat se stabilisa et s'obligea à respirer sans haleter. Elle jeta un coup d'œil à Nick. Il lui rendit un regard ouvertement méprisant en se dirigeant en trombe vers l'ascenseur. Toute vérité n'était pas bonne à dire. Elle prit intérieurement note : trouve l'argent et trouve-le vite !

CHAPITRE 5

*K*at arriva finalement au bureau à dix-huit heures. Elle posa un instant les yeux sur la petite plaque en or avec les mots *Carter & Associés* en noir.

En réalité, elle n'avait pas d'associés, à moins de compter Harry Denton, qui s'occupait du bureau sur la base du volontariat. L'oncle Harry trouvait toujours des excuses pour passer au bureau. Kat avait donc décidé de rendre la situation officielle pour mieux le surveiller. À moitié officielle, disons.

Elle inspira profondément et ouvrit la porte.

— Kat, où diable as-tu passé la journée ? Tu t'es pas réveillée ou quoi ? demanda

Harry d'une voix rocailleuse s'élevant de quelque part sous le bureau de la réception.

Elle regarda par-dessus le bureau et aperçut une paire de jambes robustes en salopette.

— Je suis sur une nouvelle affaire. Qu'est-ce que tu fais ?

Harry émergea de dessous le bureau, sa tête chauve en sueur. Il sortit un mouchoir de sa poche de chemise et s'essuya le front.

— Je vérifiais la prise électrique. L'ordinateur est en panne.

— Tu veux pas plutôt que j'appelle le concierge ?

Donner du temps libre à l'oncle Harry était une invitation à la catastrophe. Il avait l'habitude d'agir avant de réfléchir. Même s'il ne faisait pas partie du personnel salarié, il se considérait comme le directeur à temps partiel, le spécialiste de l'entretien et le coursier. Ses heures étaient flexibles, intercalées entre le curling, le boulingrin, le club de bridge et le jardinage.

— Je suppose que oui, répondit Harry en se redressant. Un autre cas de divorce ?

— Non. Plus gros.

Kat changea de sujet. Moins Harry en savait, mieux c'était.

— Comment va tout le reste ici ? En dehors de l'ordinateur ?

— Plutôt occupé, Kat. Mais j'arrive quand même à tenir le fort.

— Le téléphone arrête pas de sonner ?

— Euh, pas à ce point. Mais faut que je reclasse tout. T'as pas de système, Kat. Je peux rien trouver ici.

Harry agita les bras dans la direction générale des classeurs en laiton, laissés par le locataire précédent, un cabinet dentaire.

— Et l'évier est bouché. C'est une bonne chose que le téléphone sonne pas. Il y a déjà trop à faire.

Kat soupira. La dernière chose dont elle avait besoin était des fichiers mélangés. Les systèmes de classement d'Harry n'étaient jamais traditionnels.

— Oh, et ce gars a appelé une nouvelle fois. Il est vraiment impatient de te rencontrer, il a l'air sympa. Tu devrais peut-être sortir avec lui.

Pourquoi était-ce toujours le mauvais genre d'hommes qui lui couraient après ? Son soi-disant prétendant travaillait pour une agence de recouvrement qui menaçait d'exposer son sale petit secret si elle ne payait pas. Ce serait une catastrophe majeure si ses cartes de crédit à découvert étaient suspendues.

— D'accord. Je le rappellerai demain.

Si seulement l'oncle Harry connaissait la vérité ! Les juricomptables incapables de gérer leur propre argent n'étaient guère susceptibles d'attirer de nouveaux clients. Son cas sur le Bingo avait été clos un mois auparavant, et Kat était sur le point de fermer boutique lorsqu'elle avait reçu l'appel de Susan Sullivan. Son compte bancaire était vide, et hélas, son réfrigérateur aussi. Carter & Associés était fauché, l'ironie n'échappait pas à Kat.

— Tu ferais mieux de lui parler sans tarder, Kat. Le mec va pas te relancer à l'infini.

Si seulement.

Harry avait raison sur une chose : elle devrait simplement affronter ses dettes et mettre ça derrière elle. C'était le conseil qu'elle donnait à ses clients. Mais cela impliquait de reconnaître son échec, quelque chose qu'elle n'était pas encore tout à fait prête à faire.

Elle pourrait probablement repousser ces limiers de percepteurs une semaine de plus. Elle résoudrait rapidement l'affaire Liberty, serait payée et aurait de nouveau un solde créditeur.

— Et tu rajeunis pas. Voilà un gars qui s'intéresse à toi et tu restes de glace.

— D'accord.

Elle avait la trentaine et l'oncle Harry la traitait toujours comme une gamine.

— Kat, pourquoi Buddy et Tina sont ici au bureau ?

Elle était arrivée à lui donner une explication pour le canapé et les autres meubles, mais inventer des raisons pour justifier la présence d'un Siamois et d'un chat tigré était un peu plus difficile.

— Je passe tellement de temps au bureau, et ils se sentaient seuls chez moi. C'est un peu comme des vacances pour eux.

Cela sembla satisfaire l'oncle Harry.

— Ça t'ennuierait pas de remplir leur bol ? Leur nourriture est dans la cuisine.

— Avec plaisir. Au fait, Kat, j'ai lu le rapport annuel de Liberty que t'as laissé sur ton bureau. Je suis un actionnaire, je parie que tu le savais pas.

Elle l'ignorait. Un autre dilemme. Si Susan publiait le communiqué de presse, Harry découvrirait la vérité par lui-même. Sinon, elle trahirait la confiance de son client. Mais si elle ne le lui disait pas, elle ne défendait pas les meilleurs intérêts de son oncle. Que faire ?

— T'as trouvé quelque chose d'intéressant ?

— Rien de nouveau, à part la croissance astronomique. C'est bien sûr pour ça que j'ai investi. Je me suis rempli les poches cette année. C'est ta nouvelle affaire ?

— Oui.

Elle se prépara à l'inévitable quand l'expression béate d'Harry disparut.

— Qu'est-ce qui se passe ? Délit d'initié ? Faillite ?

— Tu devras attendre le communiqué de presse lundi matin.

S'il y en a un.

— Tu sais pourquoi ces entreprises m'engagent. Quand il y a une fraude. Je peux pas t'en dire plus, mais les actions vont probablement chuter après le communiqué de presse. Tu vas perdre au moins une partie de tes gains.

Kat se rendit dans la cuisine en quête de nourriture. Elle se décida pour un sachet de pop-corn micro-ondable et du vieux café.

Elle s'installa dans son bureau, vida le contenu de son porte-documents et l'organisa en piles sur le bureau tout en finissant son pop-corn. Elle regarda les piles. Quel détail lui échappait ? En tant que directeur financier, Bryant avait accès aux informations les plus confidentielles et les mieux protégées, et les banques ne remettraient pas ses ordres en question. Pourtant, Kat était surprise de voir la façon si flagrante dont le crime avait été commis. Aucun réseau complexe de transactions impliquant des factures fictives, des sociétés offshore ou des financements hors bilan.

La fraude avait été commise au moyen de trois virements. Personne n'avait jugé nécessaire de sonner l'alarme. Après tout, Bryant les avait signés. Tout semblait trop simple. Pourquoi Bryant avait-il laissé des preuves des virements dans son bureau, là où l'on pourrait facilement les trouver ? Et comment une fraude si colossale pouvait-elle passer inaperçue pendant deux jours ?

Dehors, la nuit tombait. La pluie tambourinait doucement contre les baies vitrées, offrant une vue striée des lumières de Coal Harbor. Elle avala son café froid et jeta le sachet de pop-corn vide dans la poubelle. Pourquoi tout était-il à double tranchant ? Elle avait décroché son plus gros client pour découvrir le même jour qu'il allait faire faillite. Elle et Jace avaient réussi à acheter une maison à un prix inespéré, mais elle n'avait pas l'argent pour la payer.

Kat passa méticuleusement au crible le dernier gros fichier des virements bancaires, à la recherche d'opérations récurrentes. Pour se préparer à une arnaque gigantesque, les fraudeurs tâtaient habituellement le terrain avec de plus petites transactions. Si Bryant avait essayé, de façon négligente, elle pourrait trouver une piste. Mais après quatre heures, ses efforts ne lui rapportèrent qu'une fatigue oculaire et des maux de tête.

Kat jeta un coup d'œil à la liste des options d'achat d'actions. Un nom attira son attention. En tant que DAF depuis dix ans, Bryant avait accumulé un grand nombre d'options d'achat d'actions, même plus que Susan durant son court mandat de PDG. Fait intéressant, il n'en avait jamais acheté, même si elles étaient disponibles et pouvaient lui rapporter beaucoup d'argent. Kat fit un calcul rapide : au cours de clôture du jour, elles valaient la belle somme de trois cent vingt-deux millions. Cela n'avait aucun sens. De combien d'argent quelqu'un avait-il besoin ? Pourquoi Bryant volerait-il cinq milliards de dollars, mais laisserait trois cent vingt-deux millions de côté ?

CHAPITRE 6

K at gravit l'escalier vers la porte d'entrée au verre plombé. Les marches de la vieille maison victorienne craquèrent sous ses pieds. L'habitation avait vraiment besoin de réparations, mais Kat voyait bien mieux son potentiel à la lumière du jour qu'à celle d'une lampe de poche la veille au soir.

Deux rhododendrons géants flanquaient l'escalier. Des azalées plus petites et autres arbustes ornaient le jardin de devant qui avait simplement besoin d'une bonne taille. La maison, avec sa peinture écaillée et sa corniche ornée, lui faisait penser à une maison en pain d'épice délavée. Seules quelques réparations étaient nécessaires. Mais cela coûtait de l'argent.

En fait, c'était la maison de Jace, se rappelait-elle. Elle n'arriverait jamais à trouver les quarante mille dollars qu'elle lui devait maintenant. Même résoudre rapidement la fraude de Bryant ne lui assurerait pas un revenu pendant des mois. Elle n'aurait jamais dû accepter d'investir avec Jace pour commencer, même si leur offre avait eu peu de chances d'aboutir.

Kat tourna la poignée et pénétra dans la maison. La lumière du soleil matinal entra à flots dans le vestibule. Des grains de poussière voletaient dans son faisceau. La maison semblait très différente de ce que Kat avait imaginé la veille au soir. Surtout les meubles. La plupart semblaient aussi vieux que la maison. Des antiquités en bon état, inexplicablement abandonnées à une vente municipale.

— Jace ?

Pas de réponse.

Elle s'arrêta près de la table dans l'entrée et saisit quelques lettres posées sur la pile de tracts publicitaires et de journaux. Une facture de téléphone et une autre d'électricité étaient adressées à Verna Beechy avec la mention « Avis final ». Une autre enveloppe promettant des centaines de dollars en bons de réduction était adressée à l'« occupant actuel ». Rien de personnel. Qui était Verna ? Que lui était-il arrivé ?

En reposant les lettres sur la table, Kat remarqua une armoire antique en érable piqué tout près de la porte d'entrée. Elle l'ouvrit et regarda à l'intérieur. Elle y trouva plusieurs manteaux de femme sur des cintres, avec des chaussures et des bottes assorties rangées avec soin en dessous. Des Rockport, des chaussures plates Cole Haan et une paire de bottines Hush Puppies. Des chaussures de marche. Les chaussures en disaient long sur une personne. Verna était une femme pratique avec un œil pour la qualité. Les femmes raisonnables comme elle ne se volatilisaient pas sans régler leurs factures ni ne perdaient leurs biens à cause d'impôts non payés.

Kat s'attendait à voir Verna apparaître d'un moment à l'autre, de retour de l'épicerie pour trouver deux étrangers dans sa maison. Elle referma rapidement la porte de l'armoire, se sentant comme une intruse.

— Kat ? Je suis là.

Elle suivit la voix de Jace jusqu'à la salle à manger. Une lourde table en chêne était poussée contre le mur, avec huit chaises empilées dessus. Les rideaux étaient noués au-dessus du sol en sapin, recouvert de trois centimètres d'eau là où le plancher était incliné.

On avait placé des seaux à des endroits stratégiques, par terre et sur un grand buffet en chêne.

Jace était penché sur un aspirateur d'atelier, son pantalon roulé et ses pieds chaussés de bottes en caoutchouc. Ses larges épaules formaient un V, ses muscles ondulant sous son T-shirt en coton blanc tandis qu'il vidait le sac de l'aspirateur. Ex-petit ami ou non, c'était toujours le plus bel homme qu'elle ait jamais vu.

— Qu'est-ce qui est arrivé ?

— Une fuite dans le toit. Tu te rappelles la pluie la nuit dernière ?

Jace se redressa et se heurta la tête contre le lustre suspendu.

Comment pouvait-il avoir un tel souci du détail et ne pas remarquer un lustre clairement visible aux yeux de tous ?

— Merde ! jura-t-il.

Le luminaire se balança et vint le heurter de nouveau.

— Aïe ! Ça va ? lui demanda Kat en se saisissant de la lampe pour l'immobiliser.

Elle posa la main sur le côté de la tête de Jace. Pendant une fraction de seconde, elle oublia qu'ils ne vivaient plus en couple. Ils s'étaient séparés pour suivre chacun leur chemin et ceci était une entente strictement économique.

Jace garda le silence un instant. Il suivit des yeux la main de Kat qu'elle venait d'éloigner de son visage.

— Ça va. T'as vu ça ? lui demanda-t-il en pointant le plafond du doigt.

Une fissure le traversait d'un bout à l'autre de la pièce.

— Ça peut se réparer ?

— Bien sûr. Il faut juste du temps et de l'argent. J'ai installé une bâche sur le toit. C'est ce qu'on doit réparer en premier, et après il faudra embaucher quelqu'un pour replâtrer le plafond. Si on peut rapidement pomper le reste de l'eau, le plancher a des chances de ne pas se déformer.

Kat baissa la tête et regarda l'eau pénétrer dans ses bottes en daim. Elle se dirigea vers la cuisine. Elle posa son ordinateur portable et son sac sur la table et s'assit pour enlever ses bottes. C'est à ce moment qu'elle vit le papier.

L'homme aux cinq milliards : une leçon de corruption, de Jace Burton.

— Tu écris une histoire sur Liberty ?

Kat lut les premières lignes. Son pouls s'accéléra. Il y avait des détails sur les virements. Des détails que personne ne connaissait à part elle.

— J'essayais. Avant la fuite du toit.

Il la suivit dans la cuisine en portant un seau d'eau.

— Où est-ce que t'as trouvé ça ? demanda-t-elle en brandissant le papier devant lui.

Ces détails ne pouvaient provenir que d'un seul endroit.

Jace ne répondit pas. Il versa l'eau dans l'évier en évitant son regard.

— T'as sorti ça de mon ordinateur ? Comment t'as osé faire ça, Jace ? C'est de l'espionnage.

Elle ôta ses bottes et les jeta contre le mur, ne se souciant plus qu'elles soient mouillées ou non. Qu'avait-il trouvé d'autre ?

Jace se retourna au moment où les bottes s'écrasèrent contre la plinthe.

— J'ai touché à rien. T'as laissé ton ordinateur au bureau hier soir, et il se trouve que je suis passé à côté.

— Il se trouve que t'es passé à côté ? De mon ordinateur, dans mon bureau, et tourné en sens inverse ? Tu crois que je vais avaler ça ?

Elle se leva, retourna dans la salle à manger et se saisit d'une serpillère.

— Tu devrais vraiment installer un économiseur d'écran. Euh, non, réflexion faite, le fais pas.

Il feinta à droite, tandis qu'elle se dirigeait vers l'évier de la cuisine avec la serpillère.

— C'est pas drôle, Jace. Ce sont des informations confidentielles.

— Mais c'est une histoire tellement croustillante. Le DAF et la mine de diamants en faillite.

— Pas encore en faillite.

— Ça va pas tarder.

— Pas si je peux l'empêcher.

Que disait-elle ? Elle ne voulait toujours pas travailler sur cette affaire.

— J'ai besoin d'une histoire, Kat. Les toits sont chers. Et les planchers revernis sont pas bon marché non plus. On peut faire une partie des réparations par nous-mêmes, mais ça va quand même nous coûter beaucoup d'argent.

Kat effectua un calcul mental. Leur scénario pour retaper la maison et la revendre au plus vite n'avait pas l'air trop prometteur. Même avec l'argent de Liberty.

— Est-ce qu'on peut renoncer et revendre maintenant au plus offrant ?

— Et laisser passer la chance de faire dix fois plus de profit ? Sûrement pas.

— En tout cas, tu vas pas écrire cette histoire à mes dépens.

— Relax, Kat. C'est juste un brouillon. Quand le communiqué de presse sera publié lundi, mon histoire sera déjà prête.

— Susan va pas publier de communiqué de presse.

— Mais elle doit le faire.

— Jace, à propos de la maison… faut que je te dise…

— Change pas de sujet, Kat. J'ai besoin de cette histoire. Tout a déjà été écrit sur les faillites bancaires, les saisies et les banquiers aux grosses primes. Le sujet de Liberty est nouveau et il pourrait être énorme. Laisse pas quelqu'un d'autre faire un scoop. S'il te plaît ?

Kat soupira. Il y avait un moyen pour que cela fonctionne.

— D'accord. À condition que t'écrives rien sur quoi que ce soit de confidentiel.

— Mais s'il y a pas de communiqué de presse, quelles sont les informations publiques ?

— Rien pour le moment. Mais plus vite je résoudrai l'affaire, plus tôt le public sera informé.

Les compétences de Jace en matière d'investigation pourraient s'avérer utiles si elle pouvait être sûre qu'il garde le silence. Et Jace, en tant que directeur de Carter & Associés, avait signé un accord de confidentialité.

— Tu te souviens de l'accord de confidentialité que t'as signé ? En tant que directeur, t'es tenu au secret.

— Je peux rien rapporter ? T'es en train de me torturer !

— Ça t'arrive souvent de tomber sur une fraude de cinq milliards de dollars ?

— Bon, d'accord. Alors, qu'est-ce que tu sais ?

— Pas grand-chose. Il semble que Bryant ait beaucoup fait circuler l'argent. J'en ai retrouvé des traces aux Bermudes, à Guernesey, aux îles Caïmans, puis il a atterri sur un compte numéroté au Liban.

— Au Liban ? Pourquoi l'aurait-il placé là-bas ?

— Bonne question. Il espérait probablement qu'on en perde la trace avec toute cette activité. En plus, c'est pas un mauvais endroit si tu caches de l'argent volé. Au Liban, les lois sur le secret bancaire sont très strictes, exactement comme les escrocs les aiment. La commission bancaire libanaise peut pas accéder à l'information d'un compte personnel ni aux noms des déposants. Seul le directeur de la banque connaît les détails et il a l'interdiction juridique de fournir toute information. Cela rend l'argent intraçable, puisque la loi interdit aux banques de divulguer les détails à qui que ce soit, même aux forces de l'ordre.

— Est-ce que Bryant a des connexions là-bas ? Parle-t-il même la langue du pays ?

— Pas besoin. Avec le commerce électronique, c'est pas nécessaire d'être là-bas physiquement. Il lui suffit d'y garder un compte et il peut transférer l'argent n'importe où dans le monde.

— Alors, c'est quoi la prochaine étape ? Comment tu vas retrouver le gars ?

— Je vais réexaminer les relevés bancaires de Liberty et chercher d'autres transferts suspects. Il a peut-être laissé un indice, des transactions plus petites pour tester. La plupart des escrocs se lancent pas dans une fraude de cette ampleur sans d'abord essayer quelque chose de plus modeste. Et curieusement, quand les montants sont pas trop importants, ils sont pas aussi prudents. C'est presque comme un jeu pour eux, ils se sont pas encore décidés et sont donc moins susceptibles de couvrir leurs arrières. L'argent finira au même endroit, mais avec de moins en moins de transferts.

Kat essora sa serpillère dans un seau.

— Alors, qu'est-ce que tu sais de Bryant, Jace ? T'as déjà dû écrire des choses sur lui et sur Liberty dans les pages affaires. Rien d'inhabituel ?

— Pas vraiment. En fait, je l'ai rencontré plusieurs fois. La dernière fois, je l'ai interviewé pour un article sur l'exploitation minière dans le nord du Canada. Un gars intelligent. Il connaît son affaire. Il a aussi un diplôme de géologie. Il l'a obtenu avant de décider de se lancer dans la finance.

Kat n'était pas au courant. Susan ne lui avait jamais parlé d'un diplôme de géologie.

— Qu'est-ce que t'as trouvé sur lui ?

— Eh bien, il a compris que le Nord canadien était très prometteur. Il m'a dit que le réchauffement climatique était un énorme avantage pour le Canada, et en particulier pour Liberty. Il pensait que l'ouverture du passage du Nord-Ouest se traduirait en énormes économies de coûts de transport et offrirait une meilleure accessibilité pour l'exploitation minière dans le Grand Nord. Et il a dit que Liberty serait plus grande que De Beers dans les dix prochaines années.

— Il pensait apparemment à long terme.

Alors pourquoi voler l'argent ? Encore une fois, cela n'avait aucun sens. Bryant avait tout à gagner en restant dans les parages, au lieu de tout risquer et de se transformer en fugitif pour le reste de sa vie.

Le téléphone de Kat retentit. C'était Harry.

— Les choses semblent se compliquer chez Liberty.

— Qu'est-ce que tu veux dire ?

Essayer de retrouver un DAF disparu et cinq milliards de dollars en seulement une semaine n'était-il déjà pas assez compliqué ?

— Alex Braithwaite a été assassiné. Les flics viennent de retrouver son corps sur la rive du fleuve Fraser.

CHAPITRE 7

— Qu'est-ce que tu peux me dire sur Alex Braithwaite ?

Il y avait peu de détails dans les journaux du matin. Braithwaite avait été tué d'une seule balle dans la tête. Cela ressemblait à une exécution. Sa voiture était garée près du fleuve où l'on avait trouvé son corps.

— Tu veux parler du gars assassiné hier soir ?

Cindy Wong était assise en face de Kat. Elle passait un ongle manucuré sur son dernier accessoire de mode : un tatouage rose au-dessus de son poignet. Kat espérait qu'il était temporaire. Elles se trouvaient dans le bureau de Kat et regardaient un hydravion se préparer à amerrir dans le port.

— Exactement. Il travaillait pour mon client, les mines de diamants Liberty.

Après avoir parlé avec Jace, Kat avait décidé d'accepter l'affaire.

— Je suis pas aux homicides, Kat. J'en sais pas plus que ce que t'as entendu à la télé. En plus, tout comme toi, j'ai pas le droit de divulguer des détails sur un cas faisant l'objet d'une enquête.

Pour une flic sous couverture, le dernier déguisement de Cindy était pour le moins flamboyant.

— Ce sont des extensions de cheveux ?

— Ça te plaît ?

Ses cheveux étaient non seulement deux fois plus longs que la semaine dernière et tressés, mais Cindy était maintenant blonde platine.

— Absolument superbe. T'as une nouvelle mission ?

La nature de son travail la faisait souvent changer d'apparence, mais celle-ci était vraiment la plus grotesque de toutes.

— Non, toujours la même. J'ai juste pensé qu'il était temps d'ajouter un peu de piquant. Mes amis du Milieu aiment ça. Une sorte de déguisement dans un déguisement, je suppose, ajouta Cindy avec le sourire.

— La police a vraiment pas de suspects dans le meurtre de Braithwaite ?

Kat se rappela les commentaires de Braithwaite. Connaissait-il son assassin ?

— Pas que je sache.

Le téléphone de Cindy sonna.

— Je dois y aller.

Harry se précipita dans le bureau, évitant de justesse Cindy qui se levait pour partir.

— Kat, les actions de Liberty sont en train de s'effondrer ! Qu'est-ce que je vais faire ?

Kat tapa l'abréviation de Liberty en bourse, MDL, sur son ordinateur portable.

Effectivement, ses actions étaient en chute libre. Dans la première heure, Liberty avait perdu la moitié de sa valeur.

— Désolé, Tonton Harry. Je sais pas quoi te dire.

Elle parcourut les communiqués de presse. Le meurtre de Braithwaite avait forcé Susan à divulguer la fraude et la disparition de Bryant.

— Combien de temps il te faut pour retrouver l'argent ? lui demanda Harry, appuyé contre le mur, la tête dans les mains.

— J'y travaille.

— Je vais me trouver mal, dit-il, le visage blême.

Il posa une feuille sur son bureau et glissa le long du mur, s'effondrant par terre.

— Mon courtier m'avait dit que c'était un investissement sûr.

— La seule chose sûre, c'est sa commission.

Kat saisit le document. C'était un relevé du compte d'Harry chez Bancroft Richardson.

— Ils viennent de m'appeler. Ils disent que j'ai un appel de marge.

Kat étudia l'imprimé.

— T'as acheté des actions de Liberty sur marge ?

Acheter des actions sur marge revenait essentiellement à un prêt du courtier, garanti par les actions de votre propre compte. Si la valeur des actions diminuait, il fallait déposer plus d'argent.

— Oh, j'ai des problèmes d'argent, Kat. De gros problèmes.

— Sans blague.

L'oncle Harry avait acheté pour deux cent vingt-cinq mille dollars d'actions de Liberty. Elles valaient maintenant une fraction de cette somme et seraient probablement presque sans valeur à la fin de la journée. Kat se sentait elle-même malade.

— T'as déjà entendu parler de diversification ?

— Fallait que je bouge avant que le cours de l'action monte. Et Bancroft Richardson m'a même prêté de l'argent pour en acheter plus. Elsie va me tuer. On va devoir renouveler le prêt hypothécaire sur la maison.

— Voyons voir. Tu dois cent cinquante mille dollars. C'est pas bon. Tu dois déposer plus d'argent ou revendre les actions.

— Mais les revendre à perte. Elles vont rebondir, non ?

— Je peux pas te dire, Tonton Harry. C'est à toi de décider.

Kat examina le document de plus près. La dernière opération datait de la veille.

— T'en as acheté plus hier ? Quand tu savais que j'étais sur l'affaire ?

— J'étais pas au courant de l'argent volé. Mais je sais que tu vas arriver à le retrouver. Dans un mois, ça paraîtra une bonne affaire.

— T'as investi plus simplement parce qu'ils m'ont engagée ?

— J'ai foi en toi, Kat.

La foi. Un mot lourd de sens.

Harry avait foi en ses capacités. Les actionnaires de Liberty avaient foi dans la valeur de leur investissement. Et si tout s'écroulait comme un château de cartes ?

CHAPITRE 8

— Luis, trouve-moi Rodriguez ! hurla Ortega dans le haut-parleur.

Le garçon tendit la main tout en transperçant Ortega de ses yeux marron inexpressifs.

— Donne-moi mon argent.

Il portait un T-shirt à manches courtes effilochées, un short Nike et des sandales en plastique noires, l'uniforme des garçons de la rue.

Ortega le congédia d'un geste de la main. Il voulait que ce gamin sale sorte de son bureau.

— Bien sûr, Antonio. Señor Rodriguez te le donnera.

Il fit signe à Rodriguez au moment où les portes hautes de plus de deux mètres s'ouvrirent. Rodriguez se tenait juste devant l'un des panneaux sculptés à la main.

Le garçon lança un regard noir à Ortega et se tourna vers Rodriguez, la main tendue.

— Où est mon argent ?

— Suis-moi.

Ortega passa le doigt sur un de ses boutons de manchette en

39

diamant et en or, tandis que Rodriguez faisait sortir le garçon. Deux cents pesos, c'était plus que ce que le garçon pouvait gagner en un mois en volant ou en mendiant. C'était plus que ce qu'il valait. Dommage qu'il ne puisse jamais les dépenser. Dans quelques heures, Antonio rejoindrait les autres, ensevelis dans des fondations en béton ou enterrés sous une route. Buenos Aires possédait de nombreux monuments, pas tous publics.

Il ne manquerait à personne, sauf peut-être à quelques gosses de la gare de Retiro, là où Ortega trouvait la plupart de ses prises. Dans quelques jours, occupés à fumer du *paco* ou à trouver suffisamment à manger, ils oublieraient à quoi ressemblait Antonio.

Ortega était en retard à sa réunion.

— Luis ! aboya-t-il en passant devant lui. À la salle de conférence !

— Oui, patron.

— Et apporte-moi la carte.

L'organisation d'Ortega avait son siège dans une tour de bureaux chic mais quelconque, dans le quartier de Recoleta. Elle était plus grande que Microsoft et que beaucoup d'autres multinationales, mais ne figurait pas au palmarès de Fortune 500. Société privée, peu la connaissaient et elle rendait des comptes à encore moins de personnes. Ortega contrôlait des gouvernements, avait un impact sur de nombreux secteurs du commerce mondial et influençait même la guerre et la paix.

Il retroussa ses manches de chemise en entrant dans la salle de réunion. L'atmosphère était déjà étouffante, la climatisation étant insuffisante face à la vague de chaleur qui enveloppait Buenos Aires depuis dix jours.

Les hommes d'Ortega occupaient dix des douze sièges autour de la table du conseil. Seuls celui d'Ortega et un autre étaient vides. Celui de Vicente Sastre était resté inoccupé depuis sa disparition deux ans auparavant. Ortega laissait la chaise vide à dessein, comme un rappel pour les autres. En retour, ils faisaient semblant de ne pas remarquer l'absence de Sastre, et personne n'osait poser de questions.

Ortega prit place et attendit que Luis affiche la carte.

Puis il s'adressa au groupe :

— Les affaires tournent au ralenti et nos chiffres sont en baisse. On doit faire quelque chose pour maintenir la rentabilité. Surtout en Afrique, précisa-t-il en pointant la carte du doigt. Avant, elle nous rapportait la moitié de nos profits. Il faut redévelopper nos affaires là-bas.

Silence.

Même avec des revenus annuels plus importants que le PIB de nombreux pays, Ortega était inquiet.

— On doit se développer. Pas seulement avec des tanks et de l'équipement, mais aussi avec des petites armes comme des explosifs et des kalachnikovs.

Les kalachnikovs étaient le gagne-pain du marché des armes. Gros volume, faible marge. Pour Ortega, c'était une perte majeure. La clé était d'établir de nouveaux marchés. Chaque seigneur de guerre digne de ce nom stockait des kalachnikovs à la douzaine. En bonne période, ils pouvaient en tirer six cents dollars ou six vaches, selon le pays. On pouvait même les échanger pour des diamants dans certains pays.

Ortega avait accaparé le marché des diamants de sang en Afrique centrale. Le processus de Kimberley empêchait les rebelles de vendre leur production minière sur le marché libre, en particulier dans les grandes quantités dont ils avaient besoin pour financer leurs guerres. Il avait acheté tous leurs diamants en échange d'armes et d'argent liquide, à une fraction de leur valeur. Il pouvait contourner les contrôles anti-blanchiment de diamants, mais il avait besoin d'un approvisionnement régulier en diamants pour que ses affaires marchent.

— Mais personne ne se bat plus, déclara Luis. Y a pas de demande.

Les autres acquiescèrent de la tête à l'unisson, mais gardèrent le silence. Comme d'habitude, seul Luis osait intervenir.

Ortega se leva et se dirigea vers la baie vitrée donnant sur l'eau. Dehors, le soleil de l'après-midi se reflétait sur le Rio de la Plata. Une douce brise venait du fleuve. Des *porteños* ordinaires, respectueux des lois, vaquaient à leurs occupations dans les rues en dessous.

— Eh bien, on va créer la demande.

Il parcourut la salle de ses yeux bruns perçants, à la recherche du moindre signe d'hésitation.

— Comment ça ? demanda Luis. En déclenchant une guerre ?

— Exactement, répondit Ortega.

CHAPITRE 9

— Ils balancent des gars d'un hélicoptère pour moins que ça, dit Ken Takahashi en sortant sur le côté de la maison, portant une charge de bois de chauffage.

Il la laissa tomber rapidement devant le garage. Pas rasé, en jeans et veste polaire, il n'avait pas le profil commercial auquel Kat s'était attendue chez l'ancien géologue en chef de Liberty.

Takahashi avait quitté Liberty deux ans auparavant, juste après la nouvelle découverte de diamants à Mystic Lake. Du peu qu'elle avait appris par Susan et d'autres personnes, Takahashi et Bryant étaient de proches amis. Elle avait décidé de rendre visite à Takahashi pour obtenir de plus amples informations sur le DAF.

— Moins que quoi ?

Sous-entendait-il qu'un scandale l'avait forcé à quitter Liberty ?

Takahashi ne répondit pas. Au lieu, il fit signe à Kat de le suivre.

— Venez, je vais vous expliquer à l'intérieur. Allons prendre un café.

Kat le suivit, un vieux labrador noir grisonnant sur ses talons. Le chien souffrait d'arthrose. Sa façon lente de gravir les marches révélait son âge. Il avait été facile de trouver l'endroit, un bâtiment quelconque à un étage, aux murs jaune délavé. La maison, entourée d'une petite parcelle en bordure du fleuve, avait apparemment été entretenue par quelqu'un longtemps auparavant. Les limites du jardin, jadis claires, étaient désormais à peine visibles. Il était en friche, la clématite rivalisant avec le liseron pour atteindre le sommet de la maison en premier. Des parterres de légumes surélevés, soigneusement orientés au soleil, étaient maintenant envahis par les mauvaises herbes et les pissenlits. Le jardin retournait lentement à l'état sauvage.

Comme pour la plupart des autres maisons de River Road, des objets obsolètes jonchaient la cour. La demeure de Ken Takahashi était certes dépourvue de voitures rouillées sans plaques d'immatriculation, mais on y voyait à la place un fouillis de pièges à crabes, des filets de pêche et un vieux bateau délabré près de l'allée. Il ne semblait pas du tout en état de navigabilité ; sa peinture écaillée suggérait qu'on ne s'en était pas servi depuis des décennies. La seule chose qui rachetait la propriété était la vue imprenable sur le fleuve Fraser de l'autre côté de la route.

Takahashi avait insisté pour que Kat le rencontre ici. En tant qu'ancien géologue en chef, il était réticent à rencontrer Kat près de son ancien bureau en centre-ville ou dans n'importe quel lieu public d'ailleurs. Il n'avait pas besoin de s'inquiéter : aucun homme d'affaires ne traînait près de River Road cet après-midi, seuls quelques cyclistes qui s'entraînaient près de la décharge publique.

Le peu qu'elle savait de Takahashi, elle l'avait appris par Jace. L'homme avait quitté Liberty en pleine controverse, après avoir remis en question la faisabilité de nouvelles pipes de kimberlite à Mystic Lake. Il avait été forcé de partir quand son opinion sur la découverte s'était révélée fausse.

Ils s'assirent à une table ronde en chêne dans la cuisine, sous une ampoule nue qui pendait au plafond. La cuisine était propre et fonctionnelle. Sa décoration désuète des années soixante-dix ressemblait à une photo *avant* dans une émission de relooking design. Takahashi versa du café dans deux tasses dépareillées et désigna de la main un bol rempli de sachets de sucre et de crème en poudre. Kat choisit la tasse avec une photo d'hélicoptère et la légende *Hover Lover*. Sur l'autre, on lisait : *Le réchauffement climatique, c'est pour les linottes.* Le vieux labrador s'installa par terre aux pieds de Takahashi et regarda Kat avec une expression alternant entre la curiosité et la somnolence.

— Alors, vous avez déjà été balancé d'un hélicoptère ? lui demanda-t-elle.

— Ce n'est pas allé jusque-là. Je suppose que je devrais me considérer chanceux que ça ne me soit pas encore arrivé.

— Voulez-vous dire que Liberty est une autre Bre-X ?

Kat ne voyait pas trop le rapport entre la fraude de la mine d'or indonésienne des années quatre-vingt-dix et la disparition de Bryant, mais elle n'avait pas d'autre piste en tête.

— Je n'en dis pas plus. Je préférerais ne pas vous parler. Mais ne le prenez pas mal, ça n'a rien à voir avec vous. La dernière fois que j'ai ouvert la bouche, j'ai tout perdu : mon travail, ma réputation et la plupart de mes amis. Le seul gars qui ne faisait pas partie du complot a disparu, et j'ai fait tout ce que…

— Vous voulez dire Bryant ?

Kat était incrédule. Non seulement l'argent se révélait difficile à suivre, mais ce fait la renverrait à la case départ.

— Vous ne pensez pas que Bryant est corrompu ?

Takahashi versa un sachet de sucre dans sa tasse et remua son café avec une cuillère sale. Kat décida de ne rien ajouter dans le sien.

— Bien sûr que non, bon sang ! C'est un coup monté contre lui. Racine et le reste du conseil d'administration, ils ne pensent qu'à leurs propres intérêts. Dès qu'il y a une mauvaise nouvelle, ils veulent la passer sous silence. S'il n'y a pas de bonnes nouvelles pour un temps, ils en inventent. Je suppose que si j'avais su ce qui était bon pour moi, je les aurais suivis. Mais ce n'est pas juste et c'est seulement une question de temps avant que les gens s'en rendent compte.

— Mais vous étiez le géologue en chef. Pourquoi n'avez-vous pas dit qu'ils avaient tort ? Vous pouvez toujours le faire, vous savez. Si vous pensez vraiment que Bryant est innocent, ça pourrait même l'aider.

Aux yeux de Kat, le silence de Takahashi équivalait à un accord. S'il tenait la clé du sort de Bryant et de l'argent manquant, pourquoi ne pas parler ouvertement ?

— J'ai déjà perdu mon travail, un poste que j'ai occupé pendant vingt ans. Racine et les autres peuvent facilement s'arranger pour que je ne puisse plus jamais travailler. D'ailleurs, je n'ai pas encore retrouvé d'emploi. L'extraction de diamants est une petite industrie. Tout le monde connaît tout le monde et j'ai besoin d'une paie. Pour l'instant, je n'ai pas une très bonne réputation. J'ai raté la plus grande découverte de ces dix dernières années dans le Nord canadien. Personne ne veut prendre un risque en m'embauchant. La plupart des sociétés minières ont aussi une date de péremption. Les investisseurs injectent des tonnes d'argent au début, quand l'avenir est prometteur et que tout semble possible. Mais après quelques années et après avoir levé des capitaux plusieurs fois, les investisseurs commencent à se lasser. Ils veulent voir des résultats avant de jeter plus d'argent dans un puits sans fond. Un géologue qui obtient des résultats est la clé et je ne faisais pas l'affaire.

— Mais ils ont bel et bien trouvé plus de diamants à Mystic Lake. Comment expliquez-vous cela ?

— Je ne sais pas comment ils ont fait, mais ce n'est pas vrai.

Kat ne savait pas comment interpréter ses paroles.

— Voulez-vous dire qu'ils ont fabriqué les résultats ? Pour satisfaire les cadres et les investisseurs ?

— Vous pouvez tirer vos propres conclusions. Je ne vais pas ruiner mes chances de retravailler un jour. Mais à votre place, je ferais attention. Il y a beaucoup en jeu.

— Comme un accident d'hélicoptère ?

Le meurtre de Braithwaite avait-il un rapport avec tout cela ? Le moment semblait certainement bien choisi.

Cette fois, Takahashi ignora le commentaire de Kat et aborda un autre sujet.

— Qu'est-ce que vous savez de l'exploitation des diamants ?

— À vrai dire, pas grand-chose. Je sais qu'on extrait un diamant du sol et qu'il finit serti dans une monture en or à l'intérieur d'une boîte de chez Tiffany. Comment il arrive là, je n'en sais rien.

Kat ne pouvait pas s'empêcher de plaisanter. Elle était frustrée. Plus le temps passait, plus elle accumulait les fausses pistes dans sa quête. De plus, faire l'idiot incitait parfois les gens à en dire plus. Pas une mauvaise chose quand on essayait de glaner plus d'informations.

— Eh bien, je vois que j'ai beaucoup à vous apprendre. Le diamant est essentiellement du carbone cristallisé. Il se forme dans les profondeurs de la Terre et est porté à la surface par une forte activité volcanique. Le magma, qui est la roche vectrice, et les diamants se transforment en pipes, qu'on appelle des kimberlites, lorsqu'ils arrivent à la surface. Une kimberlite se compose de trois parties : les racines, le diatrème et le cratère. Elle a la forme d'une carotte, avec le cratère au sommet. Le diatrème est le milieu de la kimberlite et c'est là qu'on trouve la plupart des diamants. Cette partie est habituellement à un ou deux kilomètres de profondeur. Les racines sont en dessous, avec une profondeur d'environ cinq cents mètres. Certaines caractéristiques géographiques indiquent les endroits où l'on est susceptible de trouver des kimberlites.

Ken était manifestement dans son élément. Kat pouvait facilement l'imaginer en train de donner une conférence à l'université ou de travailler sur le terrain.

— Et Mystic Lake est l'un de ces endroits, je suppose ?

— Exactement. On trouve les kimberlites au cœur des continents. Les pipes sont concentrées dans ce qu'on appelle des cratons archéens, formés de roches vieilles de plus de deux millions et demi d'années. Mystic Lake se trouve dans l'une de ces régions.

Ken but à sa tasse fêlée avant de poursuivre :

— En fait, la masse continentale du Canada couvre l'un des plus grands cratons archéens sur Terre.

— Alors le Canada est le prochain eldorado pour les mines de diamants ?

— Oui et non. Même si le Canada a un énorme potentiel, l'accès est limité dans le nord en raison du terrain inhospitalier, des conditions météorologiques extrêmes et du manque de routes et autres infrastructures. Chercher de nouvelles pipes, sans parler de l'extraction de diamants, engendre des coûts prohibitifs.

— Je suppose que cela explique pourquoi Liberty a concentré son exploration dans cette zone et a trouvé une autre pipe ?

Cela commence à devenir intéressant, se dit Kat en sirotant son café.

— Hautement improbable. C'est ce que je trouve surprenant. On a passé la région au peigne fin depuis dix ans. Croyez-moi, s'il restait quelque chose, on l'aurait trouvé. Je doute qu'on ait raté quelque chose de substantiel. Mystic Lake est quasiment à la fin de son cycle de vie.

Ken fit une pause pour récupérer la carafe de café sur le comptoir.

— En général, on trouve les pipes en grappes, au moins à des dizaines de kilomètres de distance les unes des autres. On a étudié toute la région de manière exhaustive avec la cartographie aérienne, l'étude de carottes, et j'en passe. On a tout fait.

— De quelle autre région ces diamants pourraient-ils venir ?

Ken Takahashi remplit leurs tasses, puis choisit soigneusement ses mots :

— Ces pierres ne proviennent pas de Mystic Lake. J'ai moi-même travaillé dans cette région pendant cinq ans. C'était une bonne mine, mais pas avec le genre de rendement prétendu par Liberty. Impossible.

Les possibilités fusèrent dans l'esprit de Kat.

— Voulez-vous dire qu'ils ont falsifié les résultats ?

— Je ne dis rien. Vous tirez vos propres conclusions. Mais je sais que ces cinq dernières années, ils pouvaient tout juste équilibrer leurs comptes, au mieux.

Takahashi examina attentivement Kat de ses yeux bruns.

— Vous savez, Kat, la seule raison pour laquelle je vous parle, c'est Paul. Un bon gars. Il ne volerait jamais la compagnie. Je pense qu'il a servi de bouc émissaire pour quelqu'un d'autre. Beaucoup voulaient se débarrasser de lui, ajouta-t-il, les yeux posés sur elle pour la jauger.

— Qui par exemple ?

— Je ne peux pas vous dire.

— Vous ne pouvez pas ou vous ne voulez pas ?

Kat n'allait pas le laisser s'en tirer aussi facilement.

— Ça ne me regarde pas. Il n'y a rien que je puisse faire.

— Mais Bryant est votre ami. Il a besoin de votre aide.

Kat n'était pas vraiment certaine de la manière dont elle s'était retrouvée à défendre celui sur lequel elle devait enquêter.

— Désolé. Il faudra vous satisfaire de mon refus. Mais à votre place, je ferais vérifier des échantillons par un laboratoire. Je peux vous garantir qu'ils ne proviennent pas de Mystic Lake.

CHAPITRE 10

Kat s'autorisa un café et un biscuit double pépites de chocolat au Café Marseilles, optant pour une interruption temporaire de son vœu de pauvreté. Elle avait besoin de caféine et de glucides pour alimenter son marathon de juricomptable pour retrouver l'argent. Elle grignota son biscuit tout en marchant dans la rue pavée en direction de son bureau.

Water Street, tout près de Coal Harbor, occupait la partie la plus ancienne de Vancouver. Le charme estival de Gastown avait fait place à une atmosphère plus rustique, avec le départ des navires de croisière et des touristes pour l'hiver. Seuls restaient les riverains. Certains habitaient des lofts d'artistes et des petits appartements sans ascenseur à loyer modique, tandis que les moins fortunés vivaient dans les rues. Kat évita un SDF qui sortait de son abri de fortune fait de cartons et de couvertures. Pas le meilleur quartier, mais la vue sur l'eau et les montagnes était sans égale depuis son bureau et le loyer très bon marché.

La découverte de charbon en 1862 avait donné naissance à Vancouver. Quelques-uns des premiers bâtiments étaient toujours debout, y compris la Hudson House, l'ancien comptoir commercial

de Water Street, dont les murs de briques abritaient Carter &
Associés.

Kat déverrouilla la porte d'entrée de l'immeuble et monta à
l'étage. L'odeur de café brûlé l'accueillit lorsqu'elle ouvrit la porte
et entra dans la réception déserte.

Elle éteignit la cafetière dans la minuscule cuisine et suivit les
bruits de machine à écrire jusqu'au bureau secondaire. Ce que
l'oncle Harry pouvait taper était un mystère pour Kat, vu qu'elle ne
lui avait pas assigné de tâches. Il n'avait pas de poste officiel et pas
de véritable raison d'être là. Il semblait taper avec deux doigts
seulement, donc aucun don de dactylo non plus. Il n'avait assurément pas suivi la méthode Mavis Beacon.

— Tonton Harry ? T'as pas une partie de bridge aujourd'hui ?

Kat espérait qu'il n'avait pas découvert son sac de couchage et
son matelas en mousse dans la réserve à côté de la cuisine. Il devenait plus difficile de dissimuler le fait qu'elle vivait maintenant au
bureau depuis qu'elle avait abandonné son appartement la semaine
dernière.

— Annulée. T'as trouvé notre argent ?

— Notre argent ?

— Tu sais, Liberty et le gars, Bryant.

— Pas encore. J'y travaille. Et toi, qu'est-ce que tu fais ?

Elle regarda le bureau nu et regretta aussitôt de s'être rendue à
la maison pour faire entrer l'entrepreneur. Il lui avait fallu presque
toute la journée d'hier pour ressortir les fichiers qu'Harry avait
rangés et ils avaient de nouveau disparu. Harry avait dû les reran-
ger, pas par ordre alphabétique, mais selon un ordre énigmatique
que Kat n'arriverait pas à comprendre.

— J'organise tes fichiers, une fois de plus ! lança Harry en
montrant les classeurs derrière lui. De combien de fichiers t'as
besoin en même temps ? Je viens de passer trois heures à tout
ranger de nouveau !

Kat appuya son front contre sa main et poussa un gémissement.

— Pourquoi tu me dis pas exactement comment tu les classes ?

Par nombres ? Par dates ? Par signes astrologiques ? Ça me prend une éternité pour trouver quoi que ce soit !

— T'inquiète pas des détails, Kat. Dis-moi juste de quels fichiers t'as besoin quand t'en as besoin, et je te les sortirai.

— Tonton Harry, on a déjà parlé de ça. J'ai moi-même un système de classement en place.

Il devenait rapidement un employé à problèmes.

— Kat, ta méthode ressemble plutôt à un risque d'incendie. T'as des fichiers partout. S'ils brûlent, tu vas perdre tout ce que t'as.

Harry tapota sur le clavier, la tête penchée, en évitant le regard de Kat. Inutile de discuter avec lui, cela ne changerait rien.

— Depuis quand tes parties de bridge sont annulées ?

Harry n'avait pas raté une partie en dix ans.

— T'es là pour en savoir plus sur Liberty, n'est-ce pas ?

— C'est possible.

Harry arrêta de taper et jeta un regard plein d'espoir à Kat, comme un chien en attente d'une friandise.

— J'ai besoin de savoir, Kat. Je peux pas manger, je peux pas dormir. Ça me rend malade.

— Tu l'as dit à Elsie ?

— Dit quoi ?

— Tu sais de quoi je parle. Tes pertes avec les actions de Liberty.

— Elles vont rebondir, Kat. Une fois que t'auras trouvé l'argent, le marché va vraiment décoller. Il te faut encore combien de temps ? Une semaine ? Deux ?

Kat s'immobilisa. L'appréhension l'envahit.

— Me dis pas que t'as acheté plus d'actions.

Longue pause.

— Juste un peu.

— T'es fou ou quoi ? La société est presque en faillite. C'est comme un pari.

— Avec de meilleures chances qu'au Loto, déclara Harry. En

plus, je diminue mon prix d'achat moyen. Ils appellent ça achat pour baisse du coût moyen.

Kat jeta les bras en l'air.

— T'avais déjà une catastrophe sur les bras, et maintenant tu cherches à l'aggraver ?

— C'est un risque calculé, Kat.

— Combien t'en as acheté ?

— Je te dirai pas.

— Comme tu veux. Mais je vais pas te couvrir si Tata Elsie me demande.

— Je lui dirai quand je serai prêt. Donne-moi juste quelques jours.

— C'est à toi de décider.

De quel droit pouvait-elle discuter ? Elle n'avait pas non plus été exactement franche au sujet de sa propre situation financière.

— En plus, ça fait de moi un enquêteur plus efficace. J'ai beaucoup à perdre dans cette affaire.

— Enquêteur ? Je crois pas.

— Pourquoi pas, Kat ? Je peux t'aider. T'as pas beaucoup d'argent, et je travaille gratuitement. Je me débrouille bien avec les recherches sur Internet et je peux t'aider avec une partie de l'entrée de données, ajouta-t-il avec un sourire plein d'espoir.

— Je sais pas.

Kat doutait qu'Harry soit capable de se concentrer sur autre chose que ses actions en chute libre.

— Allez, ça marchera. T'as un délai serré, et à en juger par ce bazar, t'as pas le temps de classer tes dossiers.

— Je suppose qu'on peut essayer. Mais c'est juste à l'essai, je te promets rien.

Elle commençait à être submergée par la paperasse et tant qu'elle surveillait Harry de près, il pourrait être utile. À condition que son investissement dans Liberty n'interfère pas, cette main d'œuvre gratuite serait la bienvenue.

La porte d'entrée claqua et elle entendit des semelles en caoutchouc sur le lino du couloir. Elle n'attendait personne et les juri-comptables des mauvais quartiers ne recevaient jamais de clients sans rendez-vous. C'était probablement le décorateur d'intérieur loufoque occupant le bureau d'en face qui voulait la convaincre d'entreprendre un relooking. Le mur en verre donnant sur le couloir ressemblait à une vitrine et sa décoration rétro digne d'un dépôt-vente des années soixante-dix le dégoûtait.

Mais ce n'était pas lui. Au lieu, Jace passa la tête par la porte et sourit, l'air d'attendre quelque chose. Elle n'avait pas besoin de lui demander pourquoi, mais décida de le faire quand même :

— T'es ici pour en savoir plus sur l'histoire ? Je t'ai déjà dit tout ce que je sais.

— C'était hier. Depuis, t'as dû retrouver Bryant. M'en veux pas, Kat. Je suis désespéré.

Harry et Jace croyaient-ils qu'il était facile de traquer des fugi-tifs milliardaires ?

Tina dérapa dans le couloir, évitant de peu la porte et les chevilles de Jace. Buddy la suivait de près.

— Jace, j'ai rien de nouveau. Tu seras l'un des premiers à savoir quand j'aurai quelque chose.

Jace suivit des yeux Buddy et Tina qui tournaient vers la cuisine.

— Pas le premier ?

— J'ai un client. Après eux.

— Pourquoi tes chats sont là ?

— Sortie féline.

Elle n'était pas près de lui dire qu'elle vivait au bureau.

— Vraiment ? reprit Jace, amusé, les yeux plissés. Je croyais que les chats aimaient pas voyager.

— Ils sont en mission. Y a des souris dans le bâtiment.

Excuse minable, mais elle ne pouvait penser à rien d'autre. Il ne devait pas connaître la vérité.

— Des souris ? Je peux t'aider.

Il se retourna et suivit les chats dans le couloir.

Kat bondit de sa chaise pour le suivre, mais c'était trop tard. Jace ouvrit la réserve où sa literie gisait sur le sol. Pourquoi n'avait-elle pas au moins fait son lit ?

— Qu'est-ce que c'est que tout ça ? Quelqu'un dort dans le placard ?

Elle courut vers la porte et la referma en la claquant pour qu'Harry ne voie rien.

— Toi ? Tu dors ici ?

Kat se sentit rougir de honte. Qu'allait-il penser s'il découvrait que son associée dans l'achat et la revente de la maison était pratiquement sans domicile ?

— Chut ! Oui, je dors ici. C'est une longue histoire.

— Avec des souris ? J'y crois pas. T'essaies de surmonter ta phobie ?

— Y a pas de souris, murmura Kat. Je l'ai juste inventé. S'il te plaît, parle à voix basse, je veux pas qu'Harry t'entende.

— Pourquoi tous ces secrets ? Pourquoi tu peux pas dormir chez toi ?

— J'ai déménagé. Est-ce qu'on peut parler de ça plus tard ?

Jace ne lâchait pas.

— T'as quitté ton appartement ? Tu me caches quelque chose.

— C'est moins loin pour venir travailler.

— Kat, qu'est-ce qui se passe vraiment ?

Kat ne répondit pas. Au lieu, elle marcha d'un air décidé vers le bureau secondaire pour devancer Harry, juste au moment où il sortait, un fichier à la main.

Jace la suivit.

— Pourquoi tu peux pas me dire ?

Kat l'ignora.

— Jace, viens ici, lança Harry. Au fait, Kat, j'ai embauché Jace pour m'assister. Il travaille aussi gratuitement.

— Les gars, je sais pas pourquoi vous êtes tous les deux ici, mais je dois me mettre au travail.

Harry et Jace la suivirent dans son bureau. Harry ouvrit le dossier et lui montra une feuille de calcul.

— Qu'est-ce que ces chiffres veulent dire, Kat ? C'est quoi le rapport entre la production minière et l'argent manquant ?

Kat imaginait Harry en train de passer des heures à essayer de comprendre tout seul. Il n'y aurait rien de mal à leur donner un peu plus d'explications. Au moins, leur parler pourrait attirer son attention sur quelque chose qui lui avait échappé jusque-là. Et distraire Jace de son couchage.

— Je sais pas encore exactement comment ils sont liés, mais je suis quasiment certaine que les chiffres ont été manipulés. Pour avoir une vue d'ensemble de Liberty, j'ai importé tous les chiffres de leur Grand livre dans Snoopy. Tous les dossiers financiers de Liberty semblent raisonnables, à l'exception de la production minière.

Snoopy était le surnom que Kat avait donné à son logiciel d'audit comptable. Par modélisation statistique, il examinait de grandes quantités de données pour trouver des incohérences et des anomalies.

— Dans le cadre de mes audits judiciaires, je recherche des tendances anormales dans les chiffres. Vous seriez surpris de voir combien de fraudes on découvre de cette façon. Et là, il y a quelque chose de bizarre dans les chiffres. C'est lié d'une certaine manière à l'argent disparu.

— Alors la production est basse ? C'est ça le problème ?

— Non, et c'est ça qui est vraiment bizarre, Tonton Harry. La production est trop élevée quand tu la compares à celle de mines de même taille. J'ai commencé par examiner les rendements de mines semblables au même stade d'exploitation. C'était pas trop difficile, puisqu'à peu près toutes les mines de diamants de cette taille appartiennent aussi à des entreprises publiques. Les résultats sont donc facilement disponibles sur Internet dans leurs rapports annuels. Il semble que la production de Liberty les dépasse systématiquement d'environ trente à trente-cinq pour cent.

— Peut-être que Liberty gère mieux ses mines que la concurrence. En plus, pourquoi tu voudrais surévaluer ta production si tu voulais voler l'entreprise ?

— Il doit y avoir une raison, poursuivit Kat, mais je l'ai pas encore trouvée. Pourquoi les données de Liberty sont-elles si différentes des autres mines de diamants ? Un écart normal serait d'environ six à huit pour cent, c'est donc très important.

— Je vois pas non plus pourquoi il est plus élevé. Jusqu'à il y a quelques années, leur production s'alignait sur celle d'autres sociétés minières. Et puis elle a augmenté tout d'un coup. Bizarre. Non seulement ça, mais la distribution des données correspond pas à la loi de Benford.

— Attends une seconde, c'est quoi la loi de Benford ? demanda Jace, soudain intrigué.

— C'est une loi mathématique basée sur le principe que dans presque toutes les sources de données numériques, les chiffres 1 à 9 apparaissent sur le premier ou le deuxième chiffre d'un nombre selon un taux à peu près prévisible.

Kat prit une profonde inspiration avant de continuer :

— Par exemple, le chiffre 1 apparaît sur le premier chiffre d'un nombre 31 % du temps, mais le chiffre 9 apparaît sur le premier chiffre seulement 5 % du temps. Donc, pour tester les données de Liberty, j'ai commencé avec les dix dernières années de données financières de divers produits et je les ai comparées à celles d'autres sociétés. Selon la loi de Benford, on s'attendrait à ce que le 1 apparaisse comme le premier chiffre d'un nombre 30 % du temps, mais dans le cas de Liberty, il apparaît jamais comme le premier chiffre. Pas seulement ça, mais le 5 apparaît 61 % du temps, alors que selon cette loi, il devrait seulement apparaître 7,9 % du temps.

— Comment c'est possible ? Est-ce que les nombres sont pas aléatoires, comme quand tu tires à pile ou face ?

— Pas exactement.

Kat fit un dessin au tableau.

— Voilà une façon simple d'expliquer cette loi. Admettons que la production de Liberty croisse à un taux moyen de 10 % par an, du démarrage jusqu'à la pointe de sa production. La première année, t'as une production de 1 000 tonnes, la deuxième année de 1 100 tonnes, etc. Le premier chiffre continuera d'être 1 jusqu'à ce que le total atteigne 2 000 tonnes, et à partir de là, le premier chiffre devient 2. À un taux de croissance composé de 10 % par an, ça prendra juste un peu plus de sept ans pour atteindre 2 000 tonnes. Pour passer de 2 000 tonnes à 3 000, ça prendra juste un peu plus de quatre ans, parce que le nombre de base est beaucoup plus grand. Donc 10 % d'une base plus large constituent une plus grande proportion des 1 000 tonnes de croissance. Alors, sur la base d'un taux de croissance de 10 %, le premier chiffre est 1 au moins sept fois et 2 au moins quatre fois.

Kat ouvrit le fichier et tendit une feuille à Jace.

— Si tu passes par toutes les possibilités pour les numéros 1 à 9 et si tu compares la loi de Benford aux données de Liberty, tu obtiens ça.

FRÉQUENCE du premier chiffre en pourcentage
123456789
Loi de Benford
30,117,612,59,77,96,75,85,14,6
Données de production comparables
30,517,812,69,67,86,65,65,04,5
Données de production de Liberty
02,909,761,223,31,01,90

— QU'EST-CE QUE ÇA PROUVE ? demanda Harry, pas convaincu de l'importance. Peut-être que Liberty a eu des hauts et des bas. Une exploitation minière, c'est soit une fête, soit les vaches maigres, non ?

— Peut-être pour la rentabilité, mais le volume de production d'une mine pleinement opérationnelle devrait être assez prévisible. Tu peux voir que les chiffres de production pour l'industrie du diamant correspondent en gros au modèle, mais pas ceux de Liberty. Les nombres commençant par 1 sont inexistants chez Liberty, et il y a un pourcentage disproportionné de nombres commençant par 5 et 6. Ça me fait soupçonner que ces chiffres ont été modifiés. La question est, pourquoi les gonfler ?

— C'est assez intéressant, mais quel est le rapport avec la disparition de Bryant ? demanda Jace. T'es pas censée te concentrer sur l'argent manquant et le DAF ? Comment tu vas faire le lien ?

— J'ai pas encore tout à fait compris, mais je suis sûre qu'il y a un rapport.

Kat fit une pause pour mordre dans son biscuit aux pépites de chocolat, tout en réfléchissant à la question de Jace.

— Si ces chiffres sont trafiqués, ça veut dire que quelqu'un essaie de cacher quelque chose.

Ken Takahashi avait raison. Les chiffres étaient à coup sûr manipulés.

Harry et Jace retournèrent à leur occupation et Kat réexamina les chiffres. C'était curieux et elle n'avait pas de réponse.

Elle avait perdu la trace de l'argent, mais cette nouvelle piste semblait suspecte. Mais pourquoi une entreprise modifierait-elle les chiffres et mentirait-elle en déclarant une production inexistante ? Il y avait des moyens plus faciles de gonfler les recettes. Falsifier les données de production dans une mine de diamants de haute sécurité serait difficile, voire impossible, et il faudrait une preuve physique du volume. Si les diamants n'existaient pas, beaucoup de gens devraient être complices de l'affaire, des mineurs jusqu'aux cadres.

Kat dressa une liste de questions au crayon à papier. Il lui fallait d'abord une liste de tous ceux qui bénéficieraient énormément de chiffres de production plus élevés. Qui dit plus grande production dit plus gros profits. Les bénéficiaires éventuels comprenaient les actionnaires, la direction et les employés, mais ils auraient aussi besoin d'un droit d'accès. Qui était impliqué au point d'être prêt à commettre un acte criminel ?

Et enfin, qu'auraient été les chiffres de production s'ils avaient été comparables à ceux des mines semblables au cours de la même période ? En normalisant les chiffres de production de l'année précédente, Kat pourrait déterminer l'ampleur potentielle de la fraude et comment elle était liée aux milliards manquants.

En réalité, chaque actionnaire salarié de l'entreprise avait à y gagner, car une plus haute production de diamants signifiait un cours supérieur. Liberty avait un plan d'actionnariat salarié, donc de nombreux employés entraient dans cette catégorie. Kat élimina de sa liste la plupart des employés, simplement parce que le gain potentiel de leur petit nombre d'actions ne valait pas la peine qu'ils risquent leur emploi. Les cadres supérieurs et les administrateurs, avec leurs options d'achat d'actions et leurs plus grandes parts, avaient manifestement plus d'intérêts en jeu, l'un d'entre eux était donc une possibilité. De grands actionnaires extérieurs bénéficieraient aussi, mais ils n'auraient pas le droit d'accès nécessaire pour falsifier les données de l'entreprise.

Paul Bryant avait de toute évidence eu l'occasion de manipuler les chiffres, mais les autres cadres supérieurs et les administrateurs aussi, y compris Susan. Quelqu'un d'autre chez Liberty faisait des trucs louches. Bryant paraissait de moins en moins suspect. Mais si ce n'était pas lui, qui ? Qui avait les moyens et le mobile de trafiquer les chiffres ? Kat laissa un message pour Ken Takahashi. Il serait sans doute réticent à aider, mais ses sources étaient limitées, cela valait la peine d'essayer. Elle ne pouvait pas vraiment poser de questions à Susan sur la manipulation des chiffres de production sans preuves matérielles.

Kat n'avait pas réalisé à quel point elle avait faim. Elle fouilla le réfrigérateur, engloutit un reste de macaroni au fromage, puis retourna à son bureau. Elle se rappela vaguement qu'Harry et Jace étaient partis environ une heure auparavant, mais elle était trop absorbée pour remarquer l'heure.

Elle était sûre d'une chose : Paul Bryant n'avait pas besoin de gonfler les chiffres de production pour commettre une fraude. Le contraste entre les chiffres de production falsifiés et les traces écrites laissées en évidence par Bryant amenait Kat à se demander si la disparition de Bryant était volontaire. Bryant était-il un criminel ou une victime ? Si Bryant était innocent, alors qui était le voleur ? Et qu'avaient-ils fait de Bryant ?

CHAPITRE 11

— Je comprends pas. Pourquoi dormir dans un placard de rangement quand tu peux rester ici ? demanda Jace en regardant Kat de son escabeau pendant qu'il rechargeait son pinceau.

Ils étaient dans la cuisine de Verna et Jace appliquait la première couche de peinture. Il trempa son pinceau d'un mouvement rapide et précis, la peinture jaune pâle couvrant à peine les poils du pinceau. Jace était très exigeant avec la peinture. Kat préférait saturer le pinceau. Elle aimait voir tous les poils se gonfler de peinture crémeuse, mais Jace se plaignait que cela laissait des gouttes et abîmait les pinceaux.

— Est-ce qu'on peut parler d'autre chose ?

Son dos endolori lui rappelait assez ce sujet. Elle était fauchée, sans domicile et pas plus près de retrouver Bryant et l'argent volé.

— Tu me dis pas tout, Kat. Y a quelque chose qui va pas.

— Non, y a rien. Pourquoi tu t'inquiètes tellement de mon couchage ?

Était-ce un effet des vapeurs de peinture ou venaient-ils de répéter la même séance de questions-réponses depuis une heure ?

— Parce que t'agis pas comme d'habitude. Je comprends pas pourquoi tu veux pas me dire, pourquoi t'as déménagé de ton appartement ?

Un spasme de douleur lui traversa le dos au moment où elle sortit une pile d'assiettes du placard. Elles lui glissèrent des mains et se brisèrent sur le sol de la cuisine.

— Merde !

Elle vidait et nettoyait des placards pendant que Bryant empruntait une nouvelle identité et se la coulait douce dans une vie de luxe au Brésil ou dans un autre pays sans traité d'extradition.

— Pourquoi à ton avis, Jace ? Je suis fauchée ! Je pouvais même pas payer mon loyer ce mois-ci. Et je peux pas te payer non plus.

Kat sentit son visage rougir de colère. Elle se détourna de lui. Jace ne pourrait pas comprendre. Les affaires marchaient toujours pour lui, que ce soit avec un billet de loterie gagnant ou une place de stationnement.

— Comment tu peux être fauchée ? Liberty est une grosse affaire, non ?

Jace descendit de l'échelle et la suivit dans le garde-manger tandis qu'elle cherchait un balai. Elle essaya de contenir sa frustration.

— Oui, mais j'ai déjà dépensé mon avance et ça va prendre un certain temps avant que je sois payée de nouveau. J'étais un peu en retard dans mes factures.

Un grave euphémisme, se dit Kat, se sentant rougir.

— Pourquoi tu m'as pas dit, Kat ? Les amis sont là pour s'aider. Ou est-ce que tu me considères même plus comme tel ?

Jace se tenait dans l'embrasure de la porte, les bras croisés. Dans la pénombre du garde-manger, elle vit sa bouche se serrer en une ligne mince et dure. Elle avait heurté ses sentiments.

— Bien sûr que t'es un ami. C'est juste que… je te dois déjà la maison.

Kat laissa tomber le balai et la pelle qu'elle venait de trouver et se dirigea vers la porte. C'était comme si elle était de nouveau en 5ème, juste après avoir emménagé avec son oncle Harry et sa tante Elsie. Juste après le départ de son père. Jace avait été son ami à ce moment aussi, longtemps avant qu'ils ne vivent en couple. Elle leva instinctivement les bras pour l'étreindre, mais se retint. Elle ne pouvait pas faire marche arrière. Elle ne pouvait pas s'attendre à ce que Jace vienne tout le temps à son secours.

Elle ramassa le balai et la pelle et le frôla en franchissant la porte, évitant son regard. Il la suivit dans la cuisine. Kat s'occupa en poussant les fragments de porcelaine dans la pelle. Jace jeta les plus gros morceaux dans la poubelle.

— C'est pas la mer à boire, Kat, lui dit-il en lui touchant l'épaule. Tout va s'arranger. Tu vas résoudre l'affaire Liberty et ça va t'apporter beaucoup de nouveaux clients. Les entreprises vont te courir après. Tu verras.

Mais pouvait-elle le faire en quatre jours ? Il le fallait, sa réputation en dépendait. Sinon, elle savait que Nick et Susan feraient en sorte qu'elle ne retrouve plus jamais de travail. Kat jeta un coup d'œil à Jace, puis détourna son regard. Elle voulait l'embrasser, mais se retint. Elle ne voulait pas qu'il se méprenne.

— Si seulement c'était aussi facile ! lança-t-elle. Mon enquête mène à rien. Susan attend des résultats d'ici vendredi et j'ai rien à lui donner.

— On doit pouvoir trouver quelque chose. Et les chiffres falsifiés ?

Jace sortit des boîtes de plats à emporter du réfrigérateur et en vida le contenu sur des assiettes.

— Des restes de cuisine thaïlandaise ?

— Volontiers.

C'était un soulagement de ne plus rien cacher à Jace. Kat brancha la bouilloire et regarda dans la boîte à thé sur le comptoir ce qui pourrait aller avec la nourriture thaïlandaise. Elle choisit un paquet de thé chinois Gunpowder à la petite écriture soignée.

— Je peux pas encore parler à Susan des chiffres manipulés. Et si elle était impliquée ?

— Elle t'a engagée, n'est-ce pas ?

— Oui, et alors ? Elle doit engager quelqu'un quand cinq milliards de dollars disparaissent. Image de marque, investisseurs, presse, tu comprends. Tout le monde le ferait.

Jace tapa sur quelques touches du four à micro-ondes et il se mit en marche. L'odeur de riz au jasmin envahit la cuisine, ouvrant l'appétit de Kat.

— Tu te sous-estimes. Susan t'a choisie parce qu'elle sait que tu retrouveras Bryant et l'argent.

— Et comment ? Je suis même pas capable de gérer mes propres finances. Je suis une juricomptable sans domicile, déclara Kat en versant de l'eau bouillante dans une théière de Limoges vert pâle qu'elle avait trouvée au fond du placard de la cuisine. Elle déposa une pincée de thé dans un diffuseur en porcelaine et le plaça dans la théière qu'elle alla poser sur la table.

— T'es pas sans domicile. T'as cet endroit.

Ton endroit, se dit Kat.

— En plus, Susan connaît pas ta situation financière. Sois pas si dure avec toi-même. Une fois que tu retrouveras l'argent, le problème sera résolu.

Kat fit oui de la tête, mais ce n'était pas aussi facile que Jace le présentait. Elle dénicha deux tasses, les apporta sur la table et s'assit. Elles étaient assorties à la théière de Limoges, avec des roses peintes à la main et un motif doré en filigrane en relief. Elle passa l'index sur le motif en attendant que le thé infuse, absorbant la chaleur de la théière. Elle imaginait Verna Beechy assise là pour prendre le thé après une matinée de jardinage.

— J'ai perdu la trace de Bryant et l'argent a disparu il y a maintenant trois jours. Je sais même pas s'il est toujours au Liban. La banque veut pas me parler. Chaque jour qui passe, mes chances de retrouver Bryant ou l'argent s'amenuisent.

Si Bryant était vraiment le voleur. Et si c'était quelqu'un

d'autre ? Alors elle serait encore moins susceptible de trouver quoi que ce soit.

— C'est quoi notre prochaine étape ?

— Notre prochaine étape ?

— Laisse-moi en faire plus, Kat. Ça te gagnera du temps.

— Non, faut que je trouve la solution toute seule. Tu peux pas venir à mon secours à chaque fois que je tombe. Si je peux pas y arriver toute seule, peut-être que je devrais juste arrêter. Ça m'éviterait bien de l'embarras.

— Kat, je sais que tu peux résoudre le problème sans moi. Mais moins d'une semaine, c'est un délai assez serré. À deux, on peut avancer bien plus vite. Donne-moi les trucs rébarbatifs, la vérification des faits. Je veux juste te faciliter un peu la tâche, c'est tout.

— Je suppose que oui. Peut-être que tu peux m'aider à trouver qui d'autre est impliqué. Je sais que Bryant l'a pas fait tout seul.

— Bon, entendu, lança Jace en posant les assiettes sur la table et en s'asseyant en face de Kat.

Kat jouait avec sa fourchette, traçant une ligne entre le poulet aux noix de cajou et le tigre qui pleure tout en regardant par la fenêtre. Elle avait peut-être choisi la mauvaise profession.

Une tempête se préparait. Les deux chênes de la cour arrière se balançaient et les feuilles tourbillonnaient en rafales, tandis que le ciel de l'après-midi s'assombrissait.

Dans le coin supérieur de la fenêtre, elle pouvait apercevoir un tout petit bout du fleuve Fraser. C'était ce que les agents immobiliers appelaient une vue restreinte. Un éclair rouge passa soudain dans son champ de vision périphérique, puis disparut.

— T'as vu ça ? demanda-t-elle à Jace.

— J'ai vu quoi ? répondit Jace en avalant une bouchée de pad thaï.

— Y a quelqu'un dans la cour, juste là-bas, reprit Kat en pointant du doigt vers le jardin potager.

— Je vois personne. C'est juste le vent qui agite les choses.

— Non, j'ai vraiment vu quelqu'un.

Mais pourquoi y aurait-il quelqu'un dans la cour ?

— T'es juste fatiguée. Tes yeux te jouent des tours. Donc, pour en revenir à Liberty, pourquoi tu crois que quelqu'un d'autre est impliqué ?

Jace voulait toujours l'histoire pour son article. Et il avait probablement raison, elle devait s'imaginer des choses. Elle était épuisée et il commençait à faire sombre dehors.

— Tu te rappelles la production falsifiée dont on a parlé ce matin ? Bryant avait pas besoin de faire ça pour voler l'argent.

— Et on sait pas pourquoi ç'a été fait.

— Pas encore. Mais si on arrive à comprendre qui en bénéficierait, on pourra répondre à cette question d'une autre manière. C'est là qu'intervient la théorie GONE.

— GONE comme *disparu* ? Ça résume bien la situation de Bryant, n'est-ce pas ? Ou c'est un autre nom pour *détournement de fonds et délit de fuite* ?

— Presque. En fait, GONE est un acronyme de juricomptabilité pour décrire les quatre principaux facteurs de fraude, expliqua Kat. Le G représente le fait de se Gorger, autrement dit la cupidité, le O est pour Opportunité, le N pour Nécessité et le E pour l'Espérance de ne pas se faire prendre. On l'utilise comme point de départ pour déterminer qui pourrait être suspect. Jace, t'as déjà écrit des articles sur Liberty. Qu'est-ce que tu penses de ses directeurs ?

— Eh bien, je crois qu'ils se gorgent tous. Ils passent plus de temps à calculer leurs primes et les bénéfices de leurs options d'achat qu'à diriger l'entreprise. Tu te souviens quand ils ont essayé de mettre Liberty en vente il y a quelques années ?

Jace n'attendit pas la réponse de Kat pour poursuivre :

— C'était une farce. Nick Racine a essayé de faire une entourloupette aux actionnaires en se rapprochant d'un grand fonds d'investissement. Il a tenté de se débarrasser de la société pour une bouchée de pain, avec une prime rondelette pour les directeurs en récompense. La fiducie familiale de Braithwaite a voté contre. Ils sont ennemis depuis.

— Ça explique pourquoi Alex Braithwaite et Nick Racine se détestent. Susan a dit qu'ils se parlaient à peine. Susan l'aimait pas non plus, bien sûr.

Kat se rappela leur conversation. Susan craignait qu'Alex l'accuse pour l'argent manquant. L'image évoquée par les commentaires de Susan semblait tellement différente de l'homme à qui Kat avait parlé dans le bureau de Paul Bryant.

— Ils n'ont plus besoin de se soucier de lui maintenant. Avec le meurtre d'Alex, il est hors du tableau.

— Mais la fiducie existe toujours. La structure de propriété reste la même.

— C'est vrai, mais la sœur d'Alex, l'autre bénéficiaire de la fiducie, s'est jamais impliquée dans l'entreprise. Audrey a toujours suivi Alex. Nick pourra obtenir ce qu'il veut sans trop d'interférences, reprit Jace en remplissant de nouveau leurs tasses.

— Tu crois qu'il va encore essayer quelque chose comme ça ?

— Sûrement. Nick ferait n'importe quoi pour s'enrichir. Il dirige cette société comme son fief personnel, se servant des actifs comme s'ils lui appartenaient personnellement.

— J'ai remarqué.

Kat avait trouvé de nombreux exemples en étudiant de près les dépenses de Liberty au cours de la dernière année.

— Tu savais que la société a des condos à Paris et à Londres ? Liberty ne fait même pas d'affaires là-bas. C'est seulement le train de vie de Nick qui est financé au détriment des autres actionnaires.

— C'est une autre forme de vol, n'est-ce pas ? Comment ces cadres s'en tirent ? C'est peut-être pas aussi flagrant que de braquer une banque, mais ils volent quand même leurs actionnaires. Le O c'était pour opportunité, non ?

— Oui, c'est probablement le vol le plus évitable, déclara Kat. C'est le plus facile à éliminer, mais je le vois tout le temps. Les entreprises lésinent sur les contrôles internes pour économiser de l'argent, mais ça leur coûte plus à long terme. La meilleure prévention est de séparer les tâches, surtout quand de l'argent ou des objets de valeur sont impliqués. Il y a alors moins d'opportunités de vol.

— Alors, demanda Jace, qui a l'opportunité à ton avis ?

— Elle est probablement limitée à la haute direction. Aucun des membres du conseil d'administration n'a accès aux systèmes et aux données au quotidien. Le conseil semble cependant assez inquisiteur, donc, à mon avis, aucun des membres du personnel ou de la direction ne pourrait commettre une fraude sans se faire prendre. D'après ce que je peux voir, tout passe par Susan, et Nick parfois si une deuxième signature est nécessaire. Le système de contrôle interne de Liberty est en fait assez efficace. Les membres de la haute direction sont vraiment les seuls à avoir un droit d'accès.

— Comment ça explique que Bryant ait pu s'enfuir avec des milliards ?

— Une contrefaçon, pure et simple, déclara Kat. Il a imité les signatures de Nick et de Susan.

— Et la banque a pas vérifié ?

— Apparemment, non. En plus, c'était sur un fax. Bryant a probablement coupé et collé leurs signatures à partir d'un autre document. Une fois que les banques te connaissent, elles arrêtent de poser des questions. Tu crois qu'elles vérifient tout, mais c'est pas vrai. Elles deviennent complaisantes.

— Alors, il avait incontestablement l'opportunité. Tu m'as dit que la lettre N représentait quoi déjà ?

— La nécessité. Et c'est là que tu pourrais m'aider pour rechercher ses antécédents. Des choses comme des problèmes de jeu, la toxicomanie, tout ce qui requiert beaucoup d'argent. Peut-être des choses que t'as apprises par des rumeurs, mais sur lesquelles t'avais pas assez de preuves pour écrire un article. Quelqu'un vivant au-dessus de ses moyens serait aussi un indice.

— Ah, tu veux dire quelqu'un comme Nick ? Je sais que les

Racine sont riches, mais à moins que maman et papa assurent ses arrières, ses dépenses de jet-setteur doivent dépasser de loin son salaire chez Liberty.

— Hum, c'est intéressant.

Kat avait entendu dire que Nick côtoyait la jet-set européenne. Le mur de son bureau était recouvert de nombreuses photos de lui à des galas de stars, des événements de bienfaisance et des tournois de golf. Il y en avait même une avec un célèbre prince playboy. Kat se demanda quelle somme d'argent donnait accès à ce monde exclusif.

— Quelqu'un d'autre ? demanda-t-elle. Pourquoi pas Susan Sullivan ? Ou le défunt Alex Braithwaite ?

— Eh bien, Alex croyait toujours avoir droit à un pourcentage avant tous les autres. T'as entendu parler de la fête pour les cinquante ans de sa femme l'année dernière ? Ils sont partis à Cancún avec le jet de l'entreprise et Liberty a payé la facture de l'hôtel pour une douzaine de personnes. Ç'a été apparemment considéré comme une cérémonie d'affaires, vu que la liste des invités comprenait des associés en affaires. Alors, oui, je dirais qu'il avait pas beaucoup de scrupules.

— Pas d'autres nouvelles sur le meurtre d'Alex ?

Kat n'avait pas pu contacter Cindy. Elle effectuait une autre mission sous couverture.

— Pas de suspects pour le moment. Ou plutôt, je devrais dire qu'ils sont pas encore arrivés à en réduire la liste. Braithwaite avait beaucoup d'ennemis. Y compris les gens qu'il a trahis dans des transactions commerciales, à plus forte raison ceux à qui il devait de l'argent et pour finir un voisin avec lequel il se battait pour une question de droit de propriété.

— L'argent serait un mobile fort. Combien est-ce qu'il devait, à ton avis ?

— Plusieurs millions. Une de ses grosses transactions immobilières s'est gâtée l'année dernière. Sa société d'investissement privé a financé un développement qui a jamais vu le jour. Il en était de sa poche pour vingt millions et il avait du mal à trouver les fonds.

Exactement comme elle, se dit Kat.

— Je vais ajouter Braithwaite à ma liste, mais le fait qu'il soit mort veut dire qu'il peut aller nulle part. Nick Racine et Alex Braithwaite sont donc suspects. Ça fait trois suspects potentiels, y compris Bryant.

— J'en ajouterais un autre, déclara Jace. Susan Sullivan. Ce qui est intéressant, c'est que personne sait rien sur elle. C'est presque comme si elle s'était inventée. Je peux rien trouver sur son passé, sauf qu'apparemment, elle était directrice financière d'une entreprise d'investissement dont personne a jamais entendu parler. Comment elle a fini PDG de Liberty sans expérience minière, c'est un mystère.

Kat avala la dernière bouchée de son tigre qui pleure, le bœuf épicé la faisant larmoyer.

— Susan m'a dit qu'elle travaillait sur la dernière transaction boursière de Liberty.

— Vraiment ? reprit Jace en allant déposer leurs assiettes dans l'évier de la cuisine.

Kat regarda par la fenêtre. Les premières gouttes de pluie tintaient contre la vitre. Jace avait raison de soupçonner l'ascension soudaine de Susan au poste de PDG, se dit Kat tout en observant un filet d'eau descendre vers le bas de la vitre. Puis elle le vit de nouveau : un éclair rouge vers la clôture arrière.

— Jace, regarde ! Près de la grille, y a quelqu'un là-bas.

Jace referma le robinet de la cuisine et revint vers la table.

— Je vois toujours personne. À quoi il ressemble ? demanda-t-il derrière Kat, se penchant pour regarder où elle pointait du doigt.

Dans les quelques secondes pendant lesquelles elle s'était tournée vers Jace, l'intrus avait disparu. Il n'y avait plus personne maintenant, juste la porte entrouverte se balançant dans le vent.

Kat se retourna vers Jace.

— Euh… je l'ai pas bien vu, mais il portait quelque chose de rouge.

— T'es sûre ? Pourquoi est-ce qu'il y aurait quelqu'un dans notre cour ?

— Je sais pas, mais il a laissé la grille ouverte.

— C'est probablement le vent. T'es juste fatiguée, reprit Jace en retournant à l'évier. Et le E, il représente quoi ?

— L'espérance de ne jamais se faire prendre.

— Sauf que toi, tu vas réussir à l'attraper. Ou les attraper.

Kat regarda par la fenêtre. Il faisait noir maintenant, trop sombre pour voir quoi que ce soit, sinon quelques lumières scintillantes sur le fleuve. Takahashi avait été catégorique : c'était un coup monté contre Bryant. Nick avait viré Takahashi et il ne voulait pas que Kat travaille sur l'affaire. Alex Braithwaite avait été commodément écarté du décor. Était-ce la raison pour laquelle il avait été assassiné ? Était-il au courant des chiffres de production manipulés ?

— Jace, j'ai laissé mon ordinateur portable au bureau. Faut que j'y aille.

— Je vais te reconduire. On va charger tes affaires dans le camion et les rapporter ici ce soir.

— Est-ce qu'on peut pas faire ça demain ?

Elle ne se souvenait pas avoir accepté de venir habiter dans la maison, mais elle s'inquièterait de cela plus tard. Elle devait reparler à Takahashi. Pourquoi ne lui avait-elle pas posé de questions sur Alex Braithwaite ? Si elle pouvait le convaincre que cela aiderait Bryant, elle pourrait peut-être arriver à le faire parler.

Elle ouvrit son téléphone et vérifia sa messagerie vocale. Takahashi ne l'avait toujours pas rappelée après le message qu'elle lui avait laissé plus tôt dans la journée. Elle composa son numéro. Pas de réponse. Laisser un autre message serait à la limite du harcèlement.

Elle dressa une chronologie sur une serviette en papier. Les chiffres de production avaient commencé à être manipulés deux ans auparavant, à peu près au moment où l'ancien PDG avait été licencié et Susan embauchée. Était-ce après la tentative avortée de Nick de vendre Liberty ? Alex avait-il bel et bien viré le précédent PDG comme Susan l'avait déclaré ? Ou était-ce le fait de Nick ? Après tout, il était président du conseil.

Les nouvelles pipes de Mystic Lake avaient été découvertes à peu près au même moment où la production s'était accrue. Une nouvelle pipe pouvait-elle vraiment tant contribuer à la production et si vite ? Takahashi ne semblait pas le penser et on l'avait licencié peu après la découverte. Si Bryant était aussi un géologue qualifié, pourquoi n'avait-il pas fait part de ses préoccupations ? Si Takahashi était inquiet, pourquoi n'avait-il pas mentionné de discussions avec Bryant ? Il aurait pu exprimer ses inquiétudes. Ou peut-être l'avait-il fait et c'est pour cela qu'on l'avait congédié.

Si Braithwaite avait découvert la fraude, il avait peut-être confronté son auteur. Tout commençait à pointer vers Nick : sans scrupules, un style de vie fastueux et le sentiment que tout lui était dû. Était-ce la raison pour laquelle il avait donné une date butoir impossible pour retrouver l'argent ? Avait-il monté un coup contre Bryant ? Si c'était le cas, il était impossible de savoir ce qu'il était capable de faire maintenant.

Elle attrapa son sac à main et ses clés sur le comptoir.

— Tu vas revenir ce soir ?

— Non, il est tard. Je vais rester au bureau.

— À cause de quelque chose que j'ai dit ?

— Non. Jace, j'ai juste besoin d'un temps de solitude pour réfléchir. J'ai rien contre toi.

— C'est parce que je ronfle ? lui demanda-t-il en se parant d'un torchon comme dans une corrida.

Mais Kat n'était pas d'humeur à plaisanter.

— C'est juste que je réfléchis mieux la nuit. Et tout ce dont j'ai besoin est au bureau.

— D'accord, comme tu veux. On déménagera tes affaires demain.

CHAPITRE 12

*K*at se réveilla en sursaut. Quelqu'un tambourinait sur le mur en verre de son bureau en face de l'ascenseur.

— Je vais t'avoir, espèce de garce !

Elle se releva brusquement du canapé de la réception et s'assit, sentant les griffes de Buddy quand il s'éloigna d'elle précipitamment.

— Ouvre cette fichue porte ! Laisse-moi entrer, MAINTENANT ! cria l'homme.

Le panneau vibrait. Un barbu au regard hystérique cognait sur le verre. Quelque chose devait céder et ce ne serait pas le gars de l'autre côté. Les lumières brillantes dans le bureau de Kat contrastaient avec le couloir sombre à l'extérieur, rendant la masse de l'homme encore plus menaçante. Sans s'arrêter de crier, il poussait maintenant de tout son poids contre le mur. Le verre n'allait pas tenir. Le cœur de Kat se mit à battre plus vite quand elle aperçut le reflet d'un couteau dans l'autre main de l'homme.

Le bâtiment de Kat était trop petit et le loyer trop bas pour un service de sécurité. Elle réfléchit rapidement à ses options. Son sac, avec son téléphone portable, était dans son bureau au bout du couloir. Les numéros de téléphone de la société de sécurité étaient à la réception juste à côté de la paroi de verre, dangereusement près du cinglé. Trop près. Mais elle devait appeler quelqu'un. S'il arrivait à entrer en brisant le mur, elle n'aurait pas le temps de s'enfuir. Pourquoi n'avait-elle pas pris la peine de mémoriser le numéro ou au moins de le programmer dans le téléphone de son bureau et dans son portable ? Kat pesta contre sa stupidité.

Le mur crissait comme des ongles sur un tableau tandis que l'homme l'incisait, y traçant des croisillons ressemblant à l'œuvre abstraite d'un artiste fou. Puis le verre se fissura quand l'homme se jeta de nouveau contre lui de tout son poids. Kat avait voulu remplacer le verre avec un mur normal, mais par manque d'argent, elle avait remis ce projet à plus tard. Le bâtiment avait semblé raisonnablement sûr, au moins jusqu'à maintenant, avec un gars dérangé essayant de bousiller son bureau. Mauvaise idée.

Une fissure apparut en diagonale du milieu du panneau jusqu'au sol. Le verre n'allait plus tenir très longtemps. Comment avait-il réussi à entrer ? Le bâtiment avait une alarme après la fermeture et on ne pouvait pas accéder aux escaliers ni à l'ascenseur sans carte d'accès. Elle connaissait tout le monde à l'étage et ce fou furieux n'était pas un des locataires. Kat se précipita vers son bureau et saisit le téléphone pour appeler la police, mais il n'y avait pas de tonalité.

— Merde !

Elle attrapa son sac à main sur le bureau et fouilla dedans pour chercher son téléphone. Elle l'ouvrit. Il était à plat. Pourquoi n'avait-elle pas rechargé la batterie ? Elle était foutue. Personne dans la rue en dessous n'entendrait ce qui se passait au troisième étage.

Paniquée, elle courut dans le bureau secondaire, le seul ayant un verrou, et s'y barricada. L'effet dissuasif de la porte en bois creux serait de courte durée. Mais cela pourrait lui donner assez de temps.

Elle essaya le téléphone sur le bureau. Pas de tonalité ici non plus. Elle était piégée. Elle parcourut le petit bureau du regard, se demandant si elle pouvait pousser le bureau en chêne massif contre la porte. Une pochette noire sur le bureau attira son attention. Le téléphone portable d'Harry ! Il avait dû l'oublier. Les mains tremblantes, elle essaya d'appeler la police. Rien. Elle s'obligea à se calmer et réessaya. Au moment même, elle entendit une cacophonie de bruits : la paroi en verre venait de voler en éclats.

Après une éternité, l'opérateur d'appel d'urgence répondit. Kat pouvait entendre le cinglé maintenant, il brisait la vaisselle et les verres dans la cuisine. Il allait la trouver. C'était juste une question de temps. Kat s'arc-bouta contre le vieux bureau et poussa de toutes ses forces. Le bureau refusa de glisser sur le tapis épais à poils longs datant des années soixante-dix. Elle entendit un grand craquement à la porte. Le gars était juste de l'autre côté. Un autre coup et la porte se brisa.

Kat se retrouva soudain face à un fou furieux, un accro à la meth de plus d'un mètre quatre-vingts, mal rasé et le visage couvert de plaies révélatrices. Trop tard pour la police, se dit Kat. Le toxicomane se précipita sur elle avec le couteau. Elle leva les bras pour protéger son visage. Personne ne la sauverait cette fois.

— Kat ? Réveille-toi ! cria Harry en secouant l'épaule de Kat.

Elle se réveilla en sursaut.

— Ça va ? Qu'est-ce qui est arrivé au mur en verre ?

— Oh, ça !

Kat garda le silence un instant, se redressant et observant les dégâts de la nuit dernière. Ce n'était donc pas un mauvais rêve après tout.

— Je me suis bagarrée avec un accro cinglé qui cherchait un coin pour dormir.

— Oh, mon Dieu, t'as plein de coupures sur le bras ! Tu dois voir un médecin. Je t'emmène tout de suite aux urgences !

Trois grandes balafres parcouraient l'avant-bras de Kat. Juste des coupures superficielles, mais elle devait admettre qu'elles semblaient bien pires que ce qu'elle ressentait.

Harry regarda Kat avec un mélange d'inquiétude et de panique lorsqu'elle lui décrivit les événements de la nuit. Le taré avait réussi à pénétrer dans le bâtiment après le départ des concierges.

La police avait dit que quelqu'un avait oublié de verrouiller la porte d'entrée.

— Tonton Harry, t'inquiète pas. La police est venue à temps, juste à temps. Et mon bras va bien. Il ne saigne plus. Je crois que ça va aller. Mais je commence à me méfier de ce quartier.

Kat n'avait pas beaucoup dormi. Les flics étaient partis à trois heures du matin, mais la compagnie de sécurité n'était pas arrivée avant sept heures. L'entreprise de vitrerie n'était toujours pas là. Kat avait sommeillé avec difficulté sur le canapé de la réception, sachant que n'importe qui pourrait entrer. Même si le bâtiment était soi-disant sécurisé, comme quand l'accro violent était entré, son bureau serait toujours grand ouvert sur le couloir tant que le mur en verre ne serait pas réparé.

Water Street fourmillait de sans-abris en hiver, surtout à la nuit tombée. Ils se faufilaient dans les vieux bâtiments pour échapper aux nuits froides et humides de Vancouver. La plupart étaient inoffensifs, mais certains étaient violents, comme le fou de la nuit dernière. Une épidémie de crystal et d'héroïne avait transformé Water Street en véritable stand de tir la nuit. Le loyer bon marché se payait cher.

— T'as faim ? Tiens, prends un de mes croissants.

Kat regarda dans le sac ouvert et en choisit un nappé de chocolat.

— C'est ton petit déjeuner ? T'allais les manger tous ?

Pas étonnant qu'Harry soit hyperactif.

— Tata Elsie sait ce que tu manges ?

— Bien sûr. Je rapporte les restes à la maison.

Kat en doutait, mais elle ne dit rien.

Au lieu, elle mordit dans son croissant. Le chocolat l'avait toujours aidée à avoir les idées claires.

— T'as trouvé l'argent de Liberty ?

La question n'avait pas mis longtemps à venir. L'oncle Harry était au bureau à sept heures du matin pour une raison.

— Non, pas encore. Combien t'as investi ? lui demanda Kat en l'observant attentivement.

Il détourna les yeux, essayant d'éviter son regard.

— Pas mal.

Kat était inquiète. Toutes les économies d'Harry étaient-elles vraiment placées dans les actions de Liberty ? Avait-il emprunté encore plus d'argent pour faire cet investissement ?

— Eh bien, la seule piste que j'ai maintenant est la manipulation des chiffres de production. J'ai perdu la piste de l'argent au Liban. Puisque j'ai rien d'autre, je vais me concentrer sur la personne qui a les moyens et le mobile de trafiquer les résultats de la production à Mystic Lake. La question du mobile est facile. Augmenter la production fait monter le cours des actions de Liberty. De meilleures mines donnent également plus de valeur à Liberty. Voilà comment Bryant a en premier lieu convaincu les banques de lui prêter cinq milliards de dollars. Les seules parties qui profitent matériellement sont les actionnaires et les cadres supérieurs.

— Je comprends, dit Harry en s'asseyant à côté d'elle sur le canapé. Les actionnaires, parce que le prix des actions va augmenter avec la valeur de Liberty. La valeur de Liberty monte, parce qu'avec la découverte des diamants, l'entreprise vaut davantage. Et les cadres supérieurs bénéficient de plus gros bonus quand les profits augmentent, et ils ont tous des options d'achat d'actions considérables. En fait, Kat, j'ai creusé un peu moi-même. Il y a deux personnes qui se détachent vraiment. Oublie pas, je suis un des actionnaires. Et je pourrais ajouter, un très bon enquêteur.

— Vraiment ? Il faudrait que ce soit des actionnaires initiés, non ? Les indépendants ont pas de droit d'accès, ils peuvent rien faire. Ils peuvent pas manipuler les résultats, falsifier les bilans financiers ni faire ce que peuvent faire les initiés pour influencer le cours des actions.

Deux gars en salopette frappèrent au chambranle détérioré.

— C'est ce mur-là ? demanda le plus petit des deux.

Kat fit oui de la tête. Ils posèrent leurs outils par terre et se mirent au travail.

Kat et Harry changèrent de bureau pour échapper au bruit. Les ouvriers ôtaient le reste des éclats de verre au marteau.

— Et les options d'achat d'actions ? demanda l'oncle Harry, comment ça marche ?

— Elles permettent aux actionnaires d'acheter des actions à un certain prix. Habituellement, c'est au prix du marché au moment où les options sont émises. Beaucoup d'initiés de la société s'accrochent à ces options pendant des années. Si des actions ont été émises depuis très longtemps, elles peuvent valoir des tonnes d'argent. Exercer ton option signifie que t'as le droit d'acheter des actions au prix de l'option. S'il est inférieur au prix actuel du marché, tu feras de l'argent si tu les revends aussitôt. Le profit est la différence entre le coût d'exercice des options et le produit de la vente des actions.

L'oncle Harry resta un instant silencieux, savourant son deuxième croissant.

— Est-ce qu'il y a un nom spécial pour ça ? Quand tes options valent quelque chose ?

— On l'appelle « dans la monnaie ». Quand le prix du marché est au-dessus du prix de ton option, on dit que c'est « dans la monnaie ». Ça vaut quelque chose. Si c'est l'inverse, c'est « hors de la monnaie ». Dans ce cas, tu t'accroches aux options et t'attends que le cours de l'action remonte.

— Bryant avait pas un paquet de ces options dans la monnaie ?

L'oncle Harry s'était vraiment bien renseigné. Il avait dû étudier le rapport annuel pendant des heures, ce qui ne lui ressemblait pas du tout. Il devait avoir beaucoup en jeu. La tante Elsie était-elle même au courant de son investissement chez Liberty ?

— Oui, il en avait beaucoup. C'est lui qui avait le plus d'options dans la monnaie.

— Alors pourquoi il les a pas tout simplement encaissées s'il avait besoin d'argent ?

— Bonne question, Tonton Harry. Ça n'a pas beaucoup de sens, n'est-ce pas ?

Kat n'attendit pas sa réponse pour continuer :

— Le fait qu'il l'ait pas fait est suspect. C'est peut-être pas notre homme.

— Qui alors ?

— Alex Braithwaite avait aussi beaucoup d'options dans la monnaie. Sept millions, en fait. Susan deux millions, mais elles sont pas acquises. Elle a pas vraiment de mobile pour trafiquer les chiffres de production, vu qu'il lui faut attendre deux autres années avant de pouvoir encaisser les options.

— Et Braithwaite a été assassiné.

Harry se gratta la tête.

— Exactement. Il avait un mobile pour augmenter le cours des actions de Liberty, mais il a jamais exercé ses options. C'est aussi un des bénéficiaires de la fiducie familiale Braithwaite, un actionnaire majoritaire. Comme sa sœur, Audrey Braithwaite. Mais Alex lui a tout laissé dans son testament.

— Alors Audrey avait rien à gagner en tuant Alex. Et elle avait pas d'options. Tu crois qu'Alex savait quelque chose ?

— C'est possible, répondit Kat, se rappelant sa conversation avec Alex. Mais tuer les bénéficiaires de la fiducie ne modifie pas la propriété des actions. La société fiduciaire contrôle toujours la même quantité d'options de Liberty, alors c'était peut-être pour le faire taire.

— Et les autres actionnaires ? demanda Harry en saisissant un troisième croissant.

Il n'y aurait bientôt plus rien à rapporter pour Elsie.

— Les actions de catégorie B sont très largement réparties. Personne a plus de 5 % de ces actions. Ce qui veut dire que personne ne peut contrôler ni influencer Liberty de façon significative. Les actions de catégorie A sont une autre histoire. Puisqu'elles donnent dix fois plus de droits de vote que les actions de catégorie B, Nick contrôle en réalité 40 % de la société, même s'il possède seulement 4 % des actions de catégorie A et B. La fiducie familiale de Braithwaite a également une belle part des actions de catégorie A. Avec 3,5 % du total des actions en circulation, la fiducie contrôle 35 % des actions avec droit de vote.

— Alors, ils possèdent ensemble suffisamment d'actions pour mettre en minorité n'importe lequel des autres actionnaires ?

— Exactement. La charte de l'entreprise Liberty exige une majorité à 66 % des voix et une majorité aux deux tiers pour approuver les principales résolutions de l'entreprise. Donc, tant que Nick et la fiducie familiale votent pareil, ils ont 75 % des actions et ils rendent les autres actionnaires impuissants. Les actionnaires minoritaires peuvent pas déterminer qui siège au conseil d'administration, approuver ou arrêter une fusion, ni influencer d'autres décisions importantes que les actionnaires peuvent normalement prendre.

— Alors moi et le reste des actionnaires, on a pas vraiment de droits de propriété, n'est-ce pas ? On sera toujours en minorité. Pourquoi quelqu'un envisagerait d'acheter une entreprise avec des actions ayant différents droits de vote ? Pourquoi diable je les ai achetées ?

— Bonne question. Je suppose que tant que les choses vont bien, on pense pas aux conséquences. La plupart des gens y pensent pas.

Kat n'avait jamais compris pourquoi quelqu'un voudrait investir dans une entreprise qui permettait à certains actionnaires d'avoir plus de voix que les autres. Les investisseurs ne considéraient jamais les droits de vote, jusqu'au moment où les choses commençaient à mal tourner. Ils se rendaient alors finalement compte du peu de pouvoir qu'ils avaient en tant que groupe d'actionnaires.

— Pour sûr, c'est une surprise pour moi. Je pensais que mes actions auraient autant de voix que celles des autres actionnaires. Une voix par action. Et pas dix voix pour les actions de catégorie A contre une pour celles de catégorie B. C'est pas juste. Nous, les actionnaires de catégorie B, on a jamais l'occasion de se faire entendre.

— Ça peut encore tourner en ta faveur, Tonton Harry. Si la fiducie et Nick sont en désaccord, alors les autres actionnaires peuvent se prononcer. Les positions de la fiducie et de Nick vont s'annuler mutuellement. S'ils votent ensemble, leurs actions représentent 75 % des voix, mais s'ils sont en décalage, des 40 % de Nick et des 35 % de la fiducie, il restera seulement un vote net de 5 %. Le vote des autres actionnaires comptera alors.

— J'y ai jamais pensé de cette façon. Si ni la fiducie ni Nick Racine ne contrôlent complètement Liberty, ils peuvent opposer leur veto à leurs résolutions respectives présentées au conseil.

— C'est ça, conclut Kat, de nouveau surprise par les connaissances d'Harry. Donc s'ils sont pas d'accord, ils ont de graves problèmes. À moins de pouvoir obtenir le soutien de nombreux actionnaires de catégorie B, ils pourraient se trouver dans une impasse.

— On dirait quand même que quelqu'un voulait se débarrasser d'Alex Braithwaite. Même s'il contrôlait pas la fiducie, il a pu avoir une influence sur les décisions qu'elle prenait.

— C'est certainement une possibilité, dit-elle. Mais oublie pas que l'actionnaire est la fiducie familiale de Braithwaite, pas Alex Braithwaite lui-même. Même si quelqu'un voulait se débarrasser de lui, son remplaçant voterait probablement comme lui. Le vote serait en faveur de ce qui rapporterait le plus d'argent à la fiducie.

— Alors, en dehors des sept millions en options d'achat d'actions, c'est probablement pas notre homme ?

— Probablement pas. Avec la structure de vote à double catégorie, Nick a le plus à gagner d'un cours supérieur, bien qu'il devrait vendre ses actions pour en profiter.

Kat doutait que Nick fasse cela. Il s'identifiait trop à son père, le co-fondateur, et avait passé toute sa carrière chez Liberty. Il dirigeait aussi l'entreprise d'une manière très impliquée. Qu'il vende ses parts semblait peu probable. À moins d'y être forcé.

Néanmoins, même sans vendre, un prix d'action supérieur augmentait sa valeur nette sur le papier, ce qui pouvait au moins flatter son ego. Cela pourrait être un objectif suffisant pour un magnat avide de pouvoir comme Nick.

— Kat, je suppose donc que la manipulation du cours des actions et des chiffres de production pointe vers Nick et Alex. Même si Alex n'avait pas de contrôle sur les votes, il avait une influence indirecte par l'intermédiaire de sa fiducie familiale.

— C'est exact. On a un bon mobile pour les deux. Et ils étaient pas d'accord récemment. Il semble qu'Alex était pas trop content de certaines décisions de Nick. Comme le fait d'embaucher Susan et de développer la mine de Mystic Lake. Même s'il contrôlait pas assez d'actions pour influencer le vote, 35 % c'était suffisant pour bloquer les résolutions qui lui plaisaient pas. Ce que la fiducie de Braithwaite a commencé à faire.

Cela amusait secrètement Kat que Nick et Alex aient eu des prises de bec. La structure à deux catégories d'actions se retournait contre les deux principaux actionnaires de catégorie A, étant donné qu'ils ne pouvaient pas se mettre d'accord sur la direction de l'entreprise. C'était la démocratie en action avec une touche ironique.

Kat et Harry se partagèrent le travail sur les actions. Harry n'était pas juricomptable, mais il aidait beaucoup Kat. Il travaillait gratuitement, et son enthousiasme et sa curiosité étaient des atouts tant qu'elle le surveillait de près. Sans supervision, il pouvait s'attirer beaucoup d'ennuis.

Harry examinerait les procès-verbaux des réunions du conseil et dresserait une liste des résolutions présentées, qui avait voté pour ou contre, et lesquelles étaient en suspens. Kat passerait en revue les achats et ventes d'initiés pour voir s'il y avait des activités inhabituelles.

Elle avait vraiment besoin de parler à Takahashi. Il ne l'avait toujours pas rappelée, malgré ses nombreux messages. La réunion du conseil d'administration de vendredi approchait terriblement vite, et elle avait besoin d'éléments pour étayer ses soupçons sur les chiffres de production manipulés de la mine de Mystic Lake. Il lui faudrait lui rendre visite.

Elle vérifia le volume de transactions de Liberty, ce qu'elle faisait tous les jours depuis qu'elle avait été assignée à ce cas. Le cours de l'action avait des allures de montagnes russes, la plupart du temps en bas, mais il y avait quelques sursauts quand certains optimistes décidaient que les nouvelles baisses étaient une bonne affaire.

Les ventes à découvert avaient augmenté au cours de la dernière semaine, mais ce qu'elle vit sur l'écran du jour la laissa songeuse. Ces ventes représentaient maintenant plus de 60 % du total des actions émises. Vendre à découvert, c'était vendre des actions qu'on ne possédait pas. Si on avait raison et que l'action perdait de sa valeur, on pouvait faire beaucoup d'argent. D'un autre côté, si la valeur de l'action augmentait, on devait acheter les actions à un prix plus élevé que ce qu'on avait dépensé pour couvrir ses pertes. La perte potentielle était théoriquement illimitée.

Qui vendait à découvert une telle quantité d'actions de Liberty ? Et que savaient-ils qu'elle ignorait ?

CHAPITRE 14

Ortega regarda par le hublot du Cessna à six places, tandis que le pilote le faisait rouler sur la piste. La petite piste d'atterrissage privée avait été taillée dans la jungle à quelques kilomètres de Ciudad del Este, une ville sans foi ni loi du Paraguay située dans la zone des trois frontières. De là, une voiture l'attendrait pour le conduire dans la capitale du marché noir, à cheval sur la triple frontière séparant le Paraguay, le Brésil et l'Argentine. Il était fort douteux que des affaires légitimes aient lieu à Ciudad del Este.

Ortega faisait le voyage deux fois par mois, mais les risques s'intensifiaient maintenant qu'on savait à quoi il ressemblait et qu'on connaissait ses faits et gestes. Il essayait de varier son itinéraire et son calendrier pour ne pas attirer l'attention, mais c'était difficile. Et il ne faisait confiance à personne au sein de son organisation pour inspecter les diamants et convenir d'un prix. On pouvait toujours acheter la confiance, une leçon qu'il avait apprise à la dure avec Vicente.

Ciudad del Este était non seulement la source de la plupart des produits de contrebande au Brésil et en Argentine, mais aussi un centre mondial capital pour les armes sur le marché noir et les diamants bruts qui finançaient les conflits et les guerres. C'était un microcosme de terroristes internationaux, d'espions et de crime organisé, un creuset de l'activité criminelle où l'on pouvait tout acheter, des produits de contrefaçon chinois à la cocaïne et aux kalachnikovs. Tout le monde était représenté : le Hezbollah, Al-Qaïda, les triades de Hong Kong et dernièrement, la mafia russe. Même la CIA et le Mossad trouvaient que cela valait la peine d'y avoir une présence permanente. C'était là qu'Ortega s'enrichissait.

Le lieu était étroitement surveillé par la CIA et policé à divers degrés par l'Argentine, le Brésil et le Paraguay. Ortega payait la police locale et à court terme la CIA ne l'inquiétait pas. Elle avait certes la capacité et assez d'influence pour mettre fin à ses activités, mais il y avait peu de chances qu'elle le fasse. Le réseau du terrorisme et du blanchiment d'argent international était complexe, et à leurs yeux, Ortega n'était qu'un intermédiaire.

La CIA avait beaucoup à faire et de toute façon le Paraguay ne faisait pas partie de sa juridiction. Mais une présence accrue des forces de l'ordre signifiait qu'Ortega avait besoin de trouver de nouvelles sources à plus long terme. À un moment donné, la ville frontalière cesserait d'être l'eldorado des contrebandiers, et ce jour approchait vite. Cependant, les forces de l'ordre se concentraient pour l'instant sur les terroristes. Pas sur les activités financières d'Ortega.

Ciudad del Este semblait un endroit insolite pour décider du sort de l'histoire du Moyen-Orient, mais depuis les attentats du 11 septembre, la ville était devenue un refuge pour les terroristes. Si on les recherchait en Europe ou en Amérique, on ne les trouverait pas. Ils vivaient ici, dans des enceintes clôturées, barricadés dans des maisons sécurisées et protégés par la sainteté de la mosquée. Ils passaient leur temps à se faire oublier, à apprendre l'anglais, à se fabriquer de nouvelles identités et à développer des réseaux de commerce et de financement. Il y avait même des rumeurs sur un camp d'entraînement à proximité, le long du fleuve Paraná.

C'était la concurrence qui inquiétait le plus Ortega. Les cargaisons plus importantes étaient bien plus rentables pour lui, mais elles commençaient à attirer l'attention de quelques-uns des autres acteurs de la ville. Toutes les deux semaines, lorsque les diamants arrivaient, il poussait un soupir de soulagement. Il essayait de faire varier l'horaire, mais cela s'avérait difficile avec de telles quantités. Et il avait besoin d'un gros volume pour faire marcher ses affaires et maximiser ses profits. Les cargaisons devenaient donc plus grosses, ce qui augmentait l'ampleur de la perte si elles étaient saisies ou volées. Il ne manquerait plus que ses concurrents les trouvent et les interceptent, ou que la police exige un paiement plus important. Il lui fallait trouver un autre moyen de faire circuler les diamants. Son contact principal était Abdullah Mohammed, un trapu qui semblait avoir dans la quarantaine, même si son abondante barbe grisonnante lui donnait probablement quelques années de plus.

La berline d'Ortega s'arrêta devant l'épicerie libanaise de Mohammed. Une petite enseigne délavée au-dessus du magasin indiquait qu'il importait des produits alimentaires arabes. On pouvait sentir l'odeur de la cardamome et des clous de girofle stockés dans des sacs de jute à l'extérieur du magasin. Elle parvint à Ortega par la fenêtre ouverte de la voiture. Rien ne trahissait le fait que d'autres affaires lucratives se déroulaient derrière cette devanture.

Il sortit de l'automobile et ignora le petit groupe d'hommes du Moyen-Orient qui le regardaient avec curiosité depuis le café turc d'à côté. Les hommes avaient trop de temps libre, ils battaient la semelle à toute heure du jour et de la nuit. Une autre crise qui couvait, aux yeux d'Ortega. Les Libanais semblaient être des intermédiaires pour tout le monde, du Hezbollah à la mafia nigériane.

Devant le magasin, un chien errant se tourna vers lui, espérant quelque chose à manger. Ortega fronça les sourcils et lui donna un coup de pied dans les flancs. L'animal gémit et s'éloigna, apeuré.

Tout le monde veut quelque chose de moi, se dit Ortega avec dégoût. Mohammed en était un autre exemple.

— Bonsoir, Monsieur Ortega. J'espère que la bénédiction du Très-Haut vous profite. J'ai quelque chose de très intéressant pour vous aujourd'hui, lui dit Mohammed en l'emmenant vers l'arrière-boutique.

Ils étaient seuls, mais Ortega savait que chacun de ses mouvements avait été observé depuis qu'il était descendu du Cessna. Les enjeux étaient élevés des deux côtés.

Mohammed lui fit signe de s'asseoir à la petite table.

— Omar, apporte-nous du thé, aboya-t-il à un jeune garçon frêle d'environ dix ans.

Ortega suivit l'enfant des yeux, tandis qu'il disparaissait en courant vers le devant du magasin.

Une fois le gosse parti, Mohammed ouvrit une mallette et montra à Ortega un ensemble de diamants bruts de différentes tailles.

Le garçon revint avec le thé, en évitant soigneusement leur regard ou de poser les yeux sur le contenu de la mallette. Ortega se demanda si c'était la peur ou son attachement à la cause qui avait acheté sa confiance.

Même s'il savait que c'était impoli dans la culture arabe, il décida d'aller droit au but :

— M. Mohammed, rencontrez-vous des problèmes avec votre chaîne d'approvisionnement ?

Ortega ne cacha pas sa déception quant au contenu. Durant les deux années au cours desquelles Ortega avait traité avec Moham-med, la qualité des pierres s'était considérablement détériorée. Le volume était bon, mais il devenait difficile d'exiger un prix assez élevé pour des pierres de médiocre qualité. Mohammed lui cachait quelque chose. Et il en savait trop.

— Mon cher M. Ortega, ces diamants sont de qualité supé-rieure. Mes sources m'assurent qu'ils sont très recherchés.

— M. Mohammed, j'ai remarqué une baisse notable de la

qualité au cours de la dernière année. Je m'enquiers seulement de votre bien-être. Si vous rencontrez des problèmes avec votre fournisseur, je peux peut-être vous aider.

Les pierres de Mohammed étaient de haute qualité jusqu'à il y a deux mois. Puis la qualité avait chuté, presque du jour au lendemain. Les bonnes pierres allaient évidemment à la concurrence. Était-ce Mohammed lui-même ou un nouvel acteur ? Ortega l'ignorait, mais il avait bien l'intention de le découvrir.

Le Libanais avait une source apparemment inépuisable de pierres brutes, pour lesquelles Ortega lui fournissait des fusils, des grenades, des lance-roquettes, et même des hélicoptères d'occasion, quelque chose qui semblait toujours en pénurie au Moyen-Orient. Il n'était en fait jamais en possession des armes, mais il négociait l'accord entre les Arabes et quelques fonctionnaires corrompus de gouvernements occidentaux. C'était uniquement une question de relations. C'était tout ce qui comptait, surtout avec les Arabes. Quelques offres solides, et vous gagniez leur confiance pour toujours.

Il s'était diversifié dans les diamants après le 11 septembre, après l'adoption des lois de lutte contre le blanchiment d'argent. Les gouvernements occidentaux pouvaient geler des milliards de dollars dans des comptes bancaires gérés par des organisations terroristes et les organismes de bienfaisance qui leur servaient de façade. Quant aux diamants, on pouvait facilement les transporter clandestinement, en faire perdre la trace et les convertir en espèces.

Ortega n'avait pas demandé d'où ils venaient, mais il savait que c'était probablement d'un pays avec des diamants de sang, comme la Sierra Leone, où les Libanais eux-mêmes s'étaient implantés comme acheteurs de pierres brutes. L'arrangement établissait un marché noir pour compenser les voies officielles non disponibles en Sierra Leone. Cela permettait également à Ortega d'écouler ses armes, tant que les guerres continuaient.

Jusqu'à présent, l'arrangement avait été mutuellement bénéfique. Le Libanais trouvait un marché pour des pierres dont ils ne pourraient pas facilement se débarrasser autrement, certainement pas dans les grandes quantités qu'ils négociaient. Ortega les achetait à environ 20 % de la valeur des diamants légitimes. Seules les pierres traversaient l'océan vers l'Amérique du Sud. Les armes reçues en échange étaient livrées à l'endroit spécifié par l'acheteur. Aucune des deux parties ne savait à qui ils avaient vraiment affaire, ce qui multipliait commodément les options et faisait baisser les prix. Se servir d'Ortega comme intermédiaire signifiait aussi que les deux pouvaient effectuer des transactions avec des parties avec lesquelles ils ne pouvaient pas traiter ouvertement.

Ortega savait que le Libanais négociait des accords avec la plupart des organisations terroristes du Moyen-Orient, y compris beaucoup qui se battaient les unes contre les autres. C'était une source de grands bénéfices pour Ortega. Tant qu'ils continuaient à manifester leur haine de l'Occident, Ortega savait que la plupart des armes seraient utilisées dans des conflits violents entre les différentes sectes religieuses. Dans de nombreux cas, il fournissait l'équipement aux deux parties. Tant qu'ils continuaient à se battre entre eux, Ortega s'enrichissait.

La lutte actuelle entre le Hezbollah et le Fatah pour le contrôle de la Palestine était particulièrement profitable. Le prix des diamants était directement proportionnel au niveau de frustration avec le conflit. Tant que les deux groupes étaient de force égale et qu'aucun côté ne remportait un avantage évident, les affaires d'Ortega marchaient bien. C'était un équilibre délicat de fournir des armes aux deux camps, tout en les convainquant qu'il soutenait leur lutte spirituelle et comprenait leur doctrine.

Tout allait bien, jusqu'à ce que Mohammed commence à tout faire foirer avec son avidité. Ce serait la dernière cargaison à passer par la zone des trois frontières, décida Ortega. Il était temps de passer à la stratégie de sortie.

CHAPITRE 15

Kat respira l'air vif. Elle courait le long de la digue de la baie des Anglais en essayant de suivre l'allure de Cindy. Le ciel se dégageait et un léger vent les poussait, tandis qu'elles évitaient les flaques d'eau laissées par la pluie du matin. Kat se sentait déjà plus calme, prête à affronter Jace plus tard, à la maison. Elle lui dirait tout simplement qu'elle ne pouvait pas emménager. Ni trouver sa part de l'argent. Elle devait se retirer de leur accord.

— Il est temps que tu t'y remettes. Tu vas avoir du mal à courir le marathon à ce rythme-là, remarqua Cindy en laissant Kat passer devant elle, tandis qu'un homme les croisait avec son chien.

Kat et Cindy s'étaient inscrites à leur premier marathon quatre mois auparavant. Il était maintenant dans à peine trois semaines, un peu tard pour rattraper son retard dans l'entraînement.

— Je sais. Je suis tellement occupée.

Kat décida de ne pas lui parler de l'effraction de la veille. Cindy pensait déjà que le quartier de Gastown était délabré et louche. Le cambriolage prouvait qu'elle avait raison.

— T'as des problèmes à tenir tes engagements, ma petite. Pourquoi c'est si difficile pour toi ? T'as juste à te pointer pour courir.

— Facile à dire. Toi, tu fais tes séances d'entraînement haut la main. C'est plus difficile pour moi.

Toute course avec Cindy était difficile. Avec son mètre soixante-cinq et sa taille trente-deux, Cindy semblait glisser à côté de la foulée lourde et accentuée de Kat. Sa silhouette délicate cachait le fait qu'elle était physiquement aussi solide que ses homologues masculins de la Gendarmerie royale du Canada. Mentalement, elle les battait à plate couture.

— C'est difficile pour toi parce que t'as seulement fait un quart des entraînements. C'est toujours comme ça avec toi, Kat. Personne arrive à te retenir.

— C'est peut-être parce que j'aime garder mes options ouvertes.

— Comme avec Jace ?

— Qu'est-ce que Jace a à voir avec ça ?

Pourquoi Cindy parlait-elle de lui ? La course était censée lui faire oublier Jace, pas se concentrer sur lui.

— Vous vous séparez et puis tu le laisses dans l'incertitude.

— C'était il y a plus de deux ans. On est juste amis maintenant, rien de plus.

— Mais vous avez acheté une maison ensemble.

— On vit pas en couple ! protesta Kat, mais on investit ensemble. Ç'aurait pu être toi et moi, ç'aurait pas fait de différence.

— Allez, arrête. T'as peur de t'engager, admets-le. Vous êtes faits l'un pour l'autre. Jace est toujours fou de toi, mais il va pas rester là à t'attendre pour toujours. Un jour…

Kat ne la laissa pas finir :

— Cindy, je suis pas d'humeur à la psychanalyse pour le moment.

— Comme tu voudras. Je voulais pas en parler, mais tu vas avoir du *pain sur la planche* pour courir ton marathon de quarante-deux kilomètres. Et je parle pas de baguette.

— Ah ah ah, c'est drôle. Je vois que tu t'immerges dans la langue.

Leur marathon se déroulerait à Paris. Une autre raison coûteuse de résoudre son cas.

— *Oui*, reprit-elle en français. Et tu devrais suivre mes conseils.

— Je vais y réfléchir.

N'importe quoi pour changer de sujet.

Elles restèrent silencieuses quelques minutes, adoptant une allure régulière alors qu'elles quittaient la digue en goudron pour se diriger vers le sentier autour du lac Lost Lagoon.

Cindy ne lui parlait jamais de son travail d'infiltration avec la Gendarmerie royale du Canada. Kat savait très peu de choses, sinon qu'il impliquait le crime organisé, y compris les gangs de motards locaux, les triades asiatiques et les réseaux criminels internationaux, à l'occasion. Kat espérait que Cindy puisse faire la lumière sur le trafic des diamants, mais elle devait formuler sa question prudemment. La dernière chose qu'elle voulait était une autre leçon de Cindy.

Elles prirent le sentier de Bridle Path en direction de Prospect Point, leur souffle se dispersant dans l'air devant elles en petites bouffées de vapeur. La montée lente mais régulière prenait toute l'énergie de Kat. Cindy, quant à elle, gravissait la colline sans effort. Kat décida de la laisser accaparer la conversation, tâche facile, car Cindy aimait parler de la criminalité en général.

— Cindy, est-ce que la contrebande de diamants est un gros truc ?

— Oui, assez gros, et de plus en plus commun. Les diamants, c'est facile à dissimuler et à convertir en espèces. C'est devenu plus populaire depuis que les lois anti-blanchiment d'argent sont entrées en vigueur. Ces lois sont censées empêcher les cartels de drogue de convertir leur argent obtenu illégalement en dépôts bancaires légitimes. Elles ont été adoptées pour fermer ces comptes. Depuis le 11 septembre, les conditions sont encore plus strictes. Le gouvernement américain a renforcé les exigences de déclaration pour arrêter les réseaux terroristes en gelant leur accès au capital. Les autres pays ont dû faire de même pour pouvoir continuer à faire du commerce avec les États-Unis.

— Alors on peut maintenant suivre la trace de toutes les transactions monétaires, étant donné que les banques sont tenues de les déclarer ?

— Exactement. Les banques doivent faire beaucoup plus de contrôles et elles sont pas autorisées à accepter de l'argent provenant de pays sans législation similaire contre le blanchiment d'argent.

Cindy s'arrêta et regarda Kat de côté.

— Purée, Kat ! T'es fauchée à ce point ? T'as encore des flèches à ton arc, pas besoin de recourir à la criminalité.

— Très drôle. J'aurais même pas assez pour un acompte sur l'expédition. Est-ce qu'ils acceptent la carte Visa ? Ma limite de crédit vient juste d'être augmentée.

— J'en doute. De toute façon, à cause des lois anti-blanchiment, les diamants sont devenus la méthode préférée de règlement dans la plupart des cas. Les terroristes et le crime organisé s'en servent parce que c'est facile de les cacher et de les transporter. Ils ont une grande valeur, et jusqu'à présent, c'est impossible d'en suivre la trace. T'as entendu parler des diamants de conflits ?

— Un peu.

Kat s'arrêta pour reprendre son souffle. L'oxygène et la course en montée n'étaient certes pas mutuellement exclusifs, mais on aurait pourtant dit. Pourquoi Cindy accélérait-elle toujours sur les collines ?

— C'est la même chose que les diamants de sang ? Passés en fraude depuis des pays africains pauvres où on pratique l'esclavage ?

— En gros, oui. Les diamants bruts sont produits par des pays qui respectent pas les exigences du processus de Kimberley. Ce régime international de certification des diamants bruts a été conçu pour rompre les liens entre les diamants et la violence, et il est soutenu par les Nations unies. Les règlementations sont destinées à endiguer les activités criminelles et terroristes.

— Mais comment on peut savoir d'où viennent les diamants ?

— Dans le cadre du processus de Kimberley, la provenance ou l'origine d'un diamant doit être identifiée. L'idée est d'éliminer la vente des diamants de sang ou de conflits en provenance des pays ravagés par la guerre, comme la Sierra Leone et l'Angola. Les rebelles prennent le contrôle des mines par la force, puis ils terrorisent la population locale par la violence, y compris les meurtres, les viols et les amputations. Quand les gens s'enfuient, les terroristes sont libres de diriger les mines de diamants et d'en tirer profit. Avec le processus de Kimberley, les criminels ont beaucoup de mal à vendre les diamants de conflits.

Le sentier tournait vers la gauche. Kat suivit Cindy.

— Mais comment ils peuvent faire ça ? Tu viens de dire toi-même qu'on peut pas suivre la trace des diamants.

— Les pays qui ont adopté le processus de Kimberley doivent fournir un certificat d'origine attestant que les diamants ne sont pas des diamants de conflits. S'ils ne peuvent pas le produire, ils ne peuvent pas vendre les diamants sur le marché libre.

Kat regarda Cindy de côté. Elle n'avait même pas de difficulté à respirer. Kat, elle, faisait presque de l'hyperventilation.

— Mais certains arrivent quand même à passer, non ? Est-ce que les criminels parviennent pas à contourner les contrôles et à vendre les diamants de façon illégale ?

Elles arrivèrent au sommet de la colline. Kat trouva finalement une allure régulière.

— Oh, si, absolument, déclara Cindy. Jusqu'à récemment, c'était facile de vendre des diamants de partout. Il te suffisait de mentir sur leur origine et les acheteurs s'en fichaient. Mais il y a plus de choses en jeu maintenant. Un pays peut perdre son statut si on découvre qu'il fait passer des diamants de conflits, et après il peut pas vendre sa propre production. Il risque sa prospérité économique s'il permet que cela se produise. Mais ça arrive quand même. On sait que près de 50 % de la production mondiale vient illégalement de pays qui se conforment pas au processus. Il y a tout simplement pas assez de production légitime pour expliquer la quantité de diamants présents sur le marché aujourd'hui. Mais ils sont moins rentables. On peut pas éliminer le problème tant que quelqu'un est prêt à les acheter. Mais quel est le rapport avec Liberty ?

— Eh bien, tu sais, ces chiffres de production suspects dont je t'ai parlé ? Je commence à me demander s'ils font pas passer des diamants de conflits par la mine. Mais je comprends toujours pas comment une feuille de papier peut prouver que le diamant est un diamant de conflits ou non.

— C'est un peu plus compliqué que ça. En fait, on a maintenant accès à des techniques scientifiques pour déterminer la provenance d'un diamant. En termes de chimie, tous les diamants sont purement du carbone. À l'œil nu, ils sont identiques, c'est juste une forme cristallisée du carbone. Alors c'est difficile de dire d'où ils viennent. Mais il existe des moyens pour vérifier leur source.

— Vraiment ? On peut localiser la provenance d'un diamant ?

— En théorie, oui. La Gendarmerie royale du Canada a une méthode pour identifier les diamants. Même si tous les diamants sont composés de carbone, on trouve des traces d'impuretés dans chaque diamant, et grâce à elles on peut identifier la roche vectrice dans une mine ou un puits. En recueillant ces informations dans une base de données, on peut relier un diamant particulier à une mine. Toutes les autres roches de cette mine ont la même composition chimique. Donc, par exemple, tu trouveras pas la même composition chimique dans une roche du Canada que dans une roche de la Sierra Leone.

Soudain, les jambes de Kat semblèrent aller mieux. Une vague d'énergie l'envahit tandis qu'elle réfléchissait aux possibilités. Elle voulait couper à travers les broussailles et courir à son bureau.

Cindy ne sembla pas se rendre compte du changement d'humeur soudain de Kat.

— Pour que ça marche, la Gendarmerie et les agences internationales de renseignement doivent documenter et inventorier un diamant de chaque mine sur terre. Une fois que ça sera fait, ils devraient pouvoir arrêter le commerce illégal. Ça prend beaucoup de temps et c'est très coûteux, mais une fois qu'on aura la base de données, il sera presque impossible de faire passer des diamants illégaux pour légaux.

Cindy lança un regard soupçonneux à Kat.

— Me dis pas que tu poursuis des terroristes !

— Non, bien sûr que non, répondit Kat en s'efforçant de trouver une explication. Mais je suis en train de découvrir des choses suspectes chez Liberty. Il semble qu'ils aient délibérément surestimé leur production. Est-ce que tu pourrais m'aider à identifier l'origine de quelques diamants ?

— Ça alors, Kat ! J'ai juste entendu parler du test, je le fais pas moi-même.

— Mais t'as des relations. Est-ce que je peux te donner quelques diamants pour que tu les fasses examiner ?

— Qu'est-ce qui te fait croire qu'ils pourraient être impliqués dans la contrebande de diamants ? Ils exploitent pas des mines dans le Nord ? Ça semble un peu extrême de faire passer clandestinement des diamants jusque là-bas, dans les coins les plus glacés et les plus reculés du Canada. Ils doivent se déplacer sur des routes de glace, non ?

— Oui, mais je crois pas qu'ils apportent les diamants sur le site de la mine. Ils ont juste besoin de les acheminer au centre de taille où ils sont manufacturés. On fait en sorte qu'ils semblent venir du site de la mine, ça suffit. Tant qu'ils semblent provenir de Liberty quand ils arrivent au centre de taille, ils éveillent pas les soupçons. Imagine, la sécurité au départ du site de la mine doit être très élevée, mais personne s'attend à ce qu'on introduise clandestinement quelque chose dans le centre de taille.

— Ça semble peu probable, Kat.

— Oui, mais s'ils peuvent ensuite faire croire que les diamants viennent de Liberty et les écouler par une source légitime, ils peuvent obtenir des prix de marché pour eux, au lieu du prix sur le marché noir. Ça augmenterait considérablement la rentabilité de Liberty. Ça pourrait même revenir moins cher d'acheter des diamants sur le marché noir que d'exploiter une mine de façon légitime. Tu vois pas ?

Cindy la regarda d'un air sceptique sans lui répondre. Kat poursuivit :

— Et si tu pouvais faire croire que ces diamants proviennent d'une mine dans les Territoires du Nord-Ouest ? Ça serait pas génial si tu pouvais produire un échantillon d'une mine du Canada qui correspondrait aux diamants ? Tu pourrais passer à travers tout ce processus de Kimberley.

— Tu veux dire d'une nouvelle mine ? Tu introduis clandestinement la roche et tu la manufactures comme si c'était la roche vectrice ?

— Exactement. Non seulement tu pourras légitimer tes faux diamants, mais si tu le fais dans une nouvelle mine sans production précédente, dans un pays qui vient juste de découvrir de vastes réserves, t'éveilles pas de soupçons. Y a pas d'antécédents. Ça attire pas l'attention, parce que la production augmente pas de façon soudaine. Au Canada, l'industrie minière du diamant en est encore à ses débuts, il y a donc pas encore d'historique des mines de diamants pour le pays dans son ensemble.

— Je sais pas, Kat, ça semble un peu tiré par les cheveux. C'est possible, mais ça semble guère valoir le risque.

— Donc, je crois que la prochaine étape est de te donner quelques échantillons de chez Liberty, d'accord ?

— Attends un peu ! J'ai pas dit oui. En plus, on a pas encore de base de données complète. Il y a aucune garantie qu'on trouve quelque chose de concluant.

— Je sais bien qu'il y a pas de garantie. Mais s'il existe une correspondance, au moins j'aurai une piste. Jusqu'à présent, j'ai un DAF qui a disparu sans laisser de trace, cinq milliards de dollars qu'on m'a chargée de retrouver, et quelque chose qui ressemble à des chiffres de production falsifiés. Personne va me croire à ce stade sans aucune preuve, et puisque Liberty est mon client, je veux savoir à quoi j'ai affaire avant de porter des accusations.

— D'accord, Kat, je vais voir ce que je peux faire. Mais tu dois me promettre de m'appeler avant de poursuivre un réseau de terroristes international.

— Oh, jamais…

— Je parle sérieusement, Kat. Joue pas avec ces gens-là. Tu sais pas dans quoi tu t'embarques. S'il te plaît, promets-moi que tu feras rien d'illégal ni de dangereux.

Kat était ravie. Elle était de nouveau sur les rails.

CHAPITRE 16

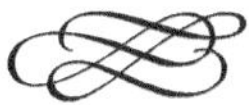

*L*es doigts engourdis par le froid, Kat frappa de nouveau à la porte de Takahashi. Cela faisait cinq minutes qu'elle était sous sa véranda, et toujours pas de réponse. Elle attendrait une minute de plus. Sa vieille Ford F150 était garée à l'entrée, et de là où Kat se tenait, elle pouvait distinguer des empreintes boueuses plus loin dans l'allée. C'étaient les siennes, et l'absence de traces de pneus indiquait clairement que personne d'autre n'était récemment venu ou parti. L'endroit était étrangement calme. La pluie avait cessé, mais avec la basse couverture nuageuse, on se croyait plutôt en début de soirée qu'en fin d'après-midi.

L'air était froid et humide. Kat était d'humeur sombre. Après avoir travaillé dur toute la journée sur les dossiers de Liberty la veille, elle n'avait rien trouvé de plus. Le conseil d'administration devait se réunir demain et elle n'avait rien à leur offrir. Elle avait désespérément besoin de leur montrer ses avancées, sinon Nick ne tiendrait probablement pas compte de l'avis de Susan et Kat serait remerciée encore plus tôt que sa date butoir de vendredi. Les indices semblaient pointer vers quelqu'un d'autre que Bryant, mais elle n'avait aucun moyen de le prouver pour l'instant. Ken Takahashi était son dernier espoir, et elle n'allait pas le laisser s'en tirer si facilement en ignorant ses coups de téléphone. Son temps était compté. Elle devait absolument lui parler aujourd'hui.

L'effraction de son bureau n'avait fait qu'accroître son sentiment d'urgence. Après l'attaque de l'accro à la meth, Jace et l'oncle Harry avaient déménagé toutes ses affaires et les chats à la maison, où elle avait dormi la nuit dernière. Chez Verna, comme elle l'appelait maintenant. C'était une discussion qu'elle ne gagnerait jamais avec Jace, mais elle devait admettre qu'elle s'était sentie plus en sécurité avec Jace que seule dans son bureau de Gastown.

Elle n'avait pas prévu de courir près de chez Takahashi, mais son jogging matinal depuis la maison de Verna l'avait conduite à un kilomètre de chez lui. Pourquoi ne pas passer le voir, tant qu'à faire. Son téléphone était peut-être hors service. À moins qu'il ne veuille plus lui parler. S'il l'évitait, il n'allait pas répondre à la porte s'il voyait sa voiture dans l'allée.

Elle avait l'habitude qu'on ne la rappelle pas dans des situations de ce genre, mais quelque chose semblait louche. Elle eut soudain la chair de poule sous ses vêtements humides collant à sa peau.

Kat pressa son oreille contre la porte. Elle crut entendre un léger bruit. Elle essaya de stopper ses claquements de dents pour mieux entendre. Cette fois, c'était plus près de la porte. C'était le chien qui pleurait. Il s'approcha davantage. Ses gémissements se firent plus insistants.

— Hé, mon vieux, tout va bien. Y a quelqu'un ?

Un autre gémissement. Le chien semblait inconsolable. Il se mit à frapper la porte de ses pattes et à pleurer plus fort.

— Ken ? Vous êtes là ?

Pas de réponse. Kat essaya de regarder par la fenêtre. Les stores étaient tirés, pas normal en plein après-midi. Étrange, mais en soi cela ne voulait rien dire. Pourtant, Kat avait un mauvais pressentiment. Quelque chose n'allait pas. Pourquoi le chien pleurnichait-il à la porte si Takahashi était là ? Kat posa la main sur la poignée de la porte de la véranda. Elle n'était pas verrouillée.

Elle pénétra dans l'entrée et frappa à la porte intérieure. Plusieurs vestes étaient accrochées au mur, avec des bottes et des chaussures entassées en dessous. Une boîte en bois posée sur une petite table attira l'attention de Kat. C'était la même boîte de roches que Ken lui avait montrée lors de sa visite précédente. Elle la saisit et hésita un instant avant de l'ouvrir. Elle se dit que cela n'embêterait pas Takahashi.

La boîte contenait des échantillons de roches provenant de plusieurs mines, toutes soigneusement étiquetées et rangées dans des compartiments individuels. Elle parcourut le contenu et en trouva une de Mystic Lake. Celle-là même que Ken lui avait montrée. Elle l'étudia attentivement, essayant de se rappeler ce que Ken avait dit de cet échantillon.

Le labrador grattait maintenant furieusement à la porte, jappant avec anxiété. La lumière était allumée dans la cuisine. À travers les rideaux, Kat pouvait voir l'ombre du chien, il faisait des bonds.

Elle posa la main sur la poignée. Elle tourna. La porte n'était pas verrouillée.

Devait-elle entrer ? Cela lui faisait drôle d'entrer sans y être invitée. Mais le comportement du labrador était inquiétant. Peut-être que Ken avait un problème de santé et qu'il avait besoin d'aide.

Kat ouvrit la porte. L'horreur de la scène la fit s'arrêter net.

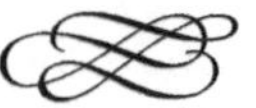

CHAPITRE 17

Kat suivit des yeux le filet de sang qui serpentait à travers la cuisine vers le couloir. Encore plus horrifiée, elle regarda ses pieds. Elle se tenait dedans ! Elle bondit et glissa, manquant de tomber dans le sang coagulé avant que sa main ne trouve finalement le mur. La bile monta dans sa gorge tandis qu'elle retrouvait son équilibre. Elle fixa des yeux les empreintes de ses Adidas sur le lino.

Des verres et de la vaisselle cassés jonchaient le sol. Le comptoir de la cuisine était encombré, à l'exception d'un coin en forme d'arc à droite de l'évier, comme si quelqu'un l'avait balayé du bras. Le chien se tenait à ses côtés, gémissant et suppliant Kat du regard. Puis il aboya et se dirigea vers le couloir, invitant Kat à le suivre.

Kat se dirigea vers lui, mais s'arrêta pour écouter. Il n'y avait pas d'autre son que le bruit inégal des griffes du chien sur le sol. Il boitait. Il s'arrêta à l'entrée du couloir, s'appuyant sur son côté gauche. Elle ne se souvenait pas l'avoir vu boiter quand elle avait rendu visite à Takahashi pour la première fois. Elle avança vers lui, en prenant soin cette fois de ne pas marcher dans le sang. Elle se mit à genoux et examina la patte arrière droite du labrador.

— Fais-moi voir, dit-elle en lui touchant doucement la hanche et en le tâtant jusqu'au pied.

Le chien ne protesta pas jusqu'à ce qu'elle effleure ses griffes. Il se mit alors à japper et retira aussitôt sa patte. Ses quatre pattes étaient tachées de sang, mais seule celle-ci semblait blessée.

— T'es gentil, lui dit-elle en repérant un morceau de verre coincé entre ses griffes. Désolé, mon vieux, mais faut que j'enlève ça.

Elle cala son petit doigt entre les orteils du chien et poussa rapidement le verre de toutes ses forces. Le tesson tomba par terre. Le labrador retira sa patte et bondit vers l'autre côté de la cuisine.

Kat entendit soudain un grand fracas. Elle sursauta. Quelqu'un était là. Pourquoi avait-elle laissé le chien la distraire ? Elle paniqua en imaginant différents scénarios. Tous se terminaient mal. Elle était venue seule, personne ne savait qu'elle était là. Personne ne savait même qu'elle était partie faire du jogging. Elle se figea quand elle entendit du verre se briser sur sa gauche. Du coin de l'œil, elle aperçut une forme noire s'approcher d'elle. L'auteur du bruit allait l'attaquer.

C'était le chien, il ne boitait plus. Un verre à moitié brisé gisait par terre. Sa queue avait dû le faire tomber du comptoir, probablement après avoir fait claquer la porte entrouverte du placard. Kat poussa un soupir de soulagement. Si elle sortait d'ici entière, elle ne ferait plus jamais quelque chose d'aussi stupide. Elle se retourna pour s'en aller, mais le labrador lui bloquait le passage, essayant de la faire aller dans le couloir.

Les chiens sentent le danger, n'est-ce pas ? Si quelqu'un était là, le chien grognerait. Elle jetterait juste un coup d'œil rapide et s'en irait. Elle avança doucement le long du chemin collant.

Les murs beiges étaient recouverts de longues traînées de sang. Elle les suivit des yeux. Elles évoluaient en taches moins définies. Jusqu'à l'endroit où la main avait dû glisser à terre. C'est alors qu'elle le vit.

Ken Takahashi était à moitié couché, à moitié appuyé contre le chambranle de la salle de bain au bout du couloir. Le bras droit sur la poitrine, comme s'il avait essayé d'étancher le sang dont sa chemise de flanelle bleue était trempée. Il regardait droit vers Kat, les yeux ouverts, mais ne voyant rien.

Kat paniqua en découvrant la scène. Le tueur était-il toujours là ? Le meurtre de Takahashi était-il lié à Liberty ? Bien sûr que oui. Cela signifiait que le tueur serait aussi après elle. Savait-il où elle était en ce moment ?

Elle ignora le chien, qui arpentait impatiemment l'espace entre le corps de Takahashi et Kat, la suppliant de ses yeux bruns de faire quelque chose. Kat resta figée un moment, incapable de respirer ni de rassembler les pensées qui lui passaient par la tête. Le tueur pouvait être encore dans la maison, mais elle n'osa pas vérifier. Elle avait besoin d'aide. Maintenant.

Elle chercha frénétiquement un téléphone et en trouva enfin un sans fil dans la cuisine. Les mains tremblantes, elle appela Cindy. Après plusieurs tentatives, elle parvint à s'arrêter de trembler assez longtemps pour pouvoir taper sur les touches du clavier.

— Cindy ?

La voix tremblante, Kat essaya de se calmer.

— À l'aide !

— Kat ? Qu'est-ce qui se passe ? Ça a pas l'air d'aller.

— Oh, mon Dieu, mon Dieu, Cindy. Il faut que tu m'aides. Takahashi est mort ! Quelqu'un l'a tué ! Je viens de le trouver. Je pense qu'il est mort depuis un certain temps.

Kat retourna dans le couloir. Elle n'avait rien imaginé. Elle eut un haut-le-cœur en fixant des yeux le corps et le sol ensanglanté. La peau de Takahashi commençait à se décolorer et l'odeur était insupportable.

— Kat, qui est Takahashi ? Où es-tu ? T'es avec quelqu'un ?

— Je suis chez Ken Takahashi. C'est l'ancien géologue en chef de Liberty. Il me rappelait pas, alors je me suis dit que j'allais passer le voir. Quand j'ai entendu le chien gémir, j'ai pensé qu'il était en difficulté, alors j'ai ouvert la porte et je suis entrée. Et puis quand j'ai vu tout le sang, j'ai commencé à flipper et…

— Kat ! Ralentis. Écoute-moi. T'as appelé la police ?

— C'est toi que j'appelle, t'es de la police.

— Kat ! Tu dois faire le numéro d'appel d'urgence. Tout de suite. Attends, tu appelles de chez lui ? Tu te sers de son téléphone ?

— Oui, j'ai oublié le mien. Et quand je l'ai vu, je me suis dit que je ferais mieux d'appeler tout de suite quelqu'un.

— Merde ! Kat, écoute-moi. T'es sur les lieux du crime. Tu te rends compte de ce que tu viens de faire ? T'as ajouté tes empreintes digitales et ton ADN. Bouge pas, continua Cindy. N'appelle personne d'autre et touche à rien. Je vais appeler la crim' et je te retrouve là-bas.

LES DÉTECTIVES AVAIENT INTERROGÉ Kat pendant des heures, lui faisant répéter la chaîne d'événements qui l'avait menée à la découverte de Takahashi. Puis elle dut fournir ses empreintes digitales, un échantillon d'ADN et des morceaux des vêtements qu'elle avait portés afin d'exclure ces indices des lieux du crime.

Cindy l'avait finalement reconduite à vingt-deux heures. Kat se souvenait à peine d'être sortie en début d'après-midi pour son jogging. Elle était de nouveau chez Verna, une maison qui ne lui appartenait pas. D'une façon ou d'une autre, elle semblait toujours revenir là.

Elle franchit la grille en traînant des pieds et gravit les marches, épuisée. Elle cherchait ses clés, les bras encombrés de plats chinois à emporter, quand son pied heurta quelque chose sur le perron. Elle l'ignora, tourna la clé, entra et retira ses chaussures sous la véranda. Au moment où elle s'apprêtait à refermer la porte, elle le vit, couché sur le porche. La fourrure ensanglantée, la gorge tranchée. Kat se figea, paralysée par la vue du corps sans vie de Buddy.

CHAPITRE 18

Kat sursauta quand la porte intérieure s'ouvrit. Jace.

— Kat ? Où t'étais passée ? L'entrepreneur a attendu une heure, mais je pouvais pas le retenir plus. Il refuse de commencer le travail sans nos deux signatures sur le contrat. Tu sais qu'on peut pas rester sans électricité. Et ça va prendre des semaines pour faire revenir le gars.

Jace se tenait les bras croisés sur la poitrine, une lampe de poche dans la main droite. Elle n'avait pas besoin de voir son visage pour savoir qu'il était furieux.

Elle avait complètement oublié le rendez-vous avec l'électricien. La dernière calamité tombée sur leur projet était une installation électrique dangereuse. L'inspecteur de la ville, qui était venu leur rendre visite ce matin pour une autre raison, avait déterminé qu'il fallait remplacer les vieux boutons et les câbles. Il n'était pas facile de trouver des entrepreneurs acceptant de travailler dans de vieilles maisons, et ce gars était le seul électricien que Jace était arrivé à convaincre de venir voir pour leur faire un devis. Dix mille dollars de plus à sortir de leur poche. Ils auraient de la chance s'ils pouvaient récupérer leur investissement initial quand ils revendraient la maison, si cela arrivait un jour.

Kat ne répondit pas. Au lieu, elle pointa du doigt par la porte ouverte vers la forme sans vie de Buddy.

— Merde, qu'est-ce qui se passe ? s'exclama Jace en passant près d'elle, sa lampe de poche braquée sur Buddy.

Il s'agenouilla pour examiner le chat.

— Qui…

— T'as rien entendu ? lui demanda-t-elle d'une voix faible en le suivant dehors. Comment il est sorti ?

Buddy ne sortait jamais. Il lui suffisait de suivre Kat partout dans la maison. Quand elle ou Jace quittait une pièce, il faisait de même. Il somnolait avec un œil ouvert, gardant toujours quelqu'un en vue. Il ne se sentait jamais en sécurité, pour avoir été abandonné au refuge pour animaux. Pourquoi Jace n'avait-il pas remarqué que Buddy était sorti ?

— Je sais pas. Il dormait sur le canapé quand je travaillais sur le plancher de la salle à manger. Et puis l'entrepreneur est arrivé.

Jace porta une main à sa bouche avant de poursuivre :

— On a laissé la porte ouverte une minute pour apporter des outils. Buddy était dans nos pattes. Peut-être qu'il est sorti sous la véranda pour éviter qu'on lui marche dessus.

— Tu peux donc pas faire attention à plus d'une chose à la fois ? rétorqua Kat sur un ton brusque.

Elle regrettait de ne pouvoir revenir en arrière et changer de direction. Avant Liberty. Avant d'acheter cette foutue maison. Avant que les choses se compliquent avec Jace.

— Allez, Kat, t'es pas juste. Je suis désolé si j'ai pas remarqué Buddy, mais j'ai travaillé dur pour essayer de sauver ce qui restait des planchers en sapin après les inondations. J'ai un article à rendre avant huit heures du matin et je l'ai même pas encore commencé. Je suis finalement arrivé à faire venir un électricien, et t'es pas là. Pourquoi tu m'as pas appelé ?

Kat se mit à lui expliquer : Takahashi, la police, le chien. Mais une boule se forma dans sa gorge quand elle prit soudain conscience de l'ampleur de la situation. Elle s'assit sous la véranda et se mit à pleurer. Tout allait de mal en pis. Expulsée de son appartement, puis la bagarre avec Jace à propos de la maison qu'ils n'auraient jamais dû acheter. Et maintenant le pauvre Buddy. Elle lui avait fait faux bond.

— Je suis vraiment désolé pour Buddy, répéta Jace en s'asseyant à côté d'elle et en passant son bras autour de ses épaules. Il était dans mes pattes presque toute la journée, alors j'aurais dû remarquer que quelque chose clochait, expliqua-t-il en la serrant contre elle.

— Pourquoi quelqu'un aurait l'idée de lui trancher la gorge ?

— Je sais pas.

Jace se leva et retourna vers Buddy à pas feutrés, balayant toute la véranda du faisceau de sa lampe de poche. Il s'arrêta près d'une pierre de la taille d'une main et se pencha.

— Regarde ça, lança-t-il en ramassant un papier coincé sous la roche.

Il le lui tendit, dans la lumière de la lampe.

— Qui pourrait faire une chose pareille, Kat ?

L'avertissement dactylographié ne contenait que ces mots :

CHAT MORT – AU TOUR DE KAT

— Je… je sais pas, répondit Kat en frissonnant, sentant soudain le froid.

Elle se releva.

— Le seul lien auquel je peux penser est Liberty. Mais c'est ridicule. Ça fait moins d'une semaine que je travaille sur l'affaire et j'ai toujours rien trouvé. En tout cas rien qui puisse justifier une menace de mort, si c'est bien ce que c'est.

Jace la prit dans ses bras, la réchauffant de son corps. Elle enfouit son visage strié de larmes dans son épaisse chemise en coton et se serra contre lui, oubliant pour une fois de se demander si c'était approprié ou non.

— T'es sûre ? Si tu crois que le meurtre de Takahashi est lié à l'affaire Liberty, pourquoi pas celui de Buddy ?

— Pour Takahashi, c'est différent. C'est un ancien employé de Liberty et c'est lui qui a lancé l'alerte. Moi, on m'a juste embauchée pour retrouver leur argent dérobé. S'ils veulent pas que je mène l'enquête, pourquoi m'embaucher ?

— Peut-être que tu poses trop de questions et que tu suis des pistes dont ils veulent pas que tu te mêles.

— C'est vrai que la falsification des chiffres de production va bien au-delà de la raison pour laquelle ils m'ont embauchée. Ça semble être une deuxième fraude et je parie que les deux sont liées. Mais personne est encore au courant que je l'ai découverte. À part toi et Harry. Et Cindy en partie.

— Pas Takahashi ?

Kat essaya de se rappeler leur conversation.

— Non. Mais Takahashi pensait que ces pierres venaient pas de Mystic Lake.

Kat résuma leur discussion à Jace, y compris la présentation générale que Ken Takahashi avait faite de la mine de Mystic Lake. Les résultats trafiqués empêchaient certes Kat de dormir. Elle n'avait pas discuté de ses conclusions avec Susan ou qui que ce soit chez Liberty, mais Takahashi l'avait-il fait, même s'il soutenait le contraire ? Kat ne pourrait jamais répondre à cette question.

— Viens, on va rentrer.

Kat suivit Jace et le faisceau de sa lampe. Il saisit les cartons de cuisine chinoise, toujours posés sur la table de l'entrée, et alla les poser sur la table basse de la salle de séjour. Une douzaine de bougies sur la table et sur la cheminée donnaient à la pièce une lueur douce. En d'autres circonstances, Kat aurait apprécié cette ambiance.

Elle s'assit sur le canapé tandis que Jace faisait le tour du salon, vérifiant les portes et les fenêtres. Elles étaient toutes fermées, à l'exception d'une petite fenêtre dans le salon, trop petite pour une personne, mais assez grande pour un chat. Était-elle ouverte ce matin quand Kat était partie ? Kat frissonna en essayant de se rappeler.

— On devrait appeler la police, Kat, déclara Jace, se dirigeant vers les fenêtres de la salle à manger.

— Pourquoi ? Ils vont rien faire pour Buddy.

— Peut-être pas, mais il faut les mettre au courant de la menace, surtout la note. C'est pas un hasard. Quelqu'un menace de te tuer.

Jace disparut dans la cuisine.

— J'en ai assez avec la police pour ce soir. Je les appellerai demain matin.

Kat regarda les boîtes de nourriture et réalisa qu'elle n'avait rien mangé depuis le petit déjeuner. Elle ouvrit le sac et huma l'odeur du poulet au citron. Elle toucha le carton, c'était encore assez chaud.

Jace revint de la cuisine avec deux assiettes et deux bières Tsingtao froides.

— C'est trop grave, il faut les appeler, insista Jace. Et si c'était lié à l'effraction de ton bureau ? Peut-être que c'était pas un simple sans-abri.

— Tu vois des trucs où y a rien. Je crois pas que ce soit lié.

— Kat, on va les appeler. Ce soir. Au pire, ils vont écarter l'idée. Laisse la police déterminer si c'est important ou non. S'il s'avère qu'il y a quelque chose de plus, au moins ils seront au courant avant que ce soit trop tard.

— D'accord.

Ils avaient à peine fini de manger quand la police arriva, deux hommes en uniforme et un détective. Jace tendit la note au détective, qui la souleva avec des pincettes et la glissa dans un sac en plastique. Ils se tenaient sous la véranda. Buddy gisait toujours là, sans vie.

— Et pourquoi la lampe de poche ? demanda le détective en mettant le sac en plastique dans la poche de son blazer.

Jace lui expliqua. Même dans la pénombre, Kat pouvait distinguer les regards rapides échangés entre les trois flics. Ils se disaient probablement qu'ils n'avaient pas payé leur facture d'électricité.

Le détective alla à sa voiture tandis que les deux policiers en uniforme faisaient le tour des buissons dans la cour de devant. Cherchant quoi, Kat n'en savait rien.

Kat regarda Jace suivre les flics. Elle frissonna en remontant péniblement les marches. Elle passa devant Buddy et rentra dans la maison. Elle se rassit sur le futon et ferma les yeux. Tant de violence en une seule journée. Elle ne se sentait plus en sécurité.

— Katerina.

C'était plus une exclamation qu'une salutation.

Elle sursauta à la voix étrangère. Elle ne l'avait pas entendu approcher derrière elle. C'était le même détective qui l'avait interviewée chez Takahashi. Ça alors, quelle coïncidence !

Platt. L'autre homme avait dû lui passer la note. Il la balançait maintenant du bout des doigts. Platt ne pouvait pas avoir plus de la trentaine, un peu jeune pour être détective. Elle se demandait ce qu'il avait fait pour impressionner ses supérieurs et recevoir aussi vite cette promotion.

— Katerina ? répéta-t-il. Vous vous souvenez de moi ?

John Platt fit rapidement le tour de la pièce de ses yeux d'acier, remarquant tout sauf le regard noir de Kat.

Il froissa la note dans sa main, prenant soin que Kat le voie. Puis il fourra la boule de papier dans la poche de son pantalon. Même dans la pénombre, Kat comprit le message.

Jace revint de dehors. Il s'arrêta brusquement, surpris de voir Platt. Les deux hommes se regardèrent sans rien dire. Platt devait faire au moins un mètre quatre-vingt-quinze, à en juger par l'écart de taille avec Jace.

Puis Jace rompit le silence.

— Vous vous connaissez ?

— Le détective Platt enquête sur le meurtre de Takahashi.

Kat n'avait pas donné tous les détails des lieux du crime à Jace. Qu'elle était entrée chez lui, et qu'elle s'était servie de son téléphone, polluant ainsi les indices. Elle n'avait pas non plus l'intention de lui dire. C'était peut-être une grande omission, mais elle n'avait pas besoin qu'une personne de plus lui dise qu'elle avait fait n'importe quoi. Cindy l'avait déjà assez réprimandée.

C'était probablement la raison pour laquelle Platt était là, averti quand l'autre détective avait entré son nom dans l'ordinateur. Était-elle suspecte ? Tout en restant polis, les policiers n'avaient pas vraiment été sympas avec elle. À tout le moins, elle était entrée chez Ken sans autorisation. Au pire… elle ne voulait pas y penser.

— Ça ne vous dérange pas si je jette un coup d'œil ?

Sans attendre de réponse, Platt retourna dans le couloir et parcourut tout le rez-de-chaussée. Jace et Kat se regardèrent en le suivant dans la cuisine.

Platt braqua une lampe sur la table qui faisait à la fois office de table de cuisine et de bureau. Pour l'instant, c'était le bazar, avec des papiers partout, son ordinateur portable et un bol de pop-corn à moitié vide.

— Euh… détective, c'est arrivé dans l'entrée. Vous ne voulez pas vous concentrer sur cet espace ?

— J'ai déjà regardé. Les gars y travaillent en ce moment. Je me suis dit que j'allais vérifier le périmètre, pour être sûr que vous êtes en sécurité. On n'est jamais trop prudent, expliqua-t-il, transperçant Kat du regard.

Kat se sentait mal à l'aise. Pourquoi envoyer quatre flics ? Était-ce une excuse pour perquisitionner sans mandat ? Quelque chose ne collait pas.

Platt et son entourage partirent finalement à minuit. Ses démêlés avec la police au cours de la semaine passée étaient plus que ce que Kat aurait souhaité dans une vie entière. Elle se sentait comme une terroriste présumée sur une liste d'interdiction de vol.

— Pourquoi tu intéresses tellement Platt ? Il t'a pas déjà causé chez Takahashi ? lui demanda Jace en fermant les rideaux de la chambre.

— Je sais pas. Je croyais avoir répondu à toutes ses questions.

Kat attrapa un des T-shirts de Jace et se rendit dans la salle de bain pour se changer.

— Y a quelque chose d'autre. Il semblait pas trop s'intéresser à qui pourrait vouloir te nuire. Il voulait inspecter la maison plutôt que de suivre la piste de la menace.

Kat sortit de la salle de bain et s'assit sur le bord du lit, épuisée.

— Jace, tu peux donc rien prendre pour argent comptant ? Pourquoi est-ce qu'il y aurait toujours une arrière-pensée ?

Il n'avait pas besoin de savoir que les empreintes digitales de Kat étaient partout sur les lieux du crime.

— C'est peut-être le journaliste en moi. J'ai appris que les choses sont rarement ce qu'elles paraissent en surface. Aussi important que Buddy soit pour toi, ce gars est un peu trop gradé pour enquêter sur la mort d'un animal.

— Je sais. Et j'aime pas sa façon de se balader à travers notre maison comme s'il était chez lui.

Kat regretta aussitôt ses paroles. Notre maison.

— Il me fait pas bonne impression, Kat. Tu devrais t'en méfier.

Jace repoussa les couvertures et grimpa dans le lit.

— Tu viens pas sous la couverture ?

— Il y a pas un autre endroit où je peux dormir ?

— Pas avant qu'on te trouve un autre lit. Demain.

Kat avait laissé le sien dans son appartement. Elle s'était dit que si elle ne le déplaçait pas, tout redeviendrait normal. Son propriétaire annulerait son expulsion et les zéros sur ses factures de carte Visa seraient transférés sur son compte bancaire. Rien de cela n'était arrivé.

Jace tapota le lit à côté de lui.

— Allez, viens, t'es fatigué. Je te promets de bien me tenir si toi aussi.

— Je vais essayer.

Trop fatiguée pour protester, elle souffla les bougies et grimpa de l'autre côté. Tina s'installa à ses pieds, apparemment inconsciente de l'absence de Buddy. Cinq minutes plus tard, Jace respirait profondément. Elle comprit qu'il dormait déjà.

Allongée dans le noir, Kat pensa à la réunion du conseil de Liberty du lendemain. Le conseil était dominé par Nick Racine, qui voulait clairement congédier Kat, et par Alex Braithwaite, jusqu'à récemment. Les autres membres suivaient habituellement leurs décisions.

Le conseil attendait un rapport d'activité sur ses premières conclusions des derniers jours, mais elle avait très peu à leur montrer. Son enquête dévoilait plus de questions que de réponses. Ce n'était pas ce que le conseil voulait entendre. Elle se rapprochait aussi de vendredi, la date butoir imposée par Nick, ce qui justifierait la rupture de son contrat.

Elle devait trouver quelque chose pour demain, mais quoi ?

Retrouver la trace de l'argent au Liban n'était pas suffisant, puisqu'elle n'avait pas de piste pour le récupérer. Les données de production étaient une autre histoire. Il y avait définitivement quelque chose de louche, mais en parler au conseil sans autre preuve ni solution n'était pas sage. Les indices pourraient même impliquer un des membres du conseil. Et si Jace avait raison et que la menace qu'elle avait reçue était liée à Liberty ?

Toujours aucune trace de Bryant, mais cela l'inquiétait moins. Ils finiraient bien par le retrouver. Tant qu'elle se concentrait sur la trace de l'argent, elle aboutirait à lui.

Pourtant, des doutes tenaces tiraillaient Kat. Qui avait tué Alex Braithwaite et pourquoi ? Était-ce lié au meurtre de Takahashi ? Et qui avait tué Takahashi ? Étouffer les chiffres de production trafiqués de la mine était un mobile assez fort pour tuer un ancien géologue en chef qui pourrait parler. Celui qui l'avait assassiné ou avait conspiré son meurtre pouvait se trouver dans la salle du conseil.

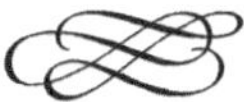

CHAPITRE 19

Carter & Associés connaissait un regain d'activité ce matin. La réunion du conseil d'administration de Liberty était dans moins de deux heures. Kat mettait les touches finales à sa présentation. Harry l'aidait avec un storyboard sur la chronologie de la production trafiquée.

Elle voulait montrer la corrélation entre l'augmentation de la production et le prix d'achat des actions. Augmenter le prix des diamants au cours de l'année précédente aurait aussi affecté le prix des actions. Elle ajusta donc son analyse. En assumant le même volume au prix des diamants de l'année passée, puis en retirant une quantité équivalente de l'augmentation du prix des actions, le cours de l'action était encore 80 % plus haut. On ne pouvait attribuer cela qu'à la nouvelle mine de Mystic Lake. Si cette mine était bidon, les investisseurs réagiraient probablement de manière similaire, mais cette fois en vendant leurs actions.

Comment le conseil allait-il réagir ? Ses membres devaient être mis au courant de toute activité frauduleuse survenant sous leur surveillance et prendre des mesures contre elle. D'un autre côté, leur rémunération était basée sur le prix des actions. Et elle ne savait pas encore qui était derrière la fraude. Mais elle devait être liée au vol de Bryant et peut-être même aux meurtres de Braithwaite et Takahashi. Ce ne pouvait pas être une simple coïncidence.

Avant de pouvoir prouver qui était derrière tout cela, il était préférable d'attendre. Mais la date butoir imposée par Nick était imminente et elle n'avait pas d'autres éléments. Les membres du conseil avaient tout intérêt à ce que le prix des actions grimpe. Et certains, comme Nick Racine, avaient aussi le droit d'accès nécessaire pour manipuler les chiffres de production.

Elle ruminait tout cela quand Jace entra précipitamment, trempé à cause de la pluie.

— J'ai une info de dernière minute !

Une traînée de gouttes d'eau apparut dans son sillage, tandis qu'il laissait tomber sa serviette sur la chaise de Kat.

— Kat, je crois qu'on a trouvé la connexion libanaise ! Ça vient juste de paraître dans Reuters, dit-il en posant le journal sur le bureau de Kat.

Il était taché par la pluie, mais elle vit aussitôt le nom de Bancroft Richardson parmi les gros titres.

La société Bancroft Richardson impliquée dans une enquête sur le blanchiment d'argent terroriste

— Cinq milliards, c'est bien ça ? Ça correspond à tes virements bancaires. Ça peut qu'être lié à Liberty.

— Ça se pourrait. Mais comment on peut être sûrs qu'il s'agit du même argent ? Même s'il y a pas beaucoup de gros transferts de devises canadiennes au Liban, ça veut pas dire pour autant que les deux soient liés. On peut pas le prouver.

— En fait, je crois que si. Les autorités bancaires libanaises ont fourni des détails. Le compte bancaire libanais a été ouvert avec des fonds transférés des îles Caïmans. Jusque-là, tous les détails collent, y compris le montant, cinq milliards de dollars, à quelques milliers de dollars près. Lis le reste de l'histoire, Kat.

Kat saisit le journal et parcourut l'article.

Un courtier local fait l'objet d'une enquête après avoir omis de signaler de nombreux virements totalisant environ cinq milliards de dollars. Les fonds ont été transférés d'une banque libanaise et déposés sur le compte d'Opal Holdings, un compte client de la société Bancroft Richardson. En vertu des lois de lutte contre le blanchiment d'argent, les institutions financières sont tenues de signaler des transactions importantes ou suspectes. Selon des sources confidentielles, de nombreux petits dépôts ont été effectués pour contourner les seuils imposés par la lutte contre le blanchiment d'argent.

Ces dépôts ont seulement été découverts après que les autorités libanaises aient averti les autorités canadiennes. En raison du volume élevé des transactions, une enquête est en cours sur un compte du Crédit Libanais récemment ouvert, la source libanaise des transferts. Le compte client de la société Bancroft Richardson a été gelé en attendant les résultats de l'enquête menée conjointement par les autorités canadiennes et libanaises.

Une minute suffit à Kat pour voir où Jace voulait en venir.

— Ça semble prometteur. Si les numéros de compte correspondent, ça pourrait marcher.

Kat se sentait à la fois ravie et déçue par la découverte. Sans Jace, elle n'aurait peut-être jamais pu trouver la connexion. Malgré la bonne nouvelle, elle ressentait un peu cela comme un échec. Pourquoi n'avait-elle pas réussi à découvrir cela toute seule ?

Harry apparut à la porte du bureau de Kat, attiré par l'agitation.

— Il y a une chose que je comprends pas, dit-elle. Les Libanais ont des lois sur le secret bancaire. Pourquoi ont-ils révélé…

— Selon le Crédit Libanais, la banque libanaise, et la police libanaise, ils ont eu des soupçons à cause du volume des transactions et ils ont lancé une enquête. Elle a révélé un lien avec le terrorisme, ce qui leur a permis de contourner les lois libanaises sur le secret bancaire. C'est comme ça qu'ils ont pu communiquer l'information aux autorités ici. Tant qu'ils peuvent prouver que l'argent est lié au terrorisme, les règles libanaises relatives au secret bancaire sont pas applicables. Et quand l'argent est apparu sur un compte de courtage de Bancroft Richardson, les autorités canadiennes s'en sont mêlées. Voilà où on en est. Ils sont en train d'interroger le courtier pour savoir pourquoi il a pas signalé les transactions suspectes.

— T'as dit Bancroft Richardson ? C'est là que j'ai mon compte, annonça Harry, qui n'en revenait pas. Je me demande si c'est mon courtier. Probablement pas. Mon courtier est un raté. Il répond jamais à mes coups de téléphone et il a pas de temps pour moi. Comment il s'appelle ?

— Frank Moretti. Il paraît que c'est leur meilleur courtier.

— C'est lui ! C'est mon gars !

Harry se précipita vers l'ordinateur de Kat et se connecta à son compte chez Bancroft Richardson.

— J'imagine qu'il est trop occupé avec les gros bonnets pour s'occuper d'un petit vieux comme moi.

Il prit une profonde inspiration, les yeux fixés sur l'écran.

— Attends voir. C'est pas le même relevé que je t'ai montré il y a quelques jours. Il dit maintenant que j'ai quatre cent mille actions de Liberty. Quatre cent mille !

Harry pointa le doigt vers l'écran.

— Ça peut pas être possible. Et y a autre chose qui cloche. Ça dit ici que j'ai vendu cent mille actions à découvert. Ça doit être une erreur. Je vends pas à découvert, Kat. Je comprends même pas comment ça marche.

Les trois se tenaient autour de l'ordinateur et regardaient fixement l'écran. C'était tout à fait différent du relevé qu'il avait montré à Kat plus tôt dans la semaine.

Kat réfléchit un instant avant de parler :

— Je parie qu'il y a toutes sortes de divergences dans les comptes clients de Moretti. Et je crois savoir pourquoi.

— Parce que c'est un mauvais comptable ? demanda Harry, qui ne la suivait pas encore.

— Non. Il essaie de gonfler les actions. Il a dû acheter des actions pour lui-même avant d'en acheter pour toi ou ses autres clients. Ça s'appelle faire du front running. Après, il revend les siennes en premier, fait un joli profit, puis revend les tiennes et celles de ses autres clients. À ce moment-là, ces actions auront beaucoup moins de valeur, puisqu'il y a plus de vendeurs que d'acheteurs.

— Je lui ai jamais donné la permission d'investir sans me le dire. Est-ce qu'il peut vraiment faire ça ?

Kat ne répondit pas.

— C'est parfait pour mon article, déclara Jace. Non seulement Liberty falsifie les résultats de sa production, mais ils manipulent aussi le cours de leurs actions.

— C'est peut-être parfait pour ton article, Jace, mais c'est un désastre pour moi. Maintenant, je suis encore plus dans le pétrin avec Elsie. Elle va me tuer. J'ai pas ces sommes d'argent. Qu'est-ce que je vais faire ? rétorqua Harry, l'air malade d'inquiétude.

— Pas de bol, Harry. Mais peut-être que les actions vont remonter. Ça pourrait encore s'arranger. Bon, faut que j'y aille. J'ai un article à écrire.

Jace attrapa sa veste et était déjà à mi-chemin dans le couloir.

Kat reposa rapidement ses papiers et courut après lui.

— Jace, attends ! Tu peux pas écrire ça ! Sûrement pas la partie sur la production trafiquée. Pas tout de suite. Ça va alerter la personne qui est derrière toute la manipulation. Faut déjà que je trouve ce que ça veut dire. Il me faut plus de temps avant que tu écrives ton article.

— Désolé, Kat. Je peux pas attendre plus longtemps. C'est un gros coup. La manipulation du prix des actions par Moretti doit être liée aux chiffres de production truqués. Si je le publie pas, quelqu'un d'autre va le faire.

— Mais je dois encore attraper l'initié de Liberty qui gonfle frauduleusement les chiffres de production de la mine. Comment je vais pouvoir faire ça si tu mets Liberty sous les feux des projecteurs ? S'il te plaît, Jace. Tu peux pas parler de la production truquée tant que j'ai pas plus de détails. On est les seuls à être au courant pour l'instant.

Ça réglait la question. Aucune discussion sur Mystic Lake au conseil. Il lui faudrait trouver quelque chose à insérer dans sa présentation.

— D'accord, Kat. J'attendrai jusqu'à demain, mais pas plus longtemps. Mon éditeur est sur mon dos. Ça fait un moment que j'ai pas eu une bonne histoire et c'est juste une question de temps avant que tous les autres journalistes de la ville soient au courant de cette affaire.

Jace sortit du bureau en courant, évitant de justesse le détective Platt. Il le regarda avec un air de dégoût, mais poursuivit son chemin.

Kat gémit intérieurement. Cette visite inattendue était la dernière chose dont elle avait besoin. Elle voulait oublier ce qui s'était passé la veille, au moins jusqu'à la réunion du conseil de Liberty. Jace avait raison : une seconde visite du détective allait vraiment au-delà de son devoir pour ce qui était de Buddy.

Platt alla droit au but :

— Katerina, nous devons parler. Vous ne m'avez toujours pas dit pourquoi vous étiez chez Ken Takahashi l'autre soir. Que faisiez-vous là-bas ?

— Détective Platt, j'aimerais vous parler davantage, mais j'ai une réunion dans une demi-heure. Est-ce que je peux vous appeler cet après-midi ?

Platt s'assit dans un des fauteuils de la réception, saisit un magazine sur la table et se mit à le feuilleter. Kat bouillait.

— Me parler est dans votre meilleur intérêt, Katerina. Le plus tôt possible, ajouta Platt, les lèvres pincées.

— Pourquoi ? Suis-je une suspecte ?

— Disons juste que vous êtes une personne d'intérêt. Vous n'êtes pas honnête avec moi quant aux raisons de votre présence chez Takahashi. Je veux savoir pourquoi. Que me cachez-vous ?

— Je ne vous cache rien. Vous pensez que je suis impliquée dans son meurtre ?

Platt ne répondit pas. Au lieu, il posa ses pieds sur la table, dans le but évident de l'irriter. Et il y réussit.

— Vous plaisantez ! s'écria Kat, abasourdie. Je suis allée lui rendre visite et quand il n'a pas ouvert la porte, je suis entrée pour voir ce qui se passait. C'est un crime de s'inquiéter du bien-être de quelqu'un ?

— Je ne peux pas vous exclure. Vos empreintes digitales et les marques de vos chaussures sont partout sur les lieux du crime. Et on n'a aucune trace de l'ADN de quelqu'un d'autre. Ça vous place en numéro un sur la liste des suspects. À moins que vous ne me prouviez le contraire.

Kat avait un mauvais pressentiment. Platt parlait sérieusement. Apparemment, elle était dans de beaux draps.

— Détective, quel serait mon mobile ? Qu'aurais-je à gagner à tuer Takahashi ? Il était ma seule source d'information fiable sur le DAF et l'argent qui ont disparu. Maintenant, je n'ai plus rien.

Platt se leva.

— Bien. On en reparlera plus tard. Mais restez en ville. N'allez nulle part sans me le dire d'abord.

— C'est complètement fou. Vous avez deux personnes assassinées ayant des liens avec la même société, et vous me dites que vous n'avez pas d'autres suspects ? Il y a beaucoup de personnes qui pourraient bénéficier de leurs meurtres. Et je n'en suis pas !

— Ça reste à déterminer.

— Vraiment, détective ? D'abord, je ne connaissais même pas ces gens il y a une semaine. Liberty m'a embauchée pour récupérer de l'argent volé. Vous avez le mobile là devant vous. Quelqu'un a essayé de faire taire Ken.

— Comme je l'ai dit, n'allez nulle part. Je vous garde à l'œil.

Platt se retourna et quitta le bureau sans même la regarder. Harry jeta un coup d'œil prudent dans le bureau de Kat quand Platt referma la porte en la claquant.

— Kat, qu'est-ce qui se passe ? Pourquoi la police est après toi ? T'as des problèmes ?

Kat le mit au courant de sa découverte chez Takahashi.

— Tu crois que c'est lié à Liberty ? Je sais pas, Kat. Cette affaire Liberty vaut peut-être pas la peine que tu t'en mêles. On dirait que t'as affaire à des gars dangereux.

Kat regarda l'heure. La réunion du conseil était dans vingt minutes.

CHAPITRE 20

Kat sentit la tension dès qu'elle entra dans le bureau de Susan. Elle et Nick étaient assis l'un en face de l'autre à la table de conférence, comme des joueurs s'affrontant dans un match de hockey aux enjeux élevés.

— Bonjour Kat. Changement de plan. Vous n'allez pas assister à la réunion du conseil en fin de compte. Ils doivent s'occuper de choses plus importantes pour l'instant.

Susan poussa le communiqué de presse vers Kat et lui fit signe de prendre place autour de la table.

Un rachat. Quelles autres surprises Liberty avait-elle en réserve ? Porter Holdings, une société dont Kat n'avait jamais entendu parler, proposait d'acheter toutes les actions en circulation. Kat parcourut le papier et regarda Nick et Susan, stupéfaite.

— Comment est-ce même possible ? Je veux dire, comment quelqu'un peut-il racheter la société sans avoir la majorité des actions ? Avec Nick et la fiducie aux commandes de la société, comment Porter peut-elle en prendre le contrôle ?

La question de Kat était adressée à Susan, mais Nick intervint :

— Ça ne va pas se produire. Pas question que je perde la

compagnie que mon père a mise sur pied, bon sang ! Porter n'obtiendra rien et je ne vais pas perdre Liberty ! s'exclama Nick en frappant du poing sur la table.

Nick omet commodément de mentionner Henry Braithwaite, l'autre co-fondateur, se dit Kat. Morley Racine, le père de Nick, n'avait pas démarré l'entreprise tout seul. Et Liberty n'appartenait pas à Nick. Tous les actionnaires en étaient propriétaires. Sa part était juste plus grande que celle des autres.

Nick n'avait pas exactement répondu à sa question.

— Mais comment...

Susan interrompit Kat en s'adressant à elle comme si elle était à la maternelle :

— Parce que la fiducie est en train de nous rouler. Du moins c'est ce que nous pensons. Elle présente un acheteur assez généreux pour corrompre des actionnaires de catégorie B qui ont la majorité, avec la fiducie.

— Mais même ensemble, ils n'ont pas assez d'actions, insista Kat.

Personne ne l'écoutait. Susan et Nick l'ignorèrent. Nick poursuivit son coup de gueule :

— J'ai investi beaucoup trop d'efforts dans l'entreprise pour laisser quelqu'un me la prendre sans me battre, déclara Nick.

Kat ne put se retenir :

— Nick, c'est peut-être un stratagème pour augmenter le prix des actions. Certains de ces raiders sont connus pour s'emparer d'une société dans le seul but de semer la pagaille. Une fois que le prix de l'action remonte en réaction à l'annonce, ils vendent leurs actions et s'en vont avec un joli profit. Puisque vous ou la fiducie, vous pouvez vous opposer à cette vente, ça leur donne une très faible probabilité de succès et donc une très bonne chance de faire de l'argent rapidement, sans risque. À moins bien sûr que vous ou la fiducie vouliez vous débarrasser de Liberty. C'est ce que vous voulez faire ?

— Bien sûr que non. Pourquoi diable voudrais-je faire ça ?

— Je n'ai pas dit que vous le voulez. C'est juste bizarre qu'ils s'intéressent à Liberty et pas à une société ayant plus d'actionnaires qu'ils pourraient utiliser.

Nick ricana au nez de Kat comme si elle n'était qu'une mouche à merde. Le doigt pointé vers elle, il lui dit sur un ton dédaigneux :

— Vous devriez vous en tenir à vos calculs. Vous ne comprenez rien au monde des affaires.

Aïe. Ce n'était pas elle qui était née dans une famille riche. Elle en savait beaucoup plus que Nick. Il n'avait même jamais travaillé ailleurs que chez Liberty. La rage montait en elle et menaçait de déborder. Mais elle garda le silence. Elle avait besoin de sa paie.

Susan intervint à son tour :

— Elle a raison, Nick. Ce cas de figure n'est pas rare. D'ailleurs, pourquoi Porter irait-elle tenter un coup comme ça quand ceux qui contrôlent les actions ne vont pas accepter son offre ? Tu ne vends pas tes actions et d'après ce que tu m'as dit d'Audrey Braithwaite, la fiducie ne le fera pas non plus. Tu sais que le rachat ne marchera pas. Je le sais aussi, mais le public l'ignore. Les actions sont déjà remontées de 20 % depuis l'ouverture du marché. Quoi qu'il arrive, Porter va bénéficier d'un joli petit sursaut dans la valeur des actions de Liberty. Et nous aussi.

Nick jeta un regard noir à Susan en lui répondant :

— Eh bien, tu as tasegard noir orter lezrouler____ théorie et moi, j'ai la mienne. Contrairement à toi, je ne peux pas me payer le luxe de passer toute ma journée à y réfléchir. Je dois retourner à la réunion du conseil, répondit Nick sur un ton sec, en écartant son idée d'un geste de la main.

Il se leva et quitta le bureau de Susan.

Une fois Nick sortit, Kat se pencha vers Susan par-dessus le bureau.

— Susan, êtes-vous vraiment sûre que Nick voterait contre le rachat ?

— Vous l'avez entendu, Kat. Il avait l'air assez convaincant.

Ses coups de poing sur la table aussi, pensa cyniquement Kat. Sans parler des effets mélodramatiques.

— Et la fiducie ?

— Les bénéficiaires de la fiducie sont le patrimoine d'Alex Braithwaite et sa sœur, Audrey. Alex disparu, Audrey va probablement suivre ce que Nick et le conseil recommandent.

— Vous dites donc que le conseil est uni contre le rachat.

— Eh bien, oui, apparemment, d'après ce que dit Nick. Ils vont recommander le rejet de l'offre. Nick a été catégorique à ce sujet.

— Mais, Susan, en supposant que Porter ne se donne pas tout ce mal juste pour gonfler le prix des actions, et s'ils savent que le rachat a peu de chances de réussir, pourquoi s'intéresser à Liberty ?

Susan fit une pause trop longue avant de répondre. Elle se pencha vers Kat.

— Voilà ce qui m'inquiète, Kat, lui dit-elle presque dans un murmure. Les rachats sont trop coûteux et prennent trop de temps, à moins qu'on ne soit sérieusement intéressé, et je pense qu'ils le sont chez Porter. Ils ne tenteraient pas le coup à moins de s'attendre à gagner. Nick est dans le déni, expliqua Susan. Le conseil est en train de réfléchir à une stratégie pour rejeter le rachat, mais cela ne va pas être facile. Avec cette offre sur la table, il va y avoir beaucoup de pression de la part des autres actionnaires pour accepter la proposition. Ou au moins pour trouver une meilleure offre de quelqu'un d'autre.

Susan tendit à Kat une copie du formulaire de divulgation 13D de la société Porter, déposé la veille à la *Securities and Exchange Commission*, l'organisme fédéral de réglementation et de contrôle des marchés financiers. La loi exigeait de divulguer l'intention de l'acheteur dès qu'il possédait au moins 5 % du total des actions en circulation. Le formulaire indiquait l'intention de Porter soit d'acheter Liberty purement et simplement, soit de détenir une participation majoritaire dans la société.

— Je ne comprends pas. Pourquoi mentiraient-ils sur le 13D

chez Porter ? Ça pourrait leur attirer beaucoup d'ennuis légalement.

— Ils ne mentent pas, Kat. Il y a quelque chose d'autre.

— Alors pendant que Nick et le conseil recommandent le rejet de l'offre, vous pensez qu'il y a un accord en train de se faire par des voies détournées ?

Le conseil n'était peut-être pas uni après tout.

— Un rachat devrait être impossible. À moins que Nick ou la fiducie familiale de Braithwaite ne veuillent que quelque chose se produise, ajouta Susan après avoir profondément inspiré. Ils contrôlent la société avec leurs actions et ils peuvent influencer le vote. Celui qui veut acquérir Liberty doit prendre le contrôle de la majorité des actions de catégorie A. Et personne ne saura comment Nick ou la fiducie auront voté avec leurs actions.

— Ne serait-ce pas évident au vu du nombre de voix en faveur ?

— Si 75 % ou plus acceptaient l'offre, cela voudrait dire qu'ils ont tous les deux voté oui. Mais on ne le saura qu'après coup. Si le pourcentage est inférieur à cela, cela voudrait dire qu'un seul a voté pour l'offre de Porter. Lequel des deux resterait un mystère.

Nick pourrait donc jouer le bon gars, mais voter quand même en faveur de l'offre sans que personne ne le sache. Kat pariait que ce que Nick voulait, il l'obtenait.

CHAPITRE 21

Ortega se leva de son fauteuil en cuir et fit les cent pas dans son bureau spacieux. Il était midi. De la baie vitrée qui couvrait tout le mur, il pouvait voir les gens se hâter pendant leur pause déjeuner. À travers le haut-parleur du téléphone lui parvenait la voix geignarde de Mohammed, en train de débiter sa litanie d'excuses. Ortega l'avait déjà entendue trop de fois auparavant.

— Mohammed, épargnez-moi vos mensonges. J'en ai assez de vos explications foireuses. Ces diamants, c'est de la merde, vous le savez et je le sais. Pourquoi ne pas l'admettre et me dispenser de vos conneries ?

Ortega fulminait. Il en avait marre des excuses interminables de Mohammed. Il se rassit.

— Mais, Señor Ortega, je vous promets que…

— Assez !

Ortega frappa du poing sur le bureau en acajou sculpté. Mohammed et ses cohortes libanaises l'avaient purement et simplement roulé.

— Mes diamants sont de la meilleure qualité. S'il vous plaît, je ne comprends pas de quoi vous parlez.

— Je crois que si. J'ai fait analyser les diamants. Vous m'arnaquez, Mohammed. Je ne peux pas revendre de la merde pareille, reprit Ortega en tapotant sur le bureau avec son crayon. Je les ai fait tester, alors arrêtez de me mentir.

Les résultats avaient révélé que les diamants étaient d'un degré de pureté encore plus faible que celui qu'il avait initialement soupçonné. Non seulement le volume avait baissé, mais également la qualité.

Ortega se dirigea vers le canapé en cuir, devant un écran plat fixé au mur. Il prit du lait chaud sur le plateau silencieusement apporté par Luis et le versa dans son café.

Sur l'écran, on pouvait voir l'extérieur de la boutique de Mohammed, avec les mêmes paresseux qui passaient leur journée au café d'à côté. Ortega avait installé des caméras au début de leur accord pour surveiller les activités dans le magasin de Mohammed. Dans des moments comme celui-ci, ces précautions supplémentaires en valaient la peine. Dans un instant, il s'assurerait que Mohammed ne l'escroque plus.

— M. Ortega, je vais rectifier le tir. Je vais parler immédiatement à mes fournisseurs.

Mohammed continua de pleurnicher en plaidant sa cause, mais Ortega n'éprouvait pas la moindre sympathie à son égard. Il se retrouvait coincé dans la chaîne d'approvisionnement à cause de cet escroc. Il avait un besoin illimité de diamants, mais Mohammed ne s'était pas montré à la hauteur à ce moment des plus critiques. Il lui était impossible de se défaire de ses engagements à cette étape tardive. Mohammed allait payer très cher pour cette infraction.

Ortega fronça les sourcils en regardant l'écran. Il était fatigué d'attendre. C'était le moment d'en finir. Il compta jusqu'à cinq et appuya sur le détonateur. Sous son regard impassible, le magasin explosa. Les fenêtres et les murs volèrent en éclats sous l'impact. La ligne téléphonique fut coupée. Les hommes sortirent du café en courant, hurlant en se précipitant dans la rue pour échapper à l'explosion.

Ortega préférait toujours mettre personnellement fin aux contrats. À moins de le faire lui-même, il ne pouvait jamais être sûr du résultat.

Il sirota son café en s'émerveillant brièvement de la technologie. Cette démonstration de force aurait été impossible sans se faire repérer quelques années auparavant. Il pouvait maintenant éliminer ses ennemis juste en appuyant sur un bouton dans le confort de son bureau. Impossible à déceler. Propre et simple. Ortega attachait une grande valeur à l'efficacité.

La première raison de la mort de Mohammed était les représailles. Ortega croyait en la revanche, même si elle ne pouvait pas compenser ses grosses pertes financières s'il ne parvenait pas rapidement à exécuter son plan d'urgence. Une deuxième raison était l'intimidation. Il pouvait facilement remplacer Mohammed, mais Ortega voulait faire passer le message à son prochain fournisseur. Il ne se ferait pas mettre à l'écart ni ne laisserait les autres le supplanter. Il n'y avait tout simplement pas assez de place pour quelqu'un d'autre. Et il y avait trop en jeu. Soit les Libanais traitaient avec lui, soit ils ne traitaient avec personne. Ortega ne pouvait se permettre aucun compromis. Sur sa liste venait ensuite l'élimination de l'acheteur des diamants qui étaient censés être les siens. Il les obtiendrait d'une façon ou d'une autre, mais le temps pressait.

Son téléphone portable sonna, interrompant ses pensées. C'était Nick Racine, encore un qui avait besoin d'une bonne leçon. Ortega repassa dans son esprit les événements chez Liberty, écoutant Nick à moitié en se versant une seconde tasse de café.

L'investissement dans la société Liberty juste avant la découverte de Mystic Lake avait bien tourné, lui fournissant un bénéfice décuplé quand il avait vendu à l'apogée du marché. Vendre à découvert juste avant que le vol de Bryant ne fasse la une lui avait facilement rapporté le double. La vente massive à découvert avait fait chuter les actions de Liberty, au point qu'elles ne valaient quasiment plus rien. Le coup de grâce était son rachat imminent de Liberty à un prix de liquidation.

Mais tout cela était maintenant menacé, depuis que son compte de courtage canadien, sous le nom d'une société d'investissement, Opal Holdings, avait été gelé par les autorités canadiennes. Il avait envisagé de fermer le compte et d'utiliser les recettes pour financer l'offre de Porter. Et comme si cela ne suffisait pas, Nick Racine essayait maintenant de le doubler en recherchant un autre soumissionnaire pour l'emporter sur l'offre de Porter.

— Nick, nous avions un accord. Je vous ai tiré d'affaire. En retour, j'exige que vous teniez parole dans notre transaction. Une transaction sans autres soumissionnaires pour Liberty. Vous avez obtenu votre argent. Maintenant, je veux ce qui m'est dû.

Ortega alluma un Cohiba et tira longuement sur son cigare, se délectant des nuances épicées et de la touche de chocolat. Sa journée n'en finissait pas.

— Emilio, écoutez, déclara Nick, je sais ce que je fais. Vous voulez que ça paraisse réglo, non ? À moins qu'il n'y ait un deuxième soumissionnaire, on va croire que le conseil n'a pas été assez diligent. Les actionnaires pourraient rejeter l'offre.

Il allait peut-être devoir éliminer Nick un peu plus tôt que prévu.

— Un autre soumissionnaire fait juste grimper le prix pour moi. Et pour la plupart, c'est vous les actionnaires. Il vous suffit de bloquer les actions de Braithwaite. Avec les leurs et les vôtres, l'affaire est dans le sac. On a un accord, j'ai été bon pour vous, Nick. Ne me doublez pas juste pour quelques dollars supplémentaires.

— Emilio, trouver un autre soumissionnaire détournera les soupçons. Je ne peux pas soutenir publiquement une offre non sollicitée. En tant que directeur, je dois montrer que j'ai évalué d'autres solutions et que je recommande la meilleure. Au moins, si une autre offre se présente, ça semblera compétitif. Porter peut légèrement augmenter l'offre et vous aurez Liberty.

— Nick, tenez cela pour un avertissement. Je n'augmente pas

l'offre. Et débarrassez-vous de cette juricomptable. Elle pose trop de questions.

— J'y travaille. On va la congédier. Mais il nous faut d'abord son rapport impliquant Bryant.

— Vous avez dit qu'elle ne trouverait rien d'autre.

— Je ne croyais pas qu'elle le ferait. Elle est meilleure que ce que je pensais.

— Eh bien, la congédier ne sera pas suffisant. Vous devez vous débarrasser d'elle.

— Que voulez-vous dire ?

Il y eut une longue pause à l'autre bout.

— La tuer ? Ce n'est pas un peu extrême ? Je n'ai pas signé pour ça.

— Vous n'avez rien dit quand Bryant a disparu. Vous étiez heureux tant que vos dettes de jeu étaient remboursées.

— Ce n'est pas pareil. En plus, vous avez dit que vous le feriez disparaître. Je ne pensais pas que vous alliez le tuer.

— Nick, que se passe-t-il à votre avis quand les gens disparaissent ? Le simple fait que vous n'ayez pas appuyé sur la gâchette ne veut pas dire que vous n'êtes pas complice. C'était votre idée d'impliquer Bryant, vous vous souvenez ? Vous êtes tout autant coupable.

Ortega s'était assuré qu'il n'y ait aucun doute sur ce point. Quand ils trouveraient Bryant, ils trouveraient aussi l'ADN de Nick sur les lieux du crime. Ortega devait simplement patienter assez longtemps pour parvenir à racheter Liberty. Une fois la société en poche, Nick ne compterait plus. Ortega mit fin à l'appel. Il avait assez entendu Nick pour la journée.

Il écrasa son cigare dans le cendrier en marbre et tourna ses pensées vers Clara.

Toujours aucunes nouvelles. D'après ce qu'il savait, elle agissait selon le plan. Le silence le rendait néanmoins mal à l'aise. Elle pouvait être tentée de prendre des risques. Des risques inutiles. Il ne pouvait rien faire d'autre que d'attendre son appel.

Il l'avait impliquée à contrecœur dans cette affaire, en raison de son insistance. Il le regrettait maintenant. Il la connaissait, et pourtant elle le surprenait parfois. Elle était dure, intelligente et invincible, mais c'était aussi sa fille. Il s'inquiétait pour elle. Son monde était beaucoup trop dangereux pour une femme.

CHAPITRE 22

Il était maintenant presque vingt-deux heures. Au volant de sa voiture, Kat continuait de chercher à comprendre quel pouvait être le motif derrière l'OPA hostile visant Liberty. Le cours de l'action était à son niveau le plus bas, mais la compagnie était aussi dans un état catastrophique, ce qui en faisait une cible peu attrayante. Le DAF avait volé assez d'argent pour pousser Liberty au bord de la faillite, et deux personnes associées à l'entreprise avaient été assassinées. La proposition de Porter tombait à point. Kat ne pensait pas une seconde qu'il s'agissait d'une coïncidence.

Elle réfléchissait aux différentes possibilités tandis que la pluie éclaboussait son pare-brise. Si Nick et la fiducie votaient tous les deux en faveur de l'offre, Porter obtiendrait Liberty. À lui tout seul, Nick pourrait forcer la vente s'il votait oui avec ses actions et si toutes les actions cotées en bourse votaient aussi oui à une majorité aux deux tiers. La fiducie, avec 35 %, n'avait pas assez d'actions pour être un facteur déterminant. Même si toutes les actions cotées en bourse votaient également en faveur de l'offre de Porter, jointes à celles de la fiducie elles ne représenteraient que 60 %, pas suffisant pour une majorité aux deux tiers. Quel détail lui échappait ?

Elle ralentit en quittant le bitume lisse et l'éclairage de la route principale. Ses yeux s'ajustèrent lentement à la route non éclairée, comptant sur le seul phare fonctionnant de la Toyota Celica. Il lui fallait toute sa concentration pour éviter les nids de poule et les ornières, tout en restant loin de l'accotement et du fleuve quelques mètres plus loin. Le vent soufflait maintenant en rafales et la pluie martelait le pare-brise. Sa visibilité était très limitée. Pourquoi n'avait-elle pas récupéré la boîte en bois lors de sa dernière visite à Takahashi ? La découverte du corps de Ken avait été un choc et il ne lui était pas venu à l'esprit de tout simplement emporter le coffret.

Elle se rendait maintenant compte que c'était probablement la seule preuve dont elle pourrait disposer pour confirmer l'origine des diamants. Celui qui les avait introduits à Mystic Lake était lié au vol de l'argent, ainsi qu'aux meurtres de Takahashi et Braithwaite, elle pourrait le parier. La police avait probablement confisqué la boîte, mais il y avait une chance qu'ils ne l'aient pas remarquée. Elle espérait la trouver dans l'entrée.

Kat se pencha en avant, plissant les yeux pour distinguer l'allée de Takahashi sous cette pluie torrentielle. Les essuie-glaces éclaircirent son pare-brise une fraction de seconde, révélant le fossé juste devant elle. Elle tourna brusquement son volant à gauche, évitant de justesse de se retrouver dans la boue. Elle se dirigea dans l'allée et se gara à côté de la maison. Elle arrêta le moteur et resta assise, le temps que son cœur se calme.

Elle saisit sa lampe de poche et avança avec difficulté dans l'allée boueuse vers la porte arrière. Seul un bruit sourd et régulier rompit le silence, celui de la pluie tombant des gouttières abîmées et arrivant en flaques d'eau dans l'allée. Pas de chien, pas d'enquêteurs de police ni de scène de crime, contrairement à la dernière fois où elle était venue là. Kat se demanda un instant ce qui était advenu du labrador de Takahashi. Elle n'y avait pas vraiment pensé jusqu'à maintenant. Une autre victime, se dit-elle tristement, en passant derrière la maison en direction des marches.

On avait ôté le cordon de police et tous les signes du crime avaient disparu. Les stores étaient fermés. Ceux qui n'étaient pas au courant auraient pu penser que les propriétaires étaient partis en vacances.

Kat gravit les marches de la véranda arrière et essaya la porte. Elle n'était pas verrouillée et le bouton tourna facilement. Elle pénétra dans l'entrée et braqua le faisceau de sa lampe sur l'étagère en bois au-dessus des patères. Elle retint son souffle, presque effrayée de regarder. La boîte était toujours là, apparemment intacte. Les mains tremblantes, elle la récupéra et en souleva le couvercle. Les trois diamants de Mystic Lake que Takahashi lui avait montrés lors de sa première visite y étaient. Un de la pipe d'origine, et deux de la nouvelle.

Les pierres étaient la clé du mystère des chiffres de production trafiqués, sa seule façon d'obtenir des diamants bruts sans explication. Elles permettraient de prouver si la production avait été falsifiée ou non. Personne ne croirait Kat sans preuve. Elle fit rouler les pierres dans sa main, surprise de sa chance.

Elle devait les prendre. C'était le seul moyen dont elle disposait pour faire analyser les diamants. Pour se rassurer, elle se dit que ce n'était pas vraiment un vol. Takahashi lui-même avait dit qu'il y avait quelque chose de bizarre. Maintenant qu'il était mort, c'était à elle de le prouver.

De retour dans sa voiture, avec le chauffage à fond, Kat posa les pierres sur le siège passager. Elle sortit de l'allée en marche arrière, en prenant soin d'éviter le fossé de chaque côté.

Elle suivit le faisceau de son unique phare, les yeux sur la ligne médiane de la route. Ses essuie-glaces barbouillaient le pare-brise, laissant des zones floues sur le verre là où ils étaient usés. Pourquoi ne les avait-elle pas encore remplacés ? Elle avait de la chance, il n'y avait pas d'autre voiture sur la route.

Dix minutes plus tard, alors qu'elle avait presque atteint la route principale, un véhicule arriva juste derrière elle. Il roulait vite, à en juger par les phares aveuglants dans son rétroviseur. Éblouie un instant, elle ajusta le miroir après avoir freiné.

Trop vite dans ces conditions météorologiques.

Mais elle ne pouvait s'arrêter nulle part.

Les lumières du véhicule se rapprochèrent de nouveau. Un camion, à en juger par la hauteur des feux. Et il la talonnait.

Kat accéléra, essayant de mettre au moins une distance de freinage entre sa Celica et le camion. Elle regarda son compteur : dix kilomètres-heure de plus que la limite de vitesse par temps de pluie. Pas idéal, mais la route principale avec ses réverbères était seulement à une ou deux minutes. Puis elle s'arrêterait sur le bas-côté et laisserait passer cet idiot.

Elle tourna de nouveau ses pensées vers les diamants. Pourquoi Takahashi ne les avait-il pas fait analyser s'il avait des échantillons ? Ou l'avait-il fait ? Elle les saisit sur le siège passager et les fourra dans sa poche.

L'intérieur de la Celica se trouva soudain éclairé comme en plein jour. Cet imbécile allait lui rentrer dedans. Elle accéléra de nouveau, manœuvrant avec difficulté dans les tournants. Elle roulait maintenant à vingt kilomètres-heure de plus que la limite de vitesse et elle voyait à peine à trois mètres devant elle.

Elle serra le volant, sentant ses doigts se tendre autour de lui tandis qu'elle se concentrait sur sa conduite, essayant d'anticiper les virages sur cette route qu'elle ne connaissait pas bien.

L'intérieur de la voiture redevint sombre.

Puis le camion la percuta.

Elle freina brusquement, mais ses quatre roues se bloquèrent sous le choc. La voiture dérapa et se retrouva en travers de la route. Kat tourna le volant vers la droite, mais c'était trop tard. La Celica quitta la route. Kat vit les feux arrière d'un trois tonnes s'éloigner à toute vitesse.

CHAPITRE 23

L'impact avait été très violent. Kat avait du mal à comprendre ce qui se passait. La voiture se trouvait en équilibre précaire sur la rive du fleuve. Le côté du chauffeur oscillait misérablement. Elle se jeta sur le siège passager, tout en gardant les mains serrées sur le volant. Paniquée, elle tourna les roues vers le quai, espérant trouver de la traction et stopper la voiture avant qu'elle ne tombe à l'eau. En vain.

Son estomac se serra. La Celica dérapa sur la surface en bois humide, glissa sur le côté et passa par-dessus bord. Tout devint noir. Elle ne perçut rien d'autre que l'obscurité et le bruit de l'eau tout autour d'elle tandis que la voiture plongeait dans les eaux glacées du fleuve. La voiture flotta un instant, puis se mit à couler dans les eaux troubles et silencieuses, le capot avant en premier à cause du poids du moteur.

Kat s'efforça d'enlever sa ceinture de sécurité, mais la boucle était coincée. L'eau pénétra dans sa chaussure gauche, tandis qu'elle s'acharnait en vain sur la boucle. L'appréhension l'envahit.

Personne ne savait qu'elle était là. La trouverait-on à temps ? Elle essaya d'arrêter de s'affoler pour mieux réfléchir à ce qu'elle devait faire. L'eau froide commençait à produire son effet, engourdissant ses mains. Il lui était maintenant difficile de manœuvrer la boucle. Son cœur se mit à battre la chamade quand elle réalisa ce qui allait lui arriver : elle allait succomber dans les eaux glacées, à moins qu'elle ne puisse se concentrer suffisamment pour ne penser à rien d'autre qu'à la boucle. Elle s'efforça de rester calme et tira de nouveau dessus. Elle céda enfin.

L'eau lui arrivait maintenant presque jusqu'aux genoux. Kat se débattit pour essayer d'ouvrir la portière, mais elle ne céda pas. Kat lutta contre la panique. À moins de penser clairement, elle ne sortirait jamais. L'eau froide était paralysante ; Kat avait du mal à bouger ses bras et ses jambes. Son pantalon était mouillé, ce n'était plus qu'une question de minutes avant qu'il ne soit complètement trempé.

Il y avait encore de l'air dans la voiture, mais le niveau d'eau continuait de monter lentement. Elle lui arrivait maintenant à la taille. L'eau froide l'engloutissait peu à peu. Elle cogna furieusement contre les vitres latérales, mais l'eau la privait de toute force.

Elle réalisa tout à coup quelque chose : il y avait plus d'eau à l'extérieur de la voiture, créant tellement de pression qu'elle ne pourrait jamais ouvrir les portières. À moins que la pression ne soit égale à l'intérieur et à l'extérieur. Cela n'allait pas arriver, car l'intérieur était encore partiellement rempli d'air. Elle n'arriverait jamais à ouvrir le véhicule, à moins d'attendre. Il lui faudrait attendre que plus d'eau remplisse la voiture avant d'essayer de nouveau.

Kat passa sur le siège arrière, maintenant placé à un angle de quarante-cinq degrés par rapport au fleuve. La poche d'air à l'arrière lui donnerait un peu de temps, mais seulement quelques minutes tout au plus. Elle hésita. Elle pourrait se retrouver coincée à l'arrière de la voiture. Néanmoins, c'était son seul espoir de s'en sortir.

L'eau avait atteint la hauteur des sièges. Kat tendit le cou pour garder la tête au-dessus du niveau d'eau. L'eau froide l'enveloppa, l'empêchant presque de gonfler assez sa poitrine pour respirer.

En moins d'une minute, toute la voiture serait submergée. Elle chercha l'interrupteur du lève-vitre en tâtonnant, mais jura en silence quand elle réalisa soudain que les vitres électriques ne fonctionnaient pas dans l'eau. Tournant son corps sur le côté, elle replia sa jambe pour se préparer à donner un coup de pied contre la vitre, mais au lieu de force, elle sentit un engourdissement froid envahir ses jambes. Elle était trop faible. Tandis qu'elle essayait une seconde fois, elle sentit l'obscurité se refermer sur elle. Les eaux glaciales avaient englouti la dernière poche d'air.

CHAPITRE 24

Quelqu'un l'appelait. Une voix, encore faible, devenait de plus en plus forte. Elle concentra son attention sur la lumière au loin qui se faisait tour à tour plus brillante et plus sombre. Une douleur parcourut son corps quand elle essaya de se déplacer vers elle ; elle partit de sa tête, descendit le long de son dos, puis atteignit sa jambe droite jusqu'à ses orteils, comme une secousse électrique. Elle avait mal partout. Mal ? Cela voulait dire qu'elle n'était pas morte après tout. Et si elle n'était pas morte, où était-elle ?

— Kat ? Tu m'entends ?

La voix était plus proche maintenant. Kat ouvrit lentement les yeux. Harry et Jace étaient penchés sur elle, leurs visages tour à tour nets et flous. Elle était allongée sur un lit avec des montants dans une pièce d'un gris terne. Elle ne vit pas d'autres meubles, sinon une chaise et un chariot roulant sur lequel étaient posées des assiettes en plastique.

— Où suis-je ? Quelle heure est-il ?

Une vague de nausée l'envahit quand elle essaya de se redresser. Tout dans la chambre se mit tout à coup à tourner et à devenir trouble. Elle tenta de se reconcentrer sur Harry et Jace, mais sa tête se mit à lui faire très mal. Elle grimaça et laissa retomber sa tête sur l'oreiller. Elle se rappelait maintenant : l'accident de voiture, et elle avait sombré dans les eaux glacées du fleuve Fraser.

— T'es à l'hôpital, Kat. Il est dix heures et demie, et le docteur a dit que tu devrais pas encore bouger. Détends-toi et rendors-toi, tu te sentiras mieux après, ajouta Harry en lui tapotant doucement le bras.

Dix heures et demie ? Du matin ? La panique envahit Kat. Il lui fallait donner les pierres à Cindy pour les faire analyser, et elle avait une tonne d'autres choses à faire, comme de vérifier la connexion libanaise de Bancroft Richardson. L'OPA hostile de Porter ajoutait aussi une nouvelle dimension aux étranges activités chez Liberty, et la date butoir de Nick pour récupérer l'argent était imminente.

Pas de temps à perdre. Elle devait sortir de cet hôpital illico.

— Faut vraiment que j'y aille. J'ai du travail qui m'attend et je...

— Tu vas nulle part, ma belle, rétorqua Harry sur un ton de réprimande. Le médecin a dit au moins vingt-quatre heures de plus avant d'envisager de te laisser sortir. Tu souffres d'une commotion cérébrale, t'as des contusions aux côtes et des coupures et des égratignures partout. Qu'est-ce qui s'est passé au juste ? La police a dit que tu t'étais endormie au volant. Tu te rappelles quelque chose de la nuit dernière ?

— Quoi ! Je me suis pas endormie, quelqu'un m'a fait quitter la route ! répondit Kat, indignée. Je roulais sur River Road quand un gros camion est arrivé derrière, m'est rentré dedans et...

— Un camion t'est rentré dans le chou ? demanda Harry.

— C'est ce que je viens de dire, un camion.

— Comment tu sais que c'était un camion ? Il faisait nuit, non ?

— Je l'ai vu. Dis, tu veux bien me laisser finir ?

De la main droite, Kat chercha le bouton de commande du lit. Elle finit par le trouver et appuya dessus pour relever sa tête.

— Bon, bon, continue.

— Quand j'ai fait une embardée, j'ai perdu le contrôle de ma voiture et je me suis retrouvée dans le fleuve. La dernière chose dont je me souviens, c'est d'être emprisonnée à l'intérieur du véhicule en train de couler.

— T'as vu le chauffeur ? demanda Harry.

— Non. Seulement les phares dans le rétroviseur.

Elle repensa au moment juste avant l'accident : l'intérieur de la Celica momentanément éclairé par les phares du camion, puis sa ceinture de sécurité la piégeant quand la voiture avait plongé du quai. Elle frissonna.

— T'es sûre, Kat ? Le témoin a dit qu'il y avait personne d'autre. Le choc a dû se produire quand t'as heurté le quai avant de tomber à l'eau.

— Quel témoin ? Le chauffeur du camion ?

— Le chauffeur de taxi, déclara Jace.

— Il y avait pas de chauffeur de camion, ajouta Harry.

— Vous me croyez pas ? Je te le dis, Tonton Harry, quelqu'un m'a fait quitter la route. C'est pas toi qui étais là, c'est moi, reprit Kat en élevant la voix, frustrée.

— Tu penses que c'est ce qui est arrivé, Kat, j'en doute pas. C'est facile de se tromper quand on est fatigué.

— Je sais ce qui est arrivé. Tu verras la preuve sur ma voiture.

— Eh bien, ta voiture est dans le fleuve. La police est même pas sûre de pouvoir la retirer.

— T'as eu beaucoup de chance, Kat, intervint Jace. Le chauffeur de taxi venait dans l'autre sens quand il t'a vue quitter la route.

— Mais il y avait personne d'autre. Personne.

— C'est lui qui a appelé la police. Il a dit que tu zigzaguais comme si t'étais ivre. On dit que c'est un effet du manque de sommeil. Comme quand on boit et boi…

— Les gars, je vous dis que quelqu'un m'a fait quitter la route ! C'était un gros camion, je vois pas comment on aurait pu ne pas le remarquer. Quelqu'un est en train d'essayer de me tuer ! s'exclama Kat en se redressant.

Puis elle rejeta aussitôt la tête sur le lit sous la douleur.

— Ouais, Kat, dit Jace. Allez, recouche-toi.

Les yeux fixés sur Jace, la colère lui monta au visage.

— T'avais raison pour Buddy. Quelqu'un veut m'empêcher de fourrer le nez dans ce qui se passe chez Liberty, expliqua-t-elle.

— Peut-être qu'il est temps de laisser tomber, Kat. Si quelqu'un te poursuit vraiment, ça vaut pas la peine de risquer ta vie.

— Je peux pas abandonner maintenant, quand je suis si près de trouver Bryant et l'argent et de mettre à jour la fraude de Mystic Lake. Faut que je retourne au bureau !

Kat réalisa avec horreur que celui qui s'était donné la peine de lui rentrer dedans devait savoir ce qu'elle avait découvert. Et qu'elle était au courant des chiffres de production trafiqués. Ils ne reculeraient devant rien pour l'éliminer, elle et les preuves compromettantes.

— Laisse-moi y aller, Kat. Je vais m'en occuper, insista Harry.

— Non, tu comprends pas. Je dois les arrêter avant qu'ils effacent leurs traces.

— Kat, tu sortiras pas de l'hôpital, l'infirmière et le médecin l'ont dit tous les deux. Laisse Harry s'en charger. Et prends au moins ton petit déjeuner, ajouta Jace en roulant la table de lit vers elle.

— D'accord, dit Kat.

Elle énuméra une liste de fichiers qu'Harry devait rapporter, ainsi que son ordinateur portable. Lui demander quoi que ce soit d'autre, à part répondre au téléphone et classer des documents, était une invitation au désastre. D'un autre côté, seul Harry serait capable de retrouver ces fichiers dans son système de classement loufoque. Kat mordit dans son toast. Il était mou et froid.

Récupérer l'argent aujourd'hui était impossible, coincée qu'elle était à l'hôpital. Même si elle arrivait à trouver la trace de la connexion libanaise, les banques seraient déjà fermées là-bas.

— C'est incroyable. Je finis par dénicher un gros client. Et quand je commence à faire des progrès pour résoudre l'affaire, quelqu'un essaie de me tuer ! Ma voiture est bonne pour la casse et j'ai pas les moyens de m'en payer une autre, bien que j'en aie absolument besoin. Et maintenant on me retient prisonnière dans un hôpital. Le voleur que je poursuis est probablement en train de détruire toutes les preuves et personne me croit. Et mon pauvre Buddy est mort à cause de moi. C'est la pire journée de ma vie !

— Non, c'est pas la pire journée de ta vie, Kat, lui dit doucement Jace.

— Ah non ? demanda Kat, percevant une faible lueur d'espoir.

— Non, c'est juste la pire journée de ta vie *jusqu'à aujourd'hui.*

— Jace, tu m'aides pas beaucoup à t'apprécier en ce moment. T'es pas très encourageant.

— Kat, je veux juste dire que tu sais jamais ce que l'avenir te réserve. Ce qui me rappelle… il y a une nouvelle note.

— Hein ?

Jace lui tendit un morceau de papier plié.

— Je l'ai trouvée sous la véranda.

— Je veux pas la lire, réagit Kat en repoussant la main de Jace.

Elle revit le cadavre de Buddy dans son esprit. Jace avait peut-être raison. Liberty n'en valait pas la peine.

— Désolé. C'est pas comme la note de Buddy. Elle est écrite à la main, par une femme on dirait.

Kat déplia lentement le papier, ayant toujours peur de le regarder. L'écriture était petite et précise, mais la main tremblante.

Paillez les rosiers, recouvrez leurs pieds. La menthe est envahissante. Je l'ai vu le faire.

— Vu qui ? demanda Kat.

Elle n'avait pas remarqué de menthe dans le jardin. La menthe est invasive, mais ses feuilles disparaissent en général avec le premier gel. Sûrement pas quelque chose qui exige une attention immédiate.

— Je sais pas, Kat. J'espérais que tu comprendrais.

Elle ne voyait pas ce que cela voulait dire et elle avait mal à la tête. Elle sentit le sommeil commencer à la gagner une fois de plus. Mais pas avant de voir Jace se pencher sur elle et l'embrasser sur le front. La dernière chose qu'elle perçut avant de sombrer de nouveau dans la torpeur profonde de l'inconscience.

CHAPITRE 25

*K*at se réveilla en sursaut, la panique désormais familière l'envahissant. Elle essaya en vain de libérer ses jambes. En quelques secondes, tout lui revint.

Elle frissonna : l'accident de voiture, l'hôpital et le lit dans lequel elle était toujours couchée. Puis elle poussa un soupir de soulagement en ouvrant les yeux. Ses pieds étaient simplement enroulés dans les couvertures, pas en train d'essayer de briser la vitre latérale de sa Celica, sans résultat. À part cela, ces dernières vingt-quatre heures étaient floues.

Les rayons du soleil se reflétaient par terre, capturant les grains de poussière dans leur sillage et égayant les murs beiges ternes de la chambre d'hôpital. Des voix et des bruits de pas vifs lui parvenaient du couloir. Les infirmières bavardaient sur leur week-end. Kat se livra à un bref calcul mental. Lundi soir, elle était chez Takahashi. Il faisait de nouveau jour. On était donc mardi. Chaque minute comptait. Plus vite elle sortirait de cet endroit, mieux ce serait. Elle regarda sa table de chevet. Son ordinateur portable était bien là. Harry avait tenu ses promesses.

Elle roula sur le côté et étouffa un gémissement quand un

spasme lui traversa les côtes. Elle ouvrit le tiroir à la recherche de son téléphone. Il était là, avec quelques reçus encore humides, sa montre et quelques pièces de monnaie. Ce devait être dans ses poches quand on l'avait retirée de la voiture.

Soudain, elle se rappela. Les diamants ! Où étaient-ils ? Avaient-ils été égarés dans la violence de l'accident ? Si oui, les diamants de Takahashi étaient perdus à jamais. Son cœur se serra. Les diamants étaient sa dernière chance. Ils devaient être dans le fleuve, avec sa voiture et son contenu, impossibles à récupérer. Quel autre moyen avait-elle d'obtenir des diamants provenant de Liberty pour faire analyser leur authenticité ? C'était la seule façon à sa disposition pour prouver sa théorie des chiffres de production trafiqués.

Elle appuya sur les touches de son téléphone. Il était mort. L'eau l'avait endommagé, il était irrécupérable. On pourrait remplacer le téléphone, pas les diamants.

Kat fit glisser ses jambes sur le côté du lit et s'aida de ses bras pour se lever. La douleur parcourut son corps. Elle grimaça. Elle ressentit des palpitations dans sa tête. Elle porta la main à son front et sentit une grosse bosse. Tandis qu'elle se redressait, un autre élancement de douleur la fit se plier en deux. Elle se sentait comme une éclopée et ne voulait rien d'autre que se recoucher jusqu'à ce que la douleur se calme. Mais ce n'était pas une option. Il ne lui restait guère de temps, elle devait trouver des diamants provenant de Liberty.

Elle parcourut la chambre en traînant les pieds dans sa robe et ses chaussons d'hôpital, à la recherche de ses autres possessions. Où étaient ses vêtements ? Ils devaient être dans la chambre, quelque part. Une douleur soudaine la fit se raidir tandis qu'elle avançait à pas lents. Il y avait un petit placard derrière son lit qu'elle n'avait pas remarqué auparavant. Dedans se trouvaient le jeans et le chemisier qu'elle portait au moment de l'accident. Elle fouilla dans les poches, espérant contre tout espoir y trouver les diamants. Rien.

Pas de chaussures non plus. Elle était donc coincée à l'hôpital pour un peu plus de temps, au moins jusqu'à ce qu'elle puisse obtenir des chaussures et regagner une certaine mobilité. Un autre élancement de douleur lui parcourut le dos quand elle retourna sur le lit, épuisée.

Elle mit son ordinateur en route et se connecta à sa boîte mail. Elle parcourut rapidement sa boîte de réception et supprima des offres de vacances gratuites, des prescriptions bon marché et de l'argent de banquiers nigérians. Le seul courriel réglo était de Susan Sullivan chez Liberty, daté de la veille. Elle l'ouvrit et se figea quand elle découvrit le message.

Il s'imposait à elle, inexorablement. Trois phrases noir sur blanc lui disant qu'on n'avait plus besoin de ses services.

Bon sang, qu'est-ce qui se passait ? Susan n'avait pas mentionné la possibilité de la congédier lors de leur dernière rencontre. En fait, elle s'était ouverte à elle au sujet de Nick. C'était sans doute une erreur. Elle appellerait Susan pour tirer les choses au clair.

Elle se redressa de nouveau et sortit du lit. Elle vérifia comment elle se sentait. La douleur était tolérable tant qu'elle bougeait lentement. Elle enfila les chaussons et se dirigea à pas feutrés dans le couloir, avec l'impression d'être une détenue en cavale. En passant devant le bureau des infirmières dans sa chemise d'hôpital peu flatteuse, elle évita de croiser le regard des gens en véritables chaussures. Les infirmières étaient heureusement toujours en pleine conversation. Elles ne la remarquèrent pas. Elle devait maintenant trouver une cabine téléphonique.

Elle finit par en repérer une près des portes de secours, le long du parking. Un groupe de fumeurs branchés à diverses perfusions et autres appareils la regardèrent avec curiosité. Apparemment, elle n'était pas assez habillée pour braver les éléments. Elle les ignora et composa le numéro de Susan, se servant des pièces qui étaient par miracle restées dans sa poche. Elle décida de ne pas dire à Susan d'où elle appelait.

— Susan Sullivan.

— Susan. C'est Kat. Je sais que vous m'avez retirée de l'affaire, mais je dois vous parler de quelque chose. C'est important.

Longue pause à l'autre bout.

— Kat, je suis désolée que cela n'ait pas marché. Vraiment désolée. Je dois raccrocher, j'ai beaucoup de travail en ce moment avec ce rachat.

— Mais Susan, l'argent n'est qu'une partie de l'histoire. Il y a quelque chose qu'il faut que vous sachiez à propos de Mystic Lake.

— Honnêtement, Kat, je n'ai pas le temps d'écouter une de vos théories infondées qui pourrait avoir ou pas quelque chose à voir avec l'argent manquant. Maintenant que nous avons retrouvé la trace de l'argent au Liban, nous devrions être en mesure de le récupérer. Je dois y aller maintenant. Au revoir.

Nous ? C'était Kat qui avait découvert que l'argent se trouvait au Liban, pas Susan ni personne d'autre chez Liberty. Avec l'aide de Jace bien sûr, mais Susan ignorait cela. C'était commode pour Susan de s'attribuer le mérite de quelque chose qu'elle n'avait pas fait.

— Susan, s'il vous plaît, ne raccrochez pas ! hurla presque Kat dans le téléphone.

Une femme obèse parmi le groupe de fumeurs arrêta brusquement sa conversation, regardant Kat comme si elle était folle.

— Vous devez faire analyser votre bague, Susan. Le diamant ne provient pas de Mystic Lake. Je peux le prouver. Quelqu'un trafique la production de cette mine avec des diamants illégaux.

— Kat, quelle idée folle ! Bien sûr qu'il provient de Mystic Lake. C'était l'une des premières pierres de la pipe. Honnêtement, je ne vois pas de quoi vous parlez. Je dois vraiment y aller.

Kat prit un risque. Elle n'avait aucun moyen de le prouver à moins de faire analyser la bague de Susan. Mais elle n'avait pas le choix.

— Susan, le diamant de votre bague provient d'une mine africaine. J'ai les tests pour le prouver.

Silence à l'autre bout de la ligne, puis un clic. Susan avait raccroché.

En avançant péniblement, Kat retourna dans le couloir, ses côtes meurtries lui faisant mal à chaque pas. Son sentiment d'urgence remplacé par le découragement. Techniquement, elle avait fait ce pour quoi on l'avait embauchée, même si l'argent n'était pas encore de retour chez Liberty. Oublier Susan et Liberty devrait être un soulagement. Elle trouverait maintenant un client moins difficile qui ne mettrait pas sa vie en danger. Et elle aurait le temps d'aider Jace à restaurer la maison pour la revendre.

Elle avait vraiment eu de la chance de ne pas se retrouver morte. Ceux qui étaient derrière son accident étaient également responsables des meurtres de Takahashi, de Braithwaite et probablement aussi de Buddy. Elle devait aux victimes de découvrir qui les avait tuées. Les milliards en jeu signifiaient qu'ils ne reculeraient devant rien. Qu'elle travaille encore sur l'affaire ou non, ils pourraient toujours vouloir la faire taire. Quelqu'un devait les attraper et s'assurer que justice soit rendue. Susan était-elle donc myope à ce point ? Ou était-elle complice de la fraude ?

Kat ne vit aucune infirmière. Elle rentra dans sa chambre en traînant des pieds et y fut accueillie par sa tante Elsie, ainsi qu'une odeur étrange qu'elle n'arrivait pas à identifier au premier abord. Le bois de santal.

— Tata Elsie ! Tu peux pas brûler de l'encens ici ! Éteins-le.

— Je peux pas, ma chérie. Une fois qu'il est allumé, tu dois le laisser brûler.

Sa tante Elsie se leva de la chaise installée près du lit et se dirigea vers elle, brandissant le bâton d'encens. Elle portait une veste turquoise en brocart avec un motif de chrysanthème brodé, résultat de sa dernière toquade pour tout ce qui était oriental. Une simple robe noire et des escarpins avec des talons de cinq centimètres de haut complétaient l'ensemble. C'était le seul domaine de sa vie où elle faisait preuve de sens pratique, appariant des vêtements trouvés dans des magasins d'occasion avec les articles essentiels d'une garde-robe. Elle soutenait que toute retraitée pouvait s'habiller comme si elle était millionnaire.

— Mais c'est l'hôpital. T'as pas le droit de faire brûler de l'encens ! Passe-le sous le robinet dans l'évier de la salle de bains.

Kat avait assez de problèmes sans s'attirer en plus des ennuis avec le personnel médical. Au moins, l'hôpital n'essayait pas de se débarrasser d'elle.

Elsie jeta un coup d'œil mortifié à Kat.

— Je suis désolée, Kat. Je voulais juste créer un peu d'ambiance. Cet endroit semble si froid et institutionnel. Je suis pas maître de feng shui, mais quelque chose manque à cette pièce. L'encens atténue le problème. Tiens, bois du thé.

Deux tasses d'Earl Grey fraîchement infusé étaient posées sur la table de chevet. Kat décida de ne pas poser de questions sur sa provenance.

— Ma chérie, je savais pas que la comptabilité était si périlleuse. T'aurais dû devenir infirmière comme moi.

— Attends voir, Tata Elsie, ton convoi a pas été pris dans une embuscade quand t'étais en Afrique ?

Elsie avait été formatrice en soins infirmiers avec l'UNESCO avant d'épouser Harry.

— Euh… oui, mais au moins tu sais à qui t'as affaire.

Kat ne voyait pas la différence entre se faire tirer dessus par quelqu'un qu'on connaissait ou par un inconnu, mais elle décida de ne pas chercher à comprendre.

— Tata Elsie, t'étais en Sierra Leone dans les années cinquante. Est-ce qu'ils avaient des mines de diamants à l'époque ?

Elsie avait travaillé dans ce pays avant de rencontrer Harry.

— Oui, Kat. Je t'ai jamais dit que Claude était marchand de diamants ?

— Vraiment ?

Claude était l'amant d'Elsie avant Harry. Kat avait un peu entendu parler de lui, mais elle avait toujours supposé qu'il travaillait aussi pour l'UNESCO.

— Il achetait des diamants bruts et les vendait aux diamantaires d'Anvers. Il gagnait sa vie en servant d'intermédiaire.

— Et où est-ce qu'il trouvait les diamants ?

Kat, surprise par cette précieuse information inattendue, avala brusquement le thé. Il lui brûla le palais.

— Parfois des mines, mais la plupart du temps de mineurs indépendants. En Sierra Leone, il y a beaucoup d'opérations individuelles, du moins c'était le cas à l'époque. Ils extrayaient la plupart des diamants dans les rivières. On appelle ça l'exploitation des placers. Quoi qu'il en soit, Claude faisait de bonnes affaires. Il fournissait un marché pour les mineurs et eux lui donnaient le produit. Est-ce que je t'ai montré la bague qu'il m'a offerte ?

— Non. Je suis sûre qu'elle est jolie, mais je dois vraiment savoir si...

— Oh oui, Kat, elle est superbe. Et je te la donnerai un jour. Elle a un diamant jaune d'un carat de taille, qui vient du district de Kono en Sierra Leone. Claude me l'a offerte juste avant d'être abattu.

— Abattu ? Par qui ?

— Un capitaine de l'armée. Il voulait une part, comme tout le monde. Claude a refusé, alors il l'a tué.

— Il l'a tué ? Alors qu'est-ce que t'as fait ?

Elsie essuya une larme.

— Je pouvais rien faire. Je suis rentrée chez moi.

— Est-ce que le boulot de Claude était réglo ? Il faisait partie du commerce légal ou du marché noir ?

— À l'époque, tout le monde faisait un peu des deux. Il n'y avait pas les règlements qu'on a maintenant. Et il n'y avait pas vraiment de marché noir. Tout passait par les mêmes filières. Les diamants pouvaient être exploités par la société au cours de la journée et la nuit par des ouvriers qui soudoyaient les gardes pour s'introduire secrètement dans la mine. Personne y pensait en termes de marché noir. J'ai aussi quelques diamants bruts. En fait, ils ressemblent exactement à tes pierres.

— À mes pierres ?

— Tu sais, celles que t'avais sur toi hier. Exactement pareils.

— Comment tu sais que j'avais des diamants ? demanda Kat, son sang ne faisant qu'un tour.

Après tout, il y avait peut-être un espoir.

— Tu sais où ils sont ? poursuivit-elle.

— Bien sûr, ma chérie. C'est moi qui les ai. Tu sais comment c'est à l'hôpital. Tu sors quelque chose et avant que tu t'en rendes compte, ça disparaît. J'ai décidé de les prendre pour les garder en sécurité.

— Oh, Tata Elsie ! Tu peux pas imaginer comme c'est important. Est-ce que tu peux me les rendre maintenant ?

— Oui, ma chérie, une fois que tu seras sortie de l'hôpital et en sécurité à la maison. Au fait, je me demande où je les ai rangés. Hum, dans le coffre-fort ou ma boîte à bijoux ? J'arrive pas très bien à me rappeler.

— Essaie de réfléchir, Tata Elsie, s'il te plaît, c'est vraiment important.

— Oui, je vais y réfléchir, ça va me revenir. Ça me prendra peut-être quelques jours, mais je vais me rappeler. Les choses ralentissent un peu quand tu arrives à mon âge. Mais ça me reviendra, tu verras.

À son corps défendant, Kat décida de mettre Jace et l'oncle Harry davantage dans le coup. Elle devait passer les diamants à Cindy le plus tôt possible. Son avenir en dépendait.

CHAPITRE 26

Sa sortie d'hôpital de la veille lui semblait déjà loin, et Kat était contente d'être de retour chez Verna. Elle commençait à apprécier cette maison. Tina ronronnait à côté d'elle. La cuisine fraîchement nettoyée et repeinte contenait un frigo bien approvisionné, grâce à Jace.

Le comptoir était encombré de bols, remplis de farine, de sucre et autres ingrédients, y compris de beurre, l'ingrédient de base de la cuisine française. Chaque casserole, ustensile et centimètre carré de la surface était utilisé, mais avec l'aménagement de la cuisine, on n'avait pas l'impression de bazar.

Elle avait trouvé les recettes de Verna en nettoyant les placards lundi et en avait choisi quelques-unes pour un menu à la française. Kat et Cindy avaient prévu de dîner ensemble plusieurs semaines auparavant, avant l'affaire des mines Liberty, avant de perdre son appartement et d'obtenir la maison de Verna. Cela faisait partie de leur plan d'entraînement au marathon de Paris : durant les semaines précédant la course, faire tout ce que les Français faisaient. Tout, sauf bien sûr fumer des Gitanes ou manger des escargots.

Elle avait recherché Verna sur Google, mais n'avait rien trouvé sur la femme. À en juger par sa maison, elle aurait donné du fil à retordre à Martha Stewart. Jace n'avait pas non plus beaucoup appris des voisins, car la maison était vacante quand ils avaient emménagé deux ans plus tôt.

Les collectionneurs de porcelaine de Limoges et des livres de cuisine de Julia Child ne disparaissaient pas tout simplement sans laisser de trace, ni ne perdaient leur maison en raison d'impôts impayés. Les collectionneurs avaient trop de trucs. Acheter la maison aux enchères sur une liste municipale était peut-être parfaitement légal, mais elle avait l'impression de voler l'existence de quelqu'un. Sans connaître les raisons de la disparition de Verna, Kat ne pouvait garder précieusement la porcelaine, le cristal de Baccarat et le mobilier centenaire que temporairement. Ils ne pourraient pas revendre la maison avec tous ces trésors, mais que faire ? Comme pour une portée de chatons, elle résolut de leur trouver de bonnes maisons.

Le sablier électronique retentit, l'horloge de la cuisinière ne fonctionnait plus. Kat enfila des maniques. Elle préparait plusieurs choses en même temps : elle mettrait le soufflé au four dès qu'elle en sortirait la soupe à l'oignon, puis ferait une vinaigrette pour la salade de mesclun. Elle vérifia la soupe et remit le minuteur à zéro pour une dizaine de minutes.

Cindy allait arriver d'un moment à l'autre. Son entraînement au marathon signifiait que Kat passait chaque minute à penser à la nourriture, à son achat ou à sa préparation. Elle avait plus de temps maintenant que Liberty l'avait congédiée. Cuisiner ne l'ennuyait pas du tout aujourd'hui. Adieu les purées ou les bouillies fades de l'hôpital. Le jeûne était préférable à leurs plats sans goût.

Elle était toujours en train d'attendre que la soupe à l'oignon soit prête quand Cindy se présenta à la porte arrière. Kat leva les yeux juste à temps pour voir Tina se précipiter par la porte avant qu'elle ne se referme. Les bras de Cindy remplis de cadeaux attirèrent son attention : une baguette, une bouteille de pinot gris et une boîte de pâtisserie qui contenait sans doute un dessert savoureux.

— Mmm, ça sent bon, Kat ! lança Cindy en embrassant Kat. T'as l'air plutôt en forme. T'as pu récupérer ta voiture ?

— Niet. La compagnie d'assurance a dit que ça pourrait prendre des semaines, voire des mois, avant de la retirer du fleuve. Donc, en plus de me retrouver sans emploi, je suis maintenant sans voiture !

Cindy posa ses sacs sur le comptoir et prit un champignon farci.

— Ils sont délicieux ! s'exclama-t-elle en en fourrant un autre dans sa bouche. De toute façon, c'est moins cher de ne pas conduire. Pas d'essence, pas besoin de la donner à réviser ni de la laver. Au lieu, tu peux aller partout en courant.

— C'est pas très pratique, Cindy. Je peux pas me pointer quelque part trempée de sueur. En plus, courir me fait manger plus. Je dépense au moins autant en provisions que ce que je dépensais en essence.

— Pourquoi tu fais toujours des analyses coût-bénéfice pour tout ? Au moins, tu protèges l'environnement. Où est Jace ?

— De nouveau en mission de recherche. Un skieur de fond a disparu sur le mont Seymour hier soir. On l'a appelé à quatre heures du matin quand une patrouille a trouvé la voiture du skieur sur le parking.

Jace était membre de l'équipe de sauvetage North Shore Rescue de Vancouver. On l'appelait toujours soit tard en soirée, quand la famille et les amis signalaient une personne disparue, ou très tôt le matin, quand la patrouille de ski remarquait une voiture laissée sur un parking.

— Quand va-t-il rentrer ?

— Je sais pas. Il a pas appelé, alors je doute qu'il soit de retour à temps pour le dîner.

Une recherche pouvait durer quelques heures ou plusieurs jours. Même les skieurs et les randonneurs expérimentés sous-estimaient le danger des montagnes North Shore. Ils ne se méfiaient pas assez, en raison de la proximité de la ville.

— J'espère qu'il sera bientôt là, ajouta Cindy. J'ai entendu dire que le risque d'avalanche est extrêmement élevé en ce moment.

Kat ne souhaitait pas penser à cela. Les équipes de recherche et de sauvetage risquaient souvent leur vie pour voler au secours de skieurs qui allaient consciemment hors des pistes sûres, à la recherche de poudre fraîche. Elle changea de sujet.

— T'as eu les diamants ?

Harry devait les livrer à Cindy après qu'Elsie se soit finalement souvenue où se trouvait sa cachette spéciale.

— Oui, je les ai, répondit Cindy en retirant une petite enveloppe à fenêtre de son sac à main. Tiens, je te les redonne, ajouta-t-elle en la lui tendant.

— Non ! Tu dois les faire analyser. Il faut que je prouve que ce sont des diamants sales, Cindy. T'es la seule qui puisse m'aider.

— Pas sans que je sache d'où ils viennent. Qui te les a donnés ?

— Euh… je te donnerai les détails plus tard. Ce qui est important, c'est qu'ils sont illégaux. Tu veux attraper des criminels, non ? Je te promets que ça va nous conduire à ceux qui sont derrière cette affaire.

Kat sortit les bols de soupe à l'oignon du four et les plaça sur une grille pour les laisser refroidir un peu. Le fromage était fondu et bien doré, exactement comme sur l'image du livre de cuisine de Betty Crocker. Elle saisit le soufflé au fromage et le mit au four.

— Et qui ça pourrait être ?

— Eh bien, j'ai réduit la liste des suspects à quelques personnes chez Liberty, mais je suis pas encore sûre. Mais je sais que les diamants sont pas légitimes, et je sais déjà d'où ils ne viennent pas. Tu me diras d'où ils proviennent quand le labo te donnera les résultats de l'analyse. Je suis sûre qu'ils ne sont pas de Mystic Lake.

— Mais, Kat, je peux pas juste me présenter avec une poignée de diamants et leur demander de les analyser sans leur donner de raison.

— Il y a une raison. J'ai la preuve que les chiffres de production ont été truqués, deux personnes ont été assassinées, et j'étais la suivante sur la liste. C'est pas assez ?

— L'accident ? Harry a dit que tu t'étais endormie au volant en rentrant chez toi.

— Pas vraiment. Un camion m'a percutée, et si seulement ils pouvaient retirer ma foutue voiture du fleuve, les dommages seraient évidents. Et avant ça, quelqu'un a tué Buddy. C'est à ce moment-là que j'ai reçu cette méchante note. Faut que tu m'aides, Cindy. Il se passe beaucoup plus de choses chez Liberty, mais sans l'analyse des diamants, je peux pas le prouver.

Cindy soupira.

— T'es sûre de ça ? Parce que si on se retrouve bredouilles, ça va chauffer pour moi pour avoir gaspillé de précieuses ressources. Restrictions budgétaires et tout le tralala, tu connais la chanson.

— Je sais que ces diamants proviennent pas de Liberty. Par conséquent, ils viennent d'ailleurs. Tu m'as parlé du processus de Kimberley et du système de certification. Il faut documenter la provenance de chaque diamant. D'après cela, ceux-ci doivent être des diamants illicites.

Cindy soupira et regarda Kat d'un air résigné tout en débouchant la bouteille de vin.

— D'accord, je vais les faire analyser. À charge de revanche.

— Je sais, mais tu verras. Et tu seras récompensée quand on attrapera ceux qui sont derrière cette arnaque.

Tina miaula aux pieds de Kat. Bizarre, puisque Tina était sortie au moment de l'arrivée de Cindy. Kat avait peut-être laissé une fenêtre ouverte. Tina ignorait la nourriture pour chat, préférant la nourriture pour les gens. Kat avait essayé toutes les marques de nourriture pour chat, mais Tina avait tout simplement fait une grève de la faim jusqu'à ce que Kat consente à tout ce qu'elle voulait manger. Surtout au fromage.

Kat était en train de râper une poignée de gruyère pour Tina quand le téléphone portable de Cindy retentit. Cindy reposa les diamants sur le comptoir et sortit sur la terrasse pour prendre l'appel. Kat avait l'habitude : le travail d'infiltration de Cindy impliquait qu'elle ne pouvait pas laisser quelqu'un d'autre entendre ses conversations, à la fois pour sa propre protection et celle des autres.

Kat ne pouvait pas se défaire de la sensation d'être observée. Elle regarda par la porte de la véranda, mais ne vit que Cindy, le dos tourné, parlant au téléphone.

Elle prit la soupe à l'oignon sur la grille et la posa sur la table. Elle était occupée à couper la baguette quand, du coin de l'œil, elle repéra un mouvement. Cindy était toujours dehors et Jace ne serait pas de retour avant au moins deux bonnes heures, s'il rentrait même ce soir.

C'était le détective Platt, debout sur le seuil de la salle à manger, en train de la regarder. Comment était-il entré ? Elle aurait pu jurer que la porte d'entrée était verrouillée. Et Cindy, toujours appuyée contre la porte arrière, bloquait le passage de ce côté-là. Si Kat n'était pas éveillée, elle aurait pensé à un cauchemar. Elle décida de se dispenser des mondanités. Ce gars était plus que grossier.

— Vous débarquez toujours comme ça sans frapper ? Qu'est-ce que vous voulez ?

— Katerina, pas besoin d'être impolie.

Kat lui lança un regard noir, se contenant avec difficulté. Les avait-il entendues parler des diamants ?

— Dites-moi ce que vous voulez. Demandez-moi n'importe quoi. Inculpez-moi ou reconnaissez que je ne suis pas coupable. Je n'ai rien fait de mal et je suis fatiguée d'être traitée comme une criminelle.

— Je veux que vous me disiez la vérité. Pourquoi êtes-vous retournée chez Takahashi ?

— Qu'est-ce que vous racontez ? Pourquoi est-ce que j'y serais retournée ?

— À vous de me le dire, Katerina. Vous y étiez lundi soir. On vous a vue.

— Vous m'avez vue ? Alors vous me suivez maintenant ? Qu'est-ce qui vous donne le droit de me harceler comme ça ?

Elle décida alors que non seulement elle n'aimait pas Platt, mais elle le détestait.

De l'autre côté de la porte, Cindy, alertée par les éclats de voix, croisa le regard de Kat. Kat lui fit signe de revenir.

— Répondez à ma question, Katerina. Pourquoi étiez-vous là-bas ? insista Platt en croisant les bras, la menaçant de son regard dur.

Il ne bougerait pas tant que Kat ne lui offrirait pas une réponse, c'était clair.

Cindy rentra dans la cuisine, mais garda le silence. Platt ne s'adressa pas non plus à elle. Au lieu, il gardait ses yeux bleus braqués sur Kat, attendant une réponse.

— Tout cet interrogatoire à propos de Takahashi frôle le harcèlement.

— Je ne partirai pas sans avoir de réponse, persista-t-il, le regard implacable.

— J'ai dû y retourner pour vérifier quelque chose.

Les diamants. L'enveloppe à fenêtre était sur le comptoir, là où Cindy l'avait laissée. Kat essaya de ne pas regarder dans cette direction, espérant que Platt ne la remarquerait pas.

— Je vous ai vue mettre quelque chose dans votre poche quand vous êtes sortie. Pénétrer sans autorisation dans une propriété privée et en retirer des biens est un délit. Je devrais vous arrêter sur-le-champ.

— Vous ne pouvez pas m'arrêter, je n'ai rien pris. J'avais un bonbon et j'ai mis le papier dans ma poche.

— Détective Platt, Kat est-elle suspecte ? demanda Cindy.

— Disons seulement qu'elle est une personne d'intérêt. On ne peut pas en être sûr pour l'instant sans sa coopération.

— Alors elle est suspecte.

Platt ne répondit pas et continua de fixer Kat des yeux. Elle se sentait comme une grenouille sous un microscope, disséquée en classe de biologie.

— Détective Platt, on a tué des innocents. Et quelqu'un a essayé de m'éliminer dimanche. Mais vous le savez déjà si vous me suiviez. Moi aussi, j'ai quelques questions. Si vous me suiviez, pourquoi diable n'avez-vous rien fait quand le camion m'a percutée et m'a envoyée dans l'eau ?

— On ne vous suivait pas vraiment. La maison de Takahashi est sous surveillance et on vous a vue entrer et sortir. Vous n'avez toujours pas répondu à ma question. Pourquoi étiez-vous là-bas ?

— Juste pour jeter un coup d'œil. Au cas où on aurait manqué des indices. Le pauvre a été assassiné et vous faites fausse route. Je sais que je ne suis pas la meurtrière, mais vous ne semblez pas en être sûr. Si vous ne pouvez pas faire votre travail correctement et trouver le tueur, alors je le ferai, pour Ken. On a déjà perdu trop de temps.

— Outre le fait que vous avez pénétré dans une propriété privée, vous n'avez pas le droit de vous rendre sur les lieux d'un crime.

Kat perçut un éclair de fureur dans le regard froid de Platt. Elle l'avait mis en colère. Bien. À malin, malin et demi.

— J'espère que vous dites la vérité, Katerina. Si vous avez pris quoi que ce soit dans cette maison, je le saurai.

Cindy resta bouche bée. Elle comprit soudain où Kat avait trouvé les diamants. Elle referma aussitôt la bouche et son visage redevint impassible. Elle était de nouveau furieuse contre Kat, mais elle garda le silence et n'ajouta rien à la conversation.

— Et si je pouvais prouver que Takahashi a été assassiné pour étouffer une affaire chez Liberty ?

— Je vous écoute.

— Je travaille encore sur les détails. Je vous informerai quand je les aurai.

— N'attendez pas trop longtemps. Je vous donne une dernière chance : avez-vous pris quelque chose dans cette maison ?

Platt avait perdu son calme et il avait le visage rouge. Elle décida d'en profiter.

— Et si j'avais pris quelque chose ? Qu'est-ce que vous feriez ?

Cindy lança un regard d'avertissement à Kat.

— Falsifier les preuves est un grave délit. Outre le fait que vous avez pénétré dans une propriété privée, vous n'avez pas le droit de prendre quelque chose sur les lieux d'un crime.

— Vous ne sembliez pas vous en soucier auparavant.

— Soyons clairs. C'est un délit, et si je découvre la vérité, vous serez poursuivie en justice.

— D'accord. Mais vous devriez enquêter sur tous les gens qui avaient une raison de tuer Takahashi. Il a été assassiné parce qu'il posait trop de questions.

— Il a été licencié par Liberty il y a longtemps. Si c'était lié, il aurait été tué à ce moment-là. N'essayez pas de détourner le sujet. Vous êtes toujours ma principale suspecte.

— Liberty était riche de cinq milliards de dollars de plus il y a quelques mois, ils ne faisaient pas face à la faillite et ils n'avaient pas le scandale du DAF. Vous êtes sur la mauvaise piste et pendant que vous gaspillez votre temps à me regarder, le tueur est libre de tuer d'autres personnes. Il a déjà tué Takahashi, Braithwaite et probablement Bryant. Qui sera le suivant ?

— Attendez. Nous n'avons aucune preuve que les meurtres sont liés. Et Bryant est porté disparu, il n'a pas été assassiné.

— Allez, Détective Platt. Braithwaite a été assassiné parce qu'il parlait ouvertement et il y avait une lutte de pouvoir entre lui et Nick Racine. Takahashi a été tué parce que quelqu'un avait peur qu'il me parle de la production falsifiée de Mystic Lake. Encore un conflit avec quelqu'un chez Liberty. Et on l'a forcé à quitter son emploi. Et j'ai failli être tuée pendant que je travaillais sur la fraude chez Liberty. Ce sont des preuves assez accablantes que tout est lié à Liberty. On accuse Bryant de l'argent manquant, mais c'est un coup monté contre lui. Il n'a pas volé l'argent. C'était le paiement pour les diamants. Quelqu'un se sert de Liberty pour écouler des diamants sales.

Kat ne s'attendait pas à ce qu'il la croie, et il ne la crut pas.

— Je ne devrais pas être soupçonnée. Je suis en danger. Quelqu'un m'a envoyée à l'eau après avoir attaché une menace au cadavre de mon chat. Qu'est-ce qui va m'arriver maintenant ?

— Faites attention à vous. Vous dépassez les bornes, lança Platt avant de se retourner et de sortir, furieux.

Kat sentit une odeur de brûlé. Elle ouvrit la porte du four et poussa un juron. Son soufflé était brûlé et retombé. Mais ce n'était rien comparé à la colère de Cindy.

— Kat ! Comment t'as pu faire ça ? Maintenant, je fais partie de ta vague de criminalité. C'était pas un papier de bonbon. T'as volé les diamants chez Takahashi. J'arrive pas à croire que t'aies fait ça, s'exclama Cindy en plongeant un cure-dent dans un champignon avec plus de force que nécessaire et en le cassant en deux.

— Je suis désolée. Tu sais que je te mettrais pas dans le pétrin si j'avais une autre option. Une fois les diamants analysés, j'aurai ma preuve.

— Je pourrais perdre mon travail à cause de ça. Si Platt découvre que je suis impliquée, je pourrai plus jamais retravailler comme flic.

— Non, tu seras dédouanée, tu verras. Attends juste le résultat de l'analyse. Je te promets qu'elle démontrera que les diamants sont blanchis. Et Platt me fichera la paix pour se concentrer sur les responsables du meurtre de Takahashi.

Kat réchauffa la soupe à l'oignon au micro-ondes, sûrement un faux pas dans un vrai livre de cuisine française, mais cela fit l'affaire.

— Platt a la réputation de jamais céder.

— Sans blague.

— Je suis sérieuse. Ma carrière est foutue si je bousille son enquête.

Cindy sortit deux verres à vin du placard et versa le pinot gris. Leur ambiance parisienne sympa avait disparu.

— Mais il fait pas bien son travail, Cindy. Il avait pas pris ces diamants. Pourquoi c'est moi qui fait le lien entre tout ? S'il se servait de ses méninges, il se concentrerait sur ceux qui avaient un mobile pour assassiner Takahashi. J'en ai pas.

— Un vol.

— Quoi ?

— Un vol. T'as volé les diamants dans sa maison. Ça s'appelle un vol.

— Mais une fois que t'auras fait analyser ces diamants…

— Kat, tu me mets dans une situation délicate. Tu contamines d'abord les lieux du crime, puis tu me passes des preuves potentielles de ces lieux, des preuves que t'as volées, sans me dire comment tu les as obtenues. Tu me compromets. Pourquoi je devrais t'aider ?

— Je pensais te rendre service.

— T'appelles ça rendre service ? C'est moi qui te rends service en sauvant ta peau. Au risque de la mienne, je dois ajouter.

— D'accord. Je suppose que t'as raison. J'aurais dû te le dire. Mais je suis sûre que l'analyse va montrer que ce sont des diamants sales. Ça devrait aussi prouver que je suis pas coupable, non ?

— Je sais pas. Je veux dire, ton ADN est partout chez Takahashi. Mais ça ajouterait un autre mobile, donc d'autres suspects. Mais il y a une chose que Platt ne semble pas avoir considérée.

— Laquelle ?

— Ça me semble bizarre que tu puisses l'emporter dans une bagarre avec Takahashi.

— Parce que je suis une femme ?

— Oui. Même si t'es plus grande que son mètre soixante-dix, t'as pas la force du haut du corps de la plupart des hommes. S'il devait lutter pour sa vie, je doute qu'il perde contre toi.

— Je soulève des poids. Je suis plus forte que tu le croies.

— Je te critique pas, c'est juste un constat. En plus, si vous vous étiez bagarrés au couteau, tu aurais aussi probablement des marques sur le corps. Je suis surprise que Platt ait pas pensé à ça. À moins qu'il l'ait fait, et il a simplement pas d'autres pistes pour le moment.

— C'est exactement ce que je veux dire. Il en cherche pas non plus.

— Kat, je suis de ton côté. C'est juste que j'apprécie pas la manière dont tu fonctionnes parfois. Je sais que t'as tué personne. Laissons tomber le sujet. Je vais faire analyser les diamants.

— T'es sûre ? Tu peux encore refuser.

— Non, plus maintenant. Faire analyser les diamants est le seul moyen de me dédouaner. Si Platt se rend compte que j'avais ces diamants et que j'ai rien fait, je suis foutue.

Kat découpa le soufflé, espérant récupérer des morceaux mangeables. En vain. Même Tina refusa d'y toucher. Elle le jeta à la poubelle et fit bouillir de l'eau. Elles allaient devoir se contenter d'un dîner de macaroni au fromage en boîte.

— Oh, j'allais oublier, s'exclama Cindy en tendant un papier plié à Kat. Je l'ai trouvé sous la véranda arrière.

Kat le déplia. Il était écrit de la même main tremblante que la note que Jace lui avait montrée la veille, avec une différence importante : cette note était signée.

Chère gardienne,

Ma tournée a été prolongée. Restez s'il vous plaît. Le jardin a belle allure, mais les rhododendrons auraient bien besoin d'engrais.

Sincèrement vôtre, Verna

CHAPITRE 27

Kat s'impatientait. Audrey Braithwaite avait déjà quarante-cinq minutes de retard. Le serveur passa près de sa table et remplit son verre d'eau d'un geste exagéré.

— Vous attendez toujours vos amis ?

Il n'allait pas gagner un gros pourboire seulement en remplissant son verre d'eau. Il était presque onze heures et le Carlisle était plein, avec les hommes d'affaires qui venaient prendre leur déjeuner. Le serveur était impatient de donner sa table à quelqu'un d'autre, pour un repas plus lucratif. Il lui faudrait bientôt partir ou commander quelque chose sur le menu excessivement cher.

Elle décida de donner cinq minutes de plus à Audrey. Elle regarda la nourriture sur les tables voisines. C'était tout aussi bien. Les plats étaient minuscules. Artistiquement présenté ou pas, l'escargot à la table d'à côté lui rappelait la faune qu'elle avait vue sur son trottoir ce matin. Elle ne pouvait justifier la dépense que si elle en valait la peine.

Kat repensa à la note de la veille adressée à la gardienne. Était-ce vraiment Verna ou une mauvaise plaisanterie ? L'écriture ressemblait à celle de la vieille dame, mais quelqu'un avait pu l'imiter. Était-ce Verna qu'elle avait vue dans la cour quelques jours auparavant ?

Si elle pouvait intercepter la personne qui laissait les notes, elle pourrait trouver la réponse à sa question. Elle pourrait peut-être en savoir plus sur Verna et découvrir pourquoi elle avait perdu sa maison.

— Elle est là.

La voix du serveur attira l'attention de Kat. Elle leva les yeux de son menu et vit l'insolent s'approcher d'elle avec Audrey. Toute trace de son arrogance avait disparu. Avec un large sourire, il escorta la femme vers la table de Kat au fond du restaurant. À en juger par leur bavardage, ils se connaissaient, pas surprenant vu qu'Audrey avait choisi le restaurant.

Elle semblait avoir la soixantaine, mais était encore coquette. Kat s'imagina une armée d'entraîneurs personnels, de chirurgiens plastiques et de tous les gens que les riches employaient pour acheter leur jeunesse. La femme lui lança un sourire artificiel en s'asseyant à sa table.

— Qu'est-ce que vous prendrez, Mme Braithwaite ? Comme d'habitude ? Et vous, mademoiselle ? Un autre verre d'eau ?

Audrey commanda un gin tonic pour elles deux avant que Kat ne puisse protester. Elle était encore sous l'effet du pinot gris de la veille au soir. L'alcool la mettait dans les vapes. Elle allait devoir travailler vite avant que la boisson fasse son effet. C'était marche ou crève.

Elle était prudemment optimiste. Il était possible qu'elles puissent s'entendre autour d'un verre. Un petit tête-à-tête lui permettrait peut-être d'empêcher le prochain acte criminel.

Elle sirota timidement son gin tonic et faillit avoir un haut-le-cœur. C'était de l'alcool pur et la première fois que Kat goûtait au gin. Pas exactement savoureux, mais elle était déterminée à être à tout prix dans les petits papiers d'Audrey. Si cela exigeait de boire un alcool fort sur un estomac vide, elle le ferait.

Audrey avala le sien en deux gorgées rapides.

— Alors, c'est vous la fille qui travaillez sur la fraude de Bryant. On m'a beaucoup parlé de vous.

Pas tant que ça, apparemment, sinon elle saurait que Kat avait été remerciée. Et elle était loin d'être une fille, mais elle choisit de ne pas s'offenser de la remarque d'Audrey. Les personnes âgées semblaient toujours sous-estimer son âge. Une façon d'ignorer le leur.

— Donc, dites-moi, de quoi s'agit-il ?

Kat lui fournit les détails sur l'offre de Porter tandis que le serveur apportait une nouvelle boisson pour Audrey.

— Vous pensez donc que soumissionner à l'offre de Porter est une mauvaise idée ?

— Oui. Je pense que vous vous faites exploiter. Quelqu'un vend les actions de Liberty à découvert à très grande échelle pour les faire chuter. C'est probablement orchestré par les mêmes personnes qui essaient de racheter Liberty à un prix sacrifié.

— Porter ? Mais c'est notre dernière chance de récupérer notre capital. Soit nous acceptons son offre, soit nous faisons faillite. Il y a tellement de dettes à cause du vol de Bryant que nous n'avons pas d'autre choix. Les actions sont pratiquement sans valeur. Que pouvons-nous faire d'autre ?

— Ne pas accepter l'offre. Soumissionner vos actions ferait le jeu de Porter. Vous ne voyez pas ? Ils ont commencé par manipuler le cours des actions en les vendant à découvert et maintenant ils essaient de racheter votre entreprise. En plus, la dette de Liberty a été refinancée à court terme, il n'y a donc pas de danger de faillite pendant au moins quelques mois. Il nous faut juste un peu plus de temps pour récupérer les cinq milliards.

Le serveur apporta deux autres gin tonic, un pour chacune. Kat n'avait bu qu'un quart de son premier. Ni le serveur ni Audrey ne semblaient pressés de passer à la commande pour le repas. Du pain pour absorber l'alcool dans son estomac serait une bonne chose.

Audrey avala une grosse gorgée de sa boisson avant de se pencher en avant.

— Vous n'aimez pas le gin ? murmura-t-elle sur un ton conspirateur. Je peux le renvoyer si vous n'aimez pas ça.

— Euh… si. Il est moelleux, très bon. Je prends le temps de le savourer.

— Vous savez, ça ne manque pas ici. N'hésitez pas.

Comment Audrey faisait-elle ? C'était un petit gabarit comparée à Kat, ne pesant guère plus de quarante-cinq kilos. Le stéréotype de la dame de la haute société, anorexique, d'une taille trente-quatre éclipsant le quarante-deux de Kat. Kat fit une prière silencieuse pour son foie et reprit son verre. Elle se soucierait des conséquences plus tard. Le plus important était de convaincre Audrey de ne pas soumissionner les actions de la fiducie familiale de Braithwaite à l'offre. Pour l'instant, le gin était le lien qui les unissait.

Audrey continua, inconsciente du dilemme de Kat concernant l'alcool :

— Je dois admettre que toutes ces affaires me lassent. Alex s'est toujours occupé de tout. Et maintenant, il est parti. Nick a cependant été très utile. C'est d'ailleurs assez surprenant, quand on sait combien il détestait mon frère.

— Vraiment? Est-ce que Nick vous a donné des conseils ?

— Il m'a dit que quoi qu'on fasse, cela n'aurait pas d'importance. Que ses propres actions décideraient du sort de l'entreprise. Et il a raison. Ce que Nick veut, il l'obtient. Alex a eu plus d'un démêlé avec lui. Ils n'étaient jamais d'accord sur rien.

— Pourquoi pensez-vous qu'Alex a été assassiné ?

— Je ne sais pas. Mon frère était un peu tête brûlée. Il avait des ennemis à cause de cela. Beaucoup de gens voulaient se débarrasser de lui. Mais assassiné ? Je ne pensais pas que quelqu'un irait jusque-là.

— Est-ce que cela pourrait être Nick ? Vous dites que Nick détestait Alex, reprit Kat, s'aventurant en terrain dangereux.

Elle parla avant de réaliser qu'elle avait exprimé ses pensées tout haut. C'était l'alcool.

— Nick ? Il a mauvais caractère, mais ce n'est pas un meurtrier. Les hommes comme lui n'aiment pas se salir les mains. Il ne ferait jamais ça. Mais il pourrait bien trouver quelqu'un d'autre pour le faire à sa place. Est-ce qu'on peut déléguer un meurtre ?

— On peut acheter n'importe quoi si on a l'argent.

Le regard d'Audrey s'attarda longuement sur Kat.

— Mais vous ne pensez pas que le meurtre d'Alex ait quelque chose à voir avec ce rachat de Liberty quand même.

L'esprit embrumé par l'alcool, Kat perçut qu'elle commençait à se faire comprendre d'Audrey.

— Eh bien, ça arrive à un moment intéressant. Je n'exclurais pas cette possibilité.

Kat était certaine que les deux choses étaient liées, mais elle ne voyait pas encore comment.

— Personne ne s'opposera à Nick, maintenant qu'Alex est parti.

— Cela semble le cas. À moins que vous et votre fiducie familiale décidiez de le stopper.

— Que pouvons-nous faire ? Les autres actionnaires sont convaincus qu'ils ne toucheront pas un centime à moins de vendre leurs actions. Leurs actions et celles de Nick sont suffisantes pour un rachat.

— Nick a raison pour ce qui est des actions. Il peut influencer le vote. Mais il y a une chose qu'il a omis de vous dire : même si votre fiducie familiale n'a pas la majorité d'actions nécessaire pour voter en faveur du rachat, vous en avez suffisamment pour le bloquer. Pour approuver le rachat, il faut une majorité aux deux tiers. La fiducie a 35 %. 100 % moins 35 %, cela laisse 65 %, plus bas que la majorité aux deux tiers, à 66 %.

— Donc, assez pour bloquer le rachat et stopper Nick.

— Oui.

Les choses avançaient dans la bonne direction. Kat avala une autre gorgée de son gin. Audrey descendit le reste de son verre et le serveur réapparut aussitôt avec deux autres gin tonic.

— Audrey, Alex aurait-il voulu vendre l'entreprise ?

— Il ne l'aurait jamais envisagé. Il a toujours dit que c'était juste le début de Liberty, et il était là pour le long terme. Il pensait qu'il y avait un énorme potentiel inexploité dans le Nord canadien, et que Liberty se trouvait dans la meilleure position pour en tirer profit. C'est aussi ce que papa disait.

Audrey sembla un instant pensive.

Exactement comme Bryant, se dit Kat.

— Rappelez-vous, Audrey, vous avez le choix. Même si Liberty a des difficultés financières en ce moment, cela ne veut pas dire que tout est perdu. Un cabinet juridique est en train de travailler pour récupérer l'argent manquant.

— Nick a dit que ce serait notre dernière chance. Le conseil a également recommandé d'accepter l'offre de Porter. Ils ne l'auraient pas fait si l'offre n'était pas raisonnable dans ces circonstances. Je ne veux pas vendre la compagnie de Papa, mais je ne veux pas non plus que les actions perdent toute leur valeur.

Kat savait qu'Audrey Braithwaite n'avait jamais eu à travailler de sa vie. Sa richesse lui était venue sans effort. Alex prenait toutes les décisions et il payait des professionnels pour mettre les détails à exécution. C'était probablement la première fois qu'Audrey devait se prononcer sur quelque chose de plus difficile que de choisir une couleur de vernis à ongles. Cela devait l'effrayer.

— Vous pouvez bloquer le rachat, Audrey. C'est ce que votre frère aurait fait. Vous n'êtes pas obligée de vendre Liberty à Porter.

— Si seulement Alex était là ! Il saurait quoi faire. Il prenait toujours les meilleures décisions, même si c'était parfois de façon effrontée.

— Audrey, c'est à vous de décider. Sans votre « non », les autres actionnaires sont impuissants. Ne laissez pas Porter profiter d'un moment de faiblesse temporaire.

— Ah, je ne sais pas. Vous avez peut-être raison. Laissez-moi une journée pour y réfléchir.

Le vote des actionnaires était dans deux jours. Audrey se leva de table et partit, apparemment non affectée par ses quatre gin tonic. Et son porte-monnaie non plus, réalisa soudain Kat avec horreur. Audrey lui avait laissé l'addition à payer.

CHAPITRE 28

*K*at répondit au téléphone à la première sonnerie. C'était pour Harry, pas pour elle, ce qui n'était pas surprenant. Harry recevait plus d'appels qu'elle au bureau ces jours-ci. Déprimant. Mais elle dressa l'oreille quand elle entendit qui appelait.

— Attendez voir. Bancroft Richardson ?

Kat se leva brusquement de sa chaise, renversant du café sur tout son clavier.

Pour l'instant, elle s'en fichait. De toute façon, il allait sûrement être repris, tandis que ce coup de téléphone pouvait lui procurer l'avancée dont elle avait besoin.

— Oui. Veuillez dire à M. Denton de me rappeler au sujet de son compte.

Kat décela un ton légèrement condescendant dans la voix de la femme. Elle supposait probablement que Kat était la réceptionniste.

— Est-ce que cela a quelque chose à voir avec Opal Holdings, Frank Moretti ou Liberty ?

Harry avait dû donner le numéro du bureau pour éviter de se faire repérer par Elsie.

La ligne resta un instant silencieuse.

— J'ai bien peur que oui. Je dois parler à M. Denton pour lui assurer que nous faisons tout notre possible pour résoudre le problème.

— Vous devriez peut-être aussi me parler. Je travaille sur l'affaire de fraude concernant Liberty. Nous pourrions échanger nos notes.

Kat ne voyait pas de mal à mentir. On l'avait remerciée, mais elle pouvait toujours travailler sur le cas pour son compte. Elle était peut-être la première juricomptable bénévole.

Moins de deux heures plus tard, Kat était assise face à Rashida Devane dans son bureau luxueusement meublé chez Bancroft Richardson, dans un gratte-ciel en face de Liberty. Si les vitres du bâtiment de Liberty n'avaient pas été teintées, Kat aurait pu voir le bureau de Susan.

— Liberty vous a donc engagée pour travailler sur la fraude ?

— Oui.

Techniquement, c'était vrai. Rashida n'avait pas demandé si Liberty l'avait remerciée, Kat n'en souffla donc mot.

— Et comme je vous l'ai dit au téléphone, je soupçonne que quelqu'un manipule le prix de l'action, ajouta-t-elle.

— Et c'est là que Frank Moretti et Opal entrent en jeu ?

Kat acquiesça de la tête, parcourant la pièce du regard. On pouvait en savoir beaucoup sur une personne en voyant son bureau. Celui de Rashida était opulent, décoré dans des tons bordeaux et bois foncé. Le bureau antique en acajou occupait le centre de la pièce, et les baies vitrées étaient parées de lourds rideaux en damas. Deux lampes sur pied de style Tiffany procuraient une lueur dorée. Si elles étaient authentiques, c'était un gros investissement pour de l'éclairage. La fille avait le goût du luxe. Absolument pas en accord avec les normes d'entreprise que Kat avait constatées dans l'ensemble du bâtiment de Bancroft

Richardson à son arrivée. Kat se déchaussa discrètement pour sentir la laine douce du tapis persan sous ses pieds.

— C'est exact. Alors parlez-moi des transactions.

— Eh bien, je ne peux pas vous parler des comptes de nos clients. C'est confidentiel. Mais je suppose que nous pourrions discuter des aspects publics de l'affaire.

Rashida renseigna Kat sur l'énorme volume d'actions de Liberty achetées par Frank par l'intermédiaire des trois fonds qu'il gérait, ainsi que du nombre acheté via Opal. Les récentes transactions des fonds étaient des achats. Il n'y avait ni achat ni vente pour Opal depuis la vente à découvert précédant la disparition de Bryant. Avant cela, les transactions d'Opal et des fonds étaient identiques. Les deux avaient acheté des quantités importantes d'actions de Liberty juste avant la découverte de Mystic Lake et les avaient vendues à découvert juste avant la disparition de Bryant. Aux yeux de Kat, le moment tombait trop bien pour n'être qu'une coïncidence.

— Avez-vous finalement trouvé ses comptes à l'étranger ?

— Quels comptes à l'étranger ?

— La seule raison pour laquelle il prendrait le risque d'acheter une entreprise tellement déficitaire pour les fonds communs de placement serait la possibilité de gonfler le cours de l'action. Pourquoi ? Pour pouvoir vendre ses avoirs personnels.

Kat misait sur des comptes à l'étranger, mais elle devait convaincre Rashida.

— Je parie qu'il a beaucoup d'argent investi dans des actions de Liberty et il doit empêcher le cours de chuter davantage. Il se sert d'un compte à l'étranger pour ne pas se faire repérer, probablement une société faîtière, qui n'est donc pas à son nom. Percez le voile corporatif et vous verrez que c'est lié à Frank Moretti.

— Mais il doit divulguer tous ses investissements dans le cadre des règlements de conformité de Bancroft Richardson. Il n'y avait pas de comptes à l'étranger sur la liste.

— Il n'est pas tout à fait honnête, comme vous l'avez souligné.

Kat se demandait si l'ignorance de Rashida était réelle ou feinte.

— C'est vrai, admit Rashida. En supposant qu'il ait un gros investissement dans Liberty, il vendrait de son propre compte juste au moment où il achèterait de grandes quantités pour les fonds, non ?

— C'est ce que je pense. Y a-t-il un moyen de le vérifier ?

— La commission des valeurs mobilières est en train d'examiner toutes les transactions. Même si ses transactions personnelles étaient réalisées depuis l'étranger, elles devraient quand même passer par la bourse. Nous devrions pouvoir retrouver la trace de transactions de volume élevé en étudiant l'historique des transactions. Mais on aura probablement besoin d'une décision judiciaire.

— Cela ne devrait pas être un problème. L'enquête est déjà en cours. C'est juste une chose de plus à vérifier, expliqua Kat en regardant Rashida sortir un épais dossier de son tiroir.

Au moment où Rashida ouvrit le dossier, une photo s'en échappa et atterrit sur le bureau devant Kat. Elle en resta bouche bée. Elle connaissait ce visage, même si la chevelure et sa couleur étaient différentes. Kat saisit la photo et la rendit à Rashida.

— Vous conservez habituellement les photos des cadres supérieurs des entreprises dans lesquelles vous investissez ?

— C'est Clara de la Cruz, la secrétaire d'Opal Holdings. Nous sommes légalement tenus d'avoir des photos dans nos dossiers de titulaires de compte.

Kat venait de trouver une grosse pièce du puzzle. C'était la photo de Susan Sullivan.

CHAPITRE 29

Kat marchait dans la rue Denman en direction du supermarché. Une légère bruine tombait. Assez pour la mouiller, mais pas assez pour avoir besoin d'un parapluie. Il était seize heures et elle avait une envie folle de glucides après les gins de son déjeuner avec Audrey. Des pâtes, ou même un morceau de pain français beurré, l'aideraient assurément à se concentrer.

Elle avait prétendu avoir oublié un rendez-vous et avait promis d'appeler Rashida le lendemain. Elle se sentait coupable de retenir ce qu'elle venait de découvrir, mais elle ne pouvait pas prendre le risque que Rashida dénonce Clara avant qu'elle ait un plan d'action. Avec la connexion Susan/Clara, toutes les pièces du puzzle étaient assemblées. Il lui fallait maintenant un plan pour démasquer Clara sans risquer de la faire fuir. Et pour trouver quoi faire afin que Platt la laisse tranquille et se concentre sur Clara.

Elle ouvrit son téléphone portable et appela Jace, en tapant sur le clavier tout en marchant, regardant les mannequins dans les vitrines des magasins de mode et repensant à l'identité secrète de Susan.

— Attention !

Kat n'avait pas remarqué le vieil homme. Son imperméable gris le rendait presque invisible contre le mur de béton. Ils se heurtèrent l'un à l'autre. La canne de l'homme glissa sur le côté et il tomba contre le mur, juste sous une gouttière qui fuyait.

— Qu'est-ce qui vous prend ? s'écria-t-il, appuyé contre le mur.

L'eau dégoulinait de sa tête chauve. Il leva sa canne et la pointa sur elle.

— Ralentissez !

Kat marmonna une excuse juste au moment où Jace prit l'appel. Elle partagea sa découverte sur Susan/Clara en entrant dans le supermarché.

— Ouah ! Quel nom t'as dit ?

— Clara, Clara de la Cruz.

Kat fit une pause pour prendre un panier. Elle ferait semblant de faire ses courses alors qu'elle inspectait les rayons à la recherche d'échantillons gratuits. Un centime économisé était un centime n'engendrant pas d'intérêts sur sa carte Visa. Faire des économies de bouts de chandelle pouvait être amusant si on adoptait la bonne attitude.

Kat entendit Jace taper rapidement sur son clavier à l'autre bout de la ligne.

— Intéressant... on a ouvert une enquête pour blanchiment d'argent contre une Clara de la Cruz en Argentine. J'ai le lien d'un article. Ils disent qu'elle a jamais été inculpée.

— Pour blanchiment d'argent ? C'est assurément de son ressort.

— Il y a plus. Elle est apparentée à un gros bonnet du trafic d'armes en Argentine. Le gars s'appelle Emilio Ortega Ruiz. C'est son père.

— Clara a pour sûr de bonnes relations, mais je ne m'attendais pas tout à fait à ça, commenta Kat en se dirigeant tout droit vers le rayon boulangerie.

— Ortega contrôle pratiquement tout le trafic à la Triple frontière. Il négocie plus d'échanges d'armes et de munitions que quiconque là-bas.

— La Triple frontière ?

— C'est en Amérique du Sud, expliqua Jace. Là où se rencontrent les frontières du Brésil, du Paraguay et de l'Argentine. C'est une plaque tournante de transbordement pour tout, des composants électroniques contrefaits aux voitures volées, transitant par le Paraguay principalement. Les Brésiliens et les Argentins vont à la chasse aux bonnes affaires à Ciudad del Este le week-end, mais la plupart de leurs trouvailles sont volées ou contrefaites.

— Je me souviens maintenant avoir entendu parler de cet endroit. C'est aussi un des plus grands centres mondiaux pour les espions internationaux, les terroristes et les criminels.

Kat sourit à la dame au comptoir du rayon boulangerie et plongea un cure-dent dans un échantillon de pain à la banane.

— Kat, c'est une énorme histoire. Je savais que c'était gros, mais pas à ce point.

— Et ça devient encore mieux. Clara a vendu des actions de Liberty à découvert via Opal Holdings. Les cinq milliards ont servi à ça juste avant l'annonce de la disparition de Bryant. Une fois le vol de Bryant rendu public, les actions de Liberty étaient presque sans valeur. C'est alors qu'ils ont clôturé les ventes à découvert pour un énorme profit.

Kat expliqua à Jace ce qu'elle avait appris de Rashida sur les transactions d'Opal.

— Un PDG qui vend à découvert les actions de sa propre entreprise ?

— Je sais, reprit Kat. Opal est une façade. Je pense que Clara et son père sont derrière la disparition de Bryant et des cinq milliards. Les ventes à découvert d'Opal ont bien sûr eu lieu juste avant que Bryant disparaisse. Sinon, pourquoi est-ce qu'elle ferait chuter le cours de l'action et renoncerait à son bonus ?

— Bien vu ! Elle perd des millions en bonus, mais gagne des milliards sur les ventes à découvert.

— Exactement. Elle a calculé son coup pour que les ventes à découvert se produisent juste avant l'annonce du vol de Bryant, sachant qu'après la nouvelle, les actions ne vaudraient pratiquement plus rien. Opal a vendu des actions de Liberty à presque cent dollars l'action avant le communiqué de presse. Puis ils les ont rachetées à quelques centimes l'action et ont clôturé leur position.

— Combien ils se sont fait à ton avis ?

— Rashida m'a juste laissé voir une petite partie du dossier, mais plusieurs milliards à mon avis. On sait qu'ils ont transféré cinq milliards sur le compte au Liban. Rashida m'a juste dit qu'Opal a fini avec un énorme bénéfice. C'est quoi un énorme bénéfice sur cinq milliards ?

— Pas étonnant que Susan était prête à attendre deux ans, déclara Jace.

Kat s'arrêta au bout du rayon des soupes. De petites tasses de papier remplies de soupe à la courge doubeurre et au poivron rouge étaient disposées sur un plateau en argent. Il y avait même un petit croûton au centre de chaque tasse. Elle saisit une tasse et remplit la minuscule cuillère en plastique de soupe, essayant d'avaler silencieusement sa bouchée.

— C'est quoi ce bruit ? demanda Jace.

— Euh… rien. Juste une dernière pièce du puzzle.

— Laquelle ?

— Porter. D'habitude, les sociétés presque en faillite comme Liberty reçoivent pas d'offre publique d'achat. Pourquoi est-ce que Porter veut Liberty ?

— Eh bien, le prix est raisonnable, fit Jace.

— Oui, c'est bon marché, mais qu'est-ce que ça vaut ? Liberty a été dépouillée de ses fonds, elle est criblée de dettes et ses actions sont presque sans valeur.

— Il doit y avoir une explication.

— Il y en a une. Je pense que Porter est lié d'une façon ou d'une autre à Opal. Opal Holdings est basée dans les îles Caïmans. D'après la circulaire d'offre de Porter, il est aussi basé dans les Caïmans. C'est peut-être pas leur seul point commun.

— Tu crois que Porter est contrôlé par Clara ou son père ? Pourquoi est-ce qu'ils voudraient Liberty après l'avoir mise à sec ?

— Pour leur trafic de diamants de conflits. Tu te rappelles les chiffres de production ? Je savais que les chiffres avaient été gonflés, mais j'arrivais pas à comprendre pourquoi. Les diamants distribués par Liberty peuvent passer pour légitimes. Le défi pour Clara et son père était bien sûr d'obtenir le paiement des diamants. Les cinq milliards en ont payé une partie, et ça a si bien marché qu'ils veulent continuer à faire ça. S'ils achètent la compagnie, les profits leur reviennent.

Kat entendit Jace frapper plus rapidement sur son clavier.

— Jace, s'il te plaît, dis-moi que t'es pas déjà en train d'écrire un article sur ce que je viens de te dire.

— C'est juste une esquisse. Ça me facilitera la tâche pour plus tard. T'inquiète pas, j'envoie rien au journal pour le moment.

— J'espère que non. Je veux pas effrayer Clara et qu'elle se sauve avant qu'on puisse l'arrêter et l'inculper. Ça apporte un nouvel éclairage sur toute l'affaire.

— Et ça confirme ce que t'as dit tout du long. Ça devait être un coup fourré contre Bryant. Tu te demandais pourquoi Susan t'avait embauchée pour cette grosse affaire ? Je pense qu'elle s'imaginait que t'arriverais pas à retrouver la trace de l'argent manquant.

— Eh ! Jace, merci pour le vote de confiance.

— T'as bien dit que Nick voulait travailler avec un des grands cabinets comptables, mais que Susan, je veux dire Clara, voulait pas. J'essaie de comprendre son petit jeu. Elle t'embauche et quand tu trouves une piste, elle te remercie.

— Eh bien, elle va pas arriver à se débarrasser de moi aussi facilement. Je vais lui montrer de quoi je suis capable.

CHAPITRE 30

$\mathcal{K}$at s'éclipsa silencieusement de la maison, prenant garde à ne pas réveiller Jace. Mais à en juger par ses ronflements, il dormait profondément, encore épuisé après son week-end et la nuit de dimanche dans la montagne. Ils n'avaient trouvé le skieur porté disparu qu'aux premières heures du lundi. Il était donc parti travailler sans avoir dormi.

Jace n'approuverait pas du tout ce qu'elle s'apprêtait à faire. Ni Harry d'ailleurs, surtout s'il savait qu'elle allait se servir de sa voiture pour un délit. Mais Kat n'avait pas beaucoup d'alternatives. Elle démarra l'auto et se dirigea vers la route 99.

Elle roula à belle allure sur l'autoroute. La Lincoln d'Harry était deux fois plus grosse que sa Celica au destin tragique, mais elle accélérait en douceur et efficacement. Le siège de la banquette avant était plus grand que son canapé, et tout aussi confortable. Harry avait acheté cette Town Car de la fin des années 1990 quelques années auparavant, se vantant qu'il s'en servait pour attirer les femmes. Kat avait ses doutes : aucune vieille canon en déambulateur ne suivait ses gaz d'échappement. La Lincoln se fondrait parfaitement dans la population âgée de White Rock, si quelqu'un était encore debout à cette heure.

Kat chantait « La Mer » avec Bobby Darin sur la station des succès d'antan, oubliant un instant la tâche sérieuse qui l'attendait. Une légère bruine tombait sur le pare-brise tandis qu'elle roulait vers le sud, suivant la lueur jaune et froide des lampadaires à vapeur de sodium.

Quelques minutes plus tard, son esprit retourna à Liberty. Tant de questions lui traversaient la tête. Qui était Clara de la Cruz et que voulait-elle ? Qu'elle se soit fait passer pour une Susan Sullivan fictive pendant deux ans sans se faire remarquer était tout simplement incroyable. Kat se réjouissait du hasard de la rencontre avec Rashida. C'était la percée dont elle avait besoin, et elle n'était pas arrivée une minute trop tôt. Kat emprunta la rampe de sortie, tout en essayant de reconstituer le puzzle.

Clara représentait Opal Holdings, la société qui avait reçu l'argent détourné, mais dans son rôle de Susan Sullivan, elle travaillait aussi pour Liberty. Pourrait-elle alors être impliquée dans les meurtres ? Une chose était certaine : d'après la trace de l'argent, son rôle était très certainement lié à la disparition de Paul Bryant.

Kat se gara à quelques pâtés de maisons de Beachgrove Drive, au bout d'une impasse. Harry lui avait prêté sa voiture sans poser de questions. Belle marque de confiance de sa part, sachant que la dernière voiture qu'elle avait conduite était au fond du fleuve Fraser. Aux yeux d'Harry, il n'y avait pas de complot, elle conduisait simplement très mal.

Kat se dirigea silencieusement vers Beachgrove Drive. Elle se sentait comme un ninja avec son survêtement noir. Le quartier était très calme. À chacun de ses pas, elle pouvait entendre les semelles en caoutchouc de ses Adidas sur le bitume. Elle regarda sa montre. Il était presque trois heures du matin. Elle se sentait un peu mal à l'aise de se trouver seule dans un quartier qu'elle ne connaissait pas, mais s'y rendre plus tôt aurait augmenté le risque de se faire repérer.

Son plan était simple. Voler les ordures de Clara et les passer au crible à la recherche d'indices. Ses gènes de génie comptable n'opérant pas leur magie pour l'instant, il était temps de se tourner vers une solution pratique. Elle ne pouvait pas se permettre de rester assise à attendre de voir ce qui allait arriver.

Elle atteignit l'angle de la rue et regarda le numéro des maisons. L'adresse qu'elle avait était celle d'une demeure historique bleu marine, à quatre maisons de là. Une fenêtre vitrail ronde avec un motif de coquillage donnait probablement sur le palier de l'escalier intérieur. Une grande véranda agrémentait tout le devant de la bâtisse. Elle y vit deux fauteuils Adirondack. Kat se dit que c'était juste pour décorer. Clara était la dernière personne qu'elle se serait attendue à voir assise là en train de bavarder avec les passants.

L'arrière de la maison faisait face à l'océan. Kat emprunta le chemin d'accès à la plage, observant les maisons autour pour voir si certaines pièces étaient allumées. Apparemment aucune. Moins d'une minute plus tard, elle arriva à une plage de sable fin et tourna au coin. Elle compta quatre maisons à partir de là. La cuisine était allumée. De là où elle se trouvait, elle ne voyait personne à l'intérieur. Il lui faudrait travailler vite pour ne pas se faire repérer.

Le portail métallique était entrouvert. Kat l'ouvrit lentement pour éviter de le faire grincer. Le moindre bruit annoncerait sa présence. Elle avança prudemment sur la pelouse vers la maison, se méfiant de la présence de chiens qui pourraient donner l'alerte et faire échouer sa mission. Tout allait bien jusque-là. Avec un peu de chance, les poubelles de Susan se trouvaient à l'arrière de la maison.

Tout à coup, la cour se trouva inondée de lumière. Kat se jeta sur le côté et essaya de se fondre dans l'ombre de la haie de cèdres. Elle retint son souffle, se demandant si on l'avait aperçue. Quelques secondes s'écoulèrent, mais personne ne sortit pour voir ce qui se passait. Elle avait dû déclencher un détecteur de mouvement.

Elle repéra deux poubelles en métal sur le côté de la maison. Malheureusement, une famille de trois ratons laveurs s'y intéressait aussi, s'efforçant de soulever un couvercle. Elle s'approcha prudemment. Elle était maintenant à trois mètres d'eux.

Le plus grand raton laveur bondit en avant et lui siffla au visage, découvrant ses dents. Qu'il ait la rage ou non, il lui fallait ces ordures. Elle fit un pas en avant, espérant qu'il n'allait pas la mordre. Elle était plus grande que le petit voyou et tint bon. Kat siffla à son tour et agita ses bras. L'animal ne broncha pas. Il la regarda droit dans les yeux et cracha sur elle, la défiant de s'approcher davantage.

Soudain, un couvercle en métal tomba à terre en résonnant. Les deux autres ratons laveurs avaient réussi à ouvrir la poubelle. Ces petites bestioles étaient débrouillardes. Pas étonnant qu'il n'y ait pas de ratons maigres.

Une voix féminine parvenant du balcon perça l'obscurité :

— Qui va là ?

Kat garda le silence. Les ratons laveurs aussi. L'interruption ressemblait presque à un entracte. Sauf qu'il manquait le pop-corn.

— Chéri ? Y a quelqu'un à l'extérieur, reprit la femme.

Chéri ? Clara, déguisée en Susan, n'avait pas mentionné de conjoint. Kat avait supposé qu'un bourreau de travail comme elle ne pouvait que vivre seule. Sans petit ami, ni enfants, ni même amis à proprement parler.

La porte s'ouvrit et Kat entendit des pas lourds sur le balcon. Il lui fallait bouger vite. Le raton laveur avait toujours les yeux fixés sur elle. Lui et son clan continuaient de monter la garde sur les poubelles, bien qu'elle soit bien plus grande qu'eux. Kat regarda en haut. Un homme se pencha par-dessus le balcon, le visage caché par l'obscurité.

— Hé ! Qu'est-ce qui se passe ?

Elle n'avait pas de temps à perdre. Elle se rua sur les ratons laveurs et attrapa le sac de la poubelle ouverte. Les bestioles se dispersèrent, mais pas avant que le plus gros ne l'attaque à la jambe. Il la griffa à travers son pantalon, la faisant grimacer de douleur. Cette poubelle avait intérêt à valoir la peine de se faire vacciner contre le tétanos.

Elle se retourna et se mit à courir juste comme l'homme descendait les escaliers. Elle porta et traîna le sac sur la pelouse à l'arrière de la maison, tandis que l'homme courait vers elle en diagonale, essayant de lui bloquer le passage vers la grille.

— Arrêtez ! Qu'est-ce que vous foutez ?

Kat se retourna. À la lumière du capteur de mouvement, elle vit un homme grand et trapu bondir vers elle. Il était à moins de six mètres d'elle. Elle n'aurait pas été surprise de voir aussi les ratons la poursuivre.

— Qu'est-ce que… ? Hé ! Posez-moi ça !

Le cœur battant à toute allure, Kat se précipita vers le portail. Elle était sûre de l'avoir laissé ouvert, mais il était maintenant fermé. Elle jura en tâtonnant la poignée, mais elle était coincée. Le halètement de l'homme se fit plus fort derrière elle. Elle se tourna juste assez pour le voir se rapprocher d'elle, à moins de trois mètres maintenant.

Paniquée, elle frappa sur le levier et il céda finalement. Il s'ouvrit juste au moment où l'homme agrippa Kat par le col de sa veste. Elle se mit à crier et dégagea sa veste, tout en franchissant la grille en courant.

De l'autre côté, le sable ralentit sa course, ses pieds s'enfonçant à chaque pas. Son doigt se prit dans une déchirure du sac en plastique. Elle sentit quelque chose de pointu qui lui frappait la cuisse droite à chaque foulée. Le sac poubelle n'était pas conçu pour toute cette action. Elle courut aussi vite que possible, espérant que le sac tiendrait jusqu'à ce qu'elle atteigne la voiture.

Kat tourna à l'angle et écouta l'homme derrière elle. Pas de bruits de pas ni de halètement. Elle n'osa pas encore ralentir. Plus que quinze mètres et elle serait de retour sur le chemin de terre qui conduisait à la rue. Elle courut aussi vite qu'elle le pouvait avec le sac à ordures, le serrant à son côté pour minimiser le ballotement. Elle tourna au coin de la rue, la Lincoln enfin en vue. Son entraînement au marathon lui avait au moins permis de distancer l'homme mystère.

Elle fourra le sac dans le coffre et démarra la voiture. La rue était toujours vide, personne ne l'avait suivie. Pourtant, elle ne poussa un soupir de soulagement qu'en arrivant à la bretelle d'accès. La radio passait une chanson de Frank Sinatra quand elle accéléra pour entrer sur l'autoroute.

Une odeur de moisi flottait à l'arrière de la voiture. Des fruits trop mûrs. Elle hésita à descendre la vitre, car il faisait froid dehors. Mais ça sentait très mauvais, alors elle décida d'ouvrir la vitre et de mettre le chauffage à fond. Harry serait fou s'il savait que sa voiture servait à transporter des ordures puantes obtenues illégalement. Les ratons laveurs avaient peut-être eu de la chance de ne pas pouvoir s'en emparer.

Kat repensa à l'homme chez Clara. Il lui rappelait bizarrement quelqu'un, même dans le noir. Où l'avait-elle vu avant ?

CHAPITRE 31

Kat s'assit en tailleur au milieu de piles d'ordures soigneusement triées par catégorie. Elle se sentait comme une Martha Stewart sans-abri réduite à fouiller les poubelles. Les matières végétales occupaient le tas de droite, les plastiques celui de gauche et les métaux étaient empilés derrière elle. Il y avait une masse de papiers directement devant elle, elle était en train de les passer soigneusement au crible. Il faudrait attendre des heures avant que les papiers soient secs pour pouvoir les déplier. Elle avait installé une corde à linge de fortune avec une ficelle tendue au-dessus du bureau de la réception. Cela lui faisait penser à un décor de Noël pour un clochard, mais les SDF ne recevaient probablement pas de cartes de vœux.

Puis Harry entra. Il s'arrêta net, bouche bée. Il resta sans voix pendant quelques secondes avant de reprendre son sang-froid :

— Qu'est-ce que c'est que ce bazar ?

— C'est rien, Tonton Harry. Juste un peu de recyclage.

— Depuis quand t'es devenue écologiste ?

— Depuis quand est-ce que tu viens travailler à six heures du matin ?

— Change pas de sujet, Kat. C'est quoi tout ce foutoir ?

— J'ai toujours été écolo. Je suis juste plus sérieuse maintenant.

Harry ramassa une bouteille en plastique vide et la retourna pour lire l'étiquette. Il observa Kat, perplexe.

— Attends une minute. C'est de l'adoucissant. Tu t'en sers pas, t'es allergique à ce genre de truc. Qu'est-ce qui se passe ?

— J'ai peut-être ramassé des trucs qui traînaient. J'essaie juste de faire ma part avec les trois R : Réduire, Réutiliser, Recycler.

— T'es folle ou quoi ? lança Harry en balayant la pièce du regard. T'es tellement fauchée que tu fouilles les poubelles ? Pourquoi tu m'as rien dit ?

— Tonton Harry, c'est pas ce que tu crois.

— T'as pas à être réduite à ça, Kat. Pourquoi ne pas simplement demander de l'aide ? T'es la bienvenue quand tu veux pour dîner chez nous, et si t'as besoin d'argent, eh bien je peux t'en avancer jusqu'à ce que les choses aillent mieux pour toi.

— Tu comprends pas. Ce sont les ordures de Susan Sullivan. Je les trie parce que je dois trouver quelque chose.

Harry la regarda d'un air sceptique.

— Peu importe à qui sont les ordures. J'aurais jamais pensé que ma nièce se transformerait en éboueuse. Dieu sait qu'on t'a donné tout ce qu'on pouvait. Qu'est-ce qui t'est arrivé ?

— Détends-toi, Tonton Harry. Les gens laissent beaucoup d'indices intéressants dans leurs ordures. Et la situation est tellement désespérée que je dois utiliser les grands moyens. Il faut vraiment que je trouve des saletés sur Susan. Au sens propre.

— C'est ridicule. Donne-moi ce sac tout de suite. Je vais le jeter. Et on va à Safeway t'acheter à manger. T'abaisser jusque-là, Kat, tu me surprends.

— Calme-toi. Je te dis que ce sont les ordures de Susan. En fait, elle s'appelle pas Susan Sullivan. Elle se fait passer pour Susan, mais en réalité, c'est Clara de la Cruz, déclara Kat, expliquant la double identité de Susan à Harry.

— Je m'en fiche que ce soit Susan, Clara ou le pape. Des ordures sont toujours des ordures.

— Tu vois pas mon plan ? Susan, ou Clara, peu importe, est impliquée dans le fiasco des échanges entre Liberty et Opal, et je veux découvrir comment.

— En fouillant ses poubelles ? C'est dégoûtant.

— C'est tout ce que j'ai. J'espère qu'elle a jeté quelque chose qui me fournira un indice. Quelque chose qui nous aidera à attraper celui qui a volé l'argent.

Harry semblait réfléchir. Même si c'était dégoûtant, si cela aidait à résoudre le cas, ses actions de Liberty pourraient rebondir.

— D'accord. T'as une autre paire de gants ?

— Tiens. J'ai un système, Tonton. Les matières végétales vont là. Je sépare soigneusement les papiers et je les mets à sécher, expliqua Kat en montrant sa ficelle tendue. Ce qui n'entre pas dans les catégories de ces piles, tu le mets dans le coin. On s'en occupera plus tard.

Entendant la porte de l'ascenseur s'ouvrir, Kat se tourna vers le mur en verre.

C'était le décorateur d'intérieur de l'autre côté du palier. Il sortit de l'ascenseur et regarda Kat avec un ricanement à peine voilé, puis ouvrit son téléphone et y tapa des numéros comme un fou. Probablement pour reporter ses rendez-vous du matin pour empêcher que ses clients ne voient ces monstres aux gants en latex de l'autre côté du couloir. À moins qu'il ne soit en train d'appeler le gérant de l'immeuble, la deuxième fois cette semaine. Peu importe. Elle n'avait pas payé son loyer, les jours de Kat dans ce bâtiment étaient donc comptés de toute façon.

Kat savait que le spectacle n'était pas joli. Des ordures ménagères à divers états de décomposition recouvraient le sol et chaque surface horizontale de la zone de réception. Elle retourna son attention vers son oncle. Il venait de ramasser une chemise en velours côtelé et la lorgnait avec intérêt.

— Regarde ça ! Quel gâchis ! Une chemise en parfait état, jetée à la poubelle, s'exclama-t-il en regardant l'étiquette du col.

— Hé ! ça coûte cher. Ils auraient au moins pu la donner à Goodwill.

— Beurk ! C'est dégoûtant, repose ça.

— Un bon lavage et elle sera comme neuve. Et en plus c'est ma taille, ajouta Harry, la chemise incriminée contre sa poitrine.

— Tu viens juste de te plaindre que je fouillais les poubelles. À quoi est-ce que tu te réduis ?

— Bon d'accord, je la repose. Mais ça fait un article de plus pour la décharge.

Tout à coup, cela lui revint.

— Attends, la jette pas !

— Mais tu viens juste de me dire de le faire !

En un éclair, elle réalisa à qui appartenait la chemise. C'était l'homme qui l'avait poursuivie chez Susan. Elle se rappela où elle l'avait vu auparavant.

C'était Paul Bryant.

CHAPITRE 32

— *D*iscute pas. Pars tout de suite.

La gorge de Clara se serra sous l'effet de la colère. Son père ne lui faisait jamais d'éloges, quelle que soit la somme d'argent qu'elle lui rapporte.

Sa voix retentit à travers le récepteur :

— J'aurais jamais dû te laisser devenir la PDG de Liberty. C'était trop risqué.

— Pourquoi ? Parce que je suis une femme ? s'écria Clara, la main serrée autour du téléphone sans fil, tandis qu'elle écoutait la voix de son père situé à des milliers de kilomètres d'elle.

— Parce que t'es ma fille, voilà pourquoi. Discute pas avec moi.

Transférer les diamants de conflits via Liberty leur avait permis de les vendre comme des diamants légitimes, au prix du marché. Mais le coup le plus brillant de Clara était d'avoir fait passer le paiement comme un vol, permettant d'envoyer l'argent à l'empire d'Ortega sans se faire remarquer et en échappant aux déclarations requises par les lois anti-blanchiment. L'idée lui était venue après avoir lu quelque chose sur l'industrie naissante du diamant dans le

Nord canadien. On y extrayait les diamants depuis moins de dix ans. Un historique si court signifiait qu'on ne pourrait pas faire de comparaisons et que rien ne pourrait éveiller les soupçons. Cela avait très bien marché, jusqu'à ce que Kat se mette à poser les mauvaises questions.

— Père, le vote des actionnaires est dans deux jours. Le rachat pourrait avorter si je ne suis pas là.

Clara s'étudia dans le miroir du couloir. Ses cheveux blonds teints étaient tirés en chignon, pour aller avec l'aspect soigné de son costume en laine grise. Il convenait parfaitement au rôle de Susan. Il lui tardait de se débarrasser de ces vêtements guindés et de retourner à quelque chose de plus attrayant. Quelque chose de sexy, pour se sentir de nouveau en vie.

Elle se dirigea vers la fenêtre et ouvrit les rideaux. Il était tôt et il faisait encore sombre. Une tempête se préparait et l'océan était agité. Il devait être midi à Buenos Aires, le ciel lumineux et ensoleillé. Son père l'appelait probablement de la table du coin au Recoleta, son restaurant préféré, là où sa place était réservée en permanence.

Vicente était censé devenir le nouveau PDG de Liberty pour garder un œil sur Nick et s'assurer qu'il tienne sa promesse. Mais c'était avant que son père ne découvre les fonds secrets de Vicente et ne descende l'amour de sa vie. Clara n'était qu'une solution de secours, seulement parce que son père ne faisait confiance à personne d'autre.

— J'ai bloqué le vote, Clara. L'affaire est réglée.

— Mais si Nick…

— Je m'occuperai de lui. Fais tes valises et prends le prochain vol.

— Comment tu sais qu'il va pas te rouler ?

Clara se garderait bien de discuter avec son père, mais le vote de Nick était nécessaire pour que le rachat de Liberty ait lieu.

— Je vais m'arranger avec lui.

Elle savait ce que cela voulait dire.

— D'accord. Mais donne-moi quelques jours de plus.

Elle avait besoin de plus de temps pour retirer ses bénéfices des ventes à découvert et se préparer un avenir. Un avenir qui ne comprenait pas son père.

— OK. Mais je veux que tu reviennes à Buenos Aires juste après le vote.

— Comment est-ce que je vais expliquer mon absence soudaine ? demanda Clara en entrant dans la cuisine.

— Je sais pas, dis-leur que t'as un cancer. Ou des problèmes de femmes et que tu dois te faire opérer. Invente quelque chose.

Son père contrôlait des gouvernements, des guerres et le commerce mondial des armes, mais c'était un idiot pour ce qui était des relations avec les autres. S'ils ne coopéraient pas, il les tuait. Clara savait que certains étaient plus utiles en vie. Elle pouvait toujours se servir de la nature humaine à son avantage.

— Et moi dans tout ça ? Est-ce que je retournerai à Liberty après le rachat ?

— Quand ce sera fait, on discutera de ton avenir.

Ce qui voulait dire qu'elle n'en avait pas, du moins pas dans l'empire d'Ortega.

Clara mit fin à l'appel, furieuse. Elle lança le téléphone à travers la cuisine et le regarda se fracasser contre la carafe de café. Le verre se brisa en morceaux, mais le téléphone atterrit par terre en un seul morceau. Il y avait du verre partout sur le comptoir et sur le sol.

Elle avisa le vase Lalique des années 1940 sur le comptoir, un cadeau de fin d'études de son père. Elle l'avait apporté avec elle d'Argentine, mais il lui rappelait maintenant le contrôle qu'il avait sur elle. Elle le saisit et le lança contre le micro-ondes. Il éclata en une dizaine de morceaux et une longue fissure apparut sur la porte du micro-ondes.

Toujours sous la coupe de son père. Des gouvernantes aux

pensionnats, sous l'œil vigilant des personnes chargées de veiller sur elle. Elle avait la trentaine. Avec Liberty, c'était la première fois qu'elle goûtait à une certaine liberté et elle ne voulait pas retourner en arrière.

Elle n'avait que de vagues souvenirs de sa mère, tombée d'un balcon dans une des nombreuses propriétés d'Ortega. Clara n'avait que quatre ans à l'époque, mais elle savait une chose : la version officielle des événements était toujours un mensonge. Son père était responsable de l'élimination des deux seules personnes qui avaient compté dans sa vie.

— C'est quoi tout ce bruit ? demanda Paul, entrant dans la cuisine avec hésitation.

Il s'arrêta quand il remarqua le verre brisé par terre.

Clara, dans sa furie contre son père, avait oublié que Paul était dans la pièce d'à côté.

— C'est rien. Un accident.

— T'es en colère, constata-t-il, la prenant dans ses bras et lui caressant la joue. Qu'est-ce qu'il t'a dit ?

— Il veut que je m'en aille avant le vote. Il me traite comme une gamine.

— T'es arrivée à lui faire repousser la date ?

Elle acquiesça et posa sa tête contre sa poitrine. Clara s'était un peu servie des cinq milliards avant de les acheminer vers l'organisation d'Ortega. Avant de les transférer, elle les avait fait décupler en vendant les actions de Liberty à découvert. Elle était plus riche que quiconque sur la liste Forbes, mais personne ne le saurait jamais, surtout pas son père.

— Bien. Partir maintenant ne ferait qu'éveiller les soupçons.

Clara soupira en observant les dégâts. Elle nettoierait plus tard. Pour le moment, elle devait commencer tôt à Liberty. Il était temps de préparer sa stratégie de sortie.

Elle était sur le point de désobéir à l'homme le plus puissant de Buenos Aires. Ce n'était pas possible de faire cela et de survivre, même pour sa fille. Mais Clara se rappela qu'au lieu de commencer une nouvelle vie avec Vicente, elle ne faisait que récupérer ce qui lui restait de sa propre vie. Son père allait se repentir d'avoir tué son mari.

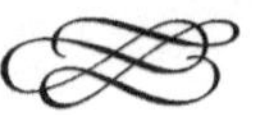

CHAPITRE 33

Quelque chose de blanc sur le plancher en chêne attira aussitôt l'attention de Kat quand elle ouvrit la porte du bureau. Rien de bon ne venait jamais d'une enveloppe livrée par un porteur. Sortir pour le déjeuner avait peut-être été une erreur. Non, elle devait manger, et elle méritait une récompense après avoir trié les ordures de Clara toute la matinée. Elle s'était fait un petit plaisir avec un repas à Athena, le nouveau restaurant grec du quartier. Quoi que contienne l'enveloppe, au moins une heure de sa journée avait été bonne.

Kat se baissa pour la ramasser. Les mots Carter & Associés étaient tapés à la machine. Il n'y avait pas d'adresse de retour. Elle passa l'enveloppe entre son pouce et son index pour voir si elle pouvait en deviner le contenu, mais le papier était trop épais. Plus elle attendait pour l'ouvrir, plus elle pourrait ignorer la dernière demande de loyer, ses factures en retard ou tout autre aspect malheureux de sa crise financière. C'était tentant de la garder fermée, mais il lui faudrait l'ouvrir tôt ou tard.

Elle prit une profonde inspiration et ouvrit l'enveloppe. C'était même pire que ce qu'elle avait imaginé : Carter & Associés était officiellement expulsé. Elle avait manqué de payer son loyer pour la dernière fois.

Le dos courbé en signe de défaite, Kat se traîna vers le canapé et s'assit. Comment avait-elle réussi à passer d'un salaire à six chiffres avec de grosses primes à une dette à six chiffres en moins d'un an ? La compression des effectifs était une chose, mais monter sa propre boîte ? Une réduction de salaire et un emploi dans un cabinet de niveau inférieur auraient au moins minimisé ses dettes. De toutes les choses stupides qu'elle avait faites, lancer son propre cabinet de juricomptabilité devait être en tête de liste.

Maintenant que Liberty l'avait virée, ce serait encore plus difficile d'attirer de nouveaux clients. Sans bureau personnel, elle ressemblerait à une amatrice. Elle donnerait tout pour effacer l'année précédente et retourner à son ancien poste, même s'il était ennuyeux. Elle aurait au moins un solde bancaire et des perspectives d'avenir. Nick avait raison : elle ne pesait vraiment pas lourd. Il lui avait fallu une expulsion pour finalement capter le message.

Elle sursauta en entendant le téléphone sonner, quelque chose qu'elle n'avait pas beaucoup entendu ces derniers temps. C'était Cindy.

— Kat, j'ai les résultats du test sur les diamants. Tu devines ?

— Je veux pas deviner. Dis-moi.

— D'accord, espèce de grincheuse. Il s'avère que les diamants ne sont pas de Mystic Lake.

Kat se pencha en avant sur le canapé. Cela n'améliorait pas sa situation, mais elle se sentait au moins justifiée.

— Je le savais ! Tu regrettes pas de pas m'avoir crue dès le début ?

— D'accord, Kat, je l'admets : t'avais raison. Mais t'as pas tout deviné. Les diamants viennent en fait de trois mines différentes : deux en République démocratique du Congo et la troisième en Côte d'Ivoire. Les deux pays sont des zones sensibles pour les diamants de conflits.

— Si trois mines différentes sont impliquées, ça renforce ma théorie. Celui qui est derrière cette affaire travaille à grande échelle et il a facilement accès aux diamants d'une multitude de mines.

— T'as une idée de qui ça peut être ? demanda Cindy. Y a pas beaucoup de gens qui pourraient réussir un coup pareil. Il leur faut de très bonnes relations sur le marché noir.

— J'ai des pistes, mais rien encore de définitif.

Kat ne pouvait pas encore lui révéler sa découverte sur Clara, princesse de la mafia. Si Cindy savait qu'il s'agissait du monde du crime organisé, elle considérerait la mission de Kat trop dangereuse et insisterait pour qu'elle mette fin à son enquête. Mais il y avait un domaine où Cindy pourrait l'aider. Kat devait juste s'assurer de régler les derniers détails avant que Cindy n'obtienne sa réponse et ne découvre la connexion avec Clara.

— Tu pourrais m'aider avec quelque chose : trouver où ces mines vendent leur production. Puisqu'on a trouvé ces diamants chez Liberty, je suppose qu'ils sont vendus illégalement.

— Je peux faire ça. Je vais donner quelques coups de téléphone. Tu me donnes jusqu'à quand ?

— Hier ou dès que possible.

Cindy ne savait pas que Liberty l'avait remerciée. Elle finirait par lui dire, mais ce n'était pas le bon moment.

— Ça va être difficile en si peu de temps. Il y a beaucoup de pistes à suivre. En Afrique, la plupart des diamants proviennent de petits agents, des individus qu'on appelle des creuseurs de diamant. Ils gagnent leur vie en vendant leurs trouvailles à des intermédiaires qui les paient à un centième du prix. C'est en plus de la production de la journée.

— Tu veux dire que c'est pas juste la mine qui vend la production, mais aussi des individus ?

— Exactement. Certains de ces creuseurs paient la mine pour le droit d'y creuser la nuit. D'autres se contentent d'y pénétrer sans autorisation. Et les intermédiaires ont pu acheter les diamants à n'importe qui.

Un autre obstacle. Pourquoi rien n'était-il simple et clair avec Liberty ?

— Je m'intéresse aux clients, ceux à qui les intermédiaires vendent leurs diamants. Ce sont ceux-là qu'on veut trouver, précisa Kat.

— Je sais, mais pour les trouver, on doit commencer à la source. Ça devrait nous conduire aux acheteurs, ce sont généralement des trafiquants de drogue, le crime organisé ou des gens qui ont besoin de blanchir leur argent.

— La GRC a une liste de ces personnes, non ?

— Ce n'est pas aussi facile que ça, Kat. Si elles ne se sont jamais fait prendre, on ne les connait pas. Et les criminels aiment varier leur mode de fonctionnement. Si on regarde les choses du bon côté, ça représente beaucoup d'argent et ça a sans doute nécessité beaucoup d'organisation. Donc si ça marche, ils ne vont probablement pas abandonner de sitôt.

— Je suppose qu'avec tout ce trafic, les diamants ne seraient pas certifiés d'après le processus de Kimberley. Comment est-ce qu'ils peuvent les vendre sans ce certificat ?

Sans les bons papiers, on n'était pas censé pouvoir changer les diamants de mains. L'idée était d'empêcher les rebelles de se servir des bénéfices liés aux diamants pour déstabiliser et renverser les gouvernements. C'était du moins la théorie.

— Il y a des possibilités. Si t'as de bonnes relations à Dubaï, par exemple. Avec une bonne remise, quelqu'un les acceptera, certifiés Kimberley ou non. Un baron de la drogue avec des milliards de dollars à blanchir serait prêt à les prendre. Et les diamants sont la méthode de paiement préférée de certains groupes terroristes du Moyen-Orient.

Cindy fit une pause.

— Kat, je ne comprends toujours pas comment les diamants sont introduits chez Liberty. N'est-ce pas difficile d'introduire régulièrement en douce de telles quantités de diamants dans la mine ? Et les routes de l'Arctique ne sont-elles pas closes en hiver ?

— Si, mais ils ont pas besoin de les introduire dans la mine. Ils peuvent les expédier au centre de taille, tout comme les diamants légitimes. Ils falsifient les documents d'expédition pour faire comme si les diamants provenaient de la mine de Liberty à Mystic Lake. En fait, ils pourraient venir de n'importe où.

— D'accord, je peux comprendre ça. Mais Liberty doit les acheter quelque part, non ? Est-ce que le coût des diamants n'éliminerait pas tous les bénéfices ?

— T'as raison. Quelqu'un a dû les acheter. Et c'est ça qui m'a embrouillée au début. Les chiffres de production ont été trafiqués, il n'y a pas de doute. Je peux le prouver. Mais je pouvais pas trouver de transaction de paiement. Et je suis aussi convaincue que personne ne donnerait gratuitement ces diamants à Liberty.

— De quelle quantité de diamants parle-t-on, Kat ?

— Ah ! c'est là que ça devient intéressant. Ils font ça depuis au moins deux ans. Je suis sûre que les cinq milliards de Bryant étaient censés être le paiement pour au moins une partie.

Cindy poussa un sifflement de surprise.

— Avec ça, on achète beaucoup de diamants. Quand ont-ils arrêté ?

— C'est toujours en cours, Cindy.

— Tu crois qu'il y a eu un coup fourré contre Bryant ?

— Peut-être, mais j'en suis pas sûre.

Kat ne pouvait pas dire à Cindy qu'elle avait vu Bryant chez Clara la nuit dernière.

— Eh bien, si c'est un coup monté contre lui, ça change tout. Bryant pourrait potentiellement être une personne disparue, pas un voleur. Qu'est-ce que la direction de Liberty a dit quand tu as fait part de tes inquiétudes ?

Kat ne répondit pas.

— Kat ? Tu ne leur as pas dit ?

— Je peux pas. Pas avant d'avoir plus de preuves. C'est trop risqué. À ce stade, ceux à qui je parle pourraient être impliqués dans la fraude. Comment savoir à qui je peux faire confiance ? Je dois d'abord avoir des informations sur les intermédiaires.

— Je vais faire des recherches. On dirait qu'il y a un lien avec un réseau criminel international. T'es sûre que t'as pas d'autres pistes ? Si j'avais plus d'éléments, je pourrais peut-être te trouver des noms.

Kat se demanda si elle pouvait lui révéler l'identité de Clara, mais décida finalement de ne pas le faire. Cela permettrait certes d'accélérer les choses. Mais elle n'avait pas encore trouvé l'argent et une mesure prématurée de la police mettrait en péril les chances de jamais le récupérer. Quelques frappes sur un clavier ou un appel téléphonique, et il pourrait disparaître pour toujours. Kat étudia la liste de numéros sur le papier taché de sauce marinara retrouvé dans la poubelle de Susan. Une fois qu'elle aurait l'argent, elle coopérerait.

CHAPITRE 34

Les chiffres sur le papier venant des ordures de Clara étaient répartis en trois groupes. Ceux du premier groupe étaient :

23,4 M$

13434589TQ

41445

119846768

784119888718

642389

LES DEUX AUTRES séries de nombres étaient similaires, sauf qu'elles ne contenaient pas de lettres. Étaient-ce des numéros de comptes bancaires ? Le M voulait-il dire milliard ? Cette somme d'argent était stupéfiante. Kat fit un calcul rapide. Les trois séries de chiffres totalisaient cinquante milliards. Elle pouvait faire le lien entre le numéro du compte bancaire original et les cinq milliards disparus. Cinquante milliards, cela faisait un bénéfice décuplé et cela cadrait avec les remarques de Rashida. Serait-ce une liste des transferts que Clara prévoyait de faire ?

Incroyable. Mais encore une fois, voler cinq milliards en premier lieu était assez scandaleux. En supposant que le « M » était bien une abréviation du mot milliard, le total des cinquante milliards était supérieur au PIB de la moitié des pays du monde. Comment Clara avait-elle réussi à transformer cinq milliards en cinquante ? Liberty n'avait pas autant d'argent.

Jace était rentré directement du travail avec une pizza quelques heures auparavant. Il était maintenant plus de vingt-et-une heures et Kat n'était pas plus près de déchiffrer les listes.

— Où est-ce que t'es allée ce matin ? lui demanda-t-il. Je me suis réveillé à quatre heures et t'étais déjà partie.

— J'arrivais pas à dormir, alors je suis venue ici.

Ce n'était pas exactement un mensonge, elle avait fini par venir là.

— Et d'où vient tout ce bazar ? On dirait que ce sont les ordures de quelqu'un.

— Ce sont bien des ordures. C'est la poubelle de Susan chez Liberty. Je suis arrivée à l'intercepter avant qu'elle me vire.

C'était trop évident, elle ne pouvait pas prétendre que c'était autre chose qu'une poubelle. Une poubelle de bureau, cela sonnait au moins mieux qu'une poubelle de sa maison pleine de déchets de cuisine. Et elle n'avait pas besoin de lui parler de Bryant ni des ratons laveurs.

— Pourquoi tu m'as pas réveillé ? Ou laissé un mot ? Tu m'as manqué.

— Je voulais pas déranger ton sommeil.

Elle commençait à apprécier de partager le lit et la chaleur du corps de Jace, mais cela entraînait toutes sortes de complications. Il lui fallait trouver une solution pour la nuit.

— Je suis surpris de pas m'être rendu compte que t'étais partie. C'est la première fois en une semaine que j'avais assez de couvertures. Et ça, ça va dans quelle pile ? poursuivit-il, la boîte à pizza vide dans la main droite, observant les tas d'ordures.

— C'est pas drôle, Jace. Si j'avais pas volé sa poubelle, j'aurais jamais trouvé ce document. T'es avec moi ou contre moi ?

— Avec toi, bien sûr, répondit Jace. Clara mange vraiment beaucoup de boîtes de conserve, remarqua-t-il en montrant une des piles d'ordures du doigt.

Kat se dirigea vers son ordinateur portable posé sur le bureau de la réception, le papier taché de café à la main.

— Si ce sont les virements bancaires de Clara, ça prouve que c'est une criminelle. Si je décrypte le code, je pourrai empêcher le rachat de Liberty par Porter et peut-être même récupérer l'argent.

— Mais le vote est à onze heures demain, reprit Jace. Et toutes les banques sont fermées.

— Je sais. Si seulement je pouvais deviner lequel de ces numéros est le compte d'Opal chez Bancroft Richardson.

—Tu peux pas appeler Rashida tôt demain matin et lui demander ?

— Non, elle refusera. Elle m'a dit qu'elle m'avait déjà donné trop d'informations confidentielles.

Mais Kat avait une idée.

— Harry a un compte chez Bancroft Richardson. Si je connaissais son numéro de compte, je pourrais le comparer et voir s'il y en a un de similaire. C'est probablement la même combinaison de chiffres que celui de Clara.

Son oncle Harry venait de partir pour un tournoi de curling à Saskatoon.

— Harry surveille son compte en ligne ici au bureau, n'est-ce pas ? Est-ce que t'as pris note de son numéro de compte quand t'as parlé à Rashida ? demanda Jace.

Les yeux froncés, il réfléchissait.

— Non, mais si Harry cache ses relevés de compte à Elsie, il les garde peut-être ici, dit Kat en fouillant dans les tiroirs.

Rien.

— Où aurait-il pu ranger quelque chose comme ça ?

— Dans le classeur à tiroirs ?

Kat ouvrit le tiroir du haut à la lettre B pour Bancroft Richardson. Rien. Elle chercha aussi à I pour Investissements. Rien non plus. Elle sortit des dossiers en essayant de se rappeler le système de classement d'Harry.

— Pourquoi pas A pour Argent ? fit Jace.

— Ça vaut la peine d'essayer.

Kat retourna en haut du classeur, à la lettre A. Elle sortit un fichier intitulé « A-BR ». Une demi-douzaine de relevés bancaires de Bancroft Richardson tombèrent à terre. Elle les ramassa et chercha le numéro de compte : 15782631RQ.

— Ça correspond à la combinaison de chiffres et de lettres dans la première série de nombres de Clara.

— Ça semble donc être un compte chez Bancroft Richardson. Maintenant, on n'a plus qu'à trouver le mot de passe de Clara.

— Peut-être qu'il est sur le même papier.

— J'en doute. Elle est pas si imprudente. Mais si je peux comprendre la combinaison du mot de passe du compte d'Harry, je pourrai peut-être deviner celui de Clara. Si j'arrive à pirater le compte d'Opal, je pourrai comparer les transactions du compte au document de Clara.

Ce qui prouverait que Clara avait prévu de transférer les fonds vers ses propres comptes.

— Harry garde sûrement pas son mot de passe ici. Il l'a sans doute mémorisé.

— Non, Jace, pas mon oncle Harry. Il se souvient de rien à moins de l'écrire. Ça doit être ici quelque part.

Kat ouvrit le tiroir « P ».

— Je crois que je l'ai trouvé.

Elle sortit un fichier marqué « MDP ». Il ne contenait qu'un morceau de papier, avec écrit dessus : PLUSFORT. Un terme employé au curling, évidemment.

— Essayons, fit Jace.

— Je sais pas, ça me fait bizarre de pirater son compte.

— T'as raison. Je suppose qu'on va devoir attendre son retour.

Mais le vote des actionnaires était prévu pour le lendemain. Si elle pouvait découvrir le mot de passe de Clara...

— Je vais le faire quand même. Mon oncle comprendra. Je lui demanderai pardon plus tard.

Elle retourna à son bureau et ouvrit une session sur le site de Bancroft Richardson. Elle tapa le numéro de compte et le mot de passe PLUSFORT, puis attendit.

— J'y suis !

Elle décida de modifier le mot de passe d'Harry pour voir quelles combinaisons de lettres et de chiffres étaient permises. Elle tapa une série de chiffres. Un message d'erreur apparut.

— Ils disent que ça doit être des lettres, entre six et douze. Le mot de passe est strictement alphabétique, pas chiffré. Ça nous laisse quand même un nombre immense de combinaisons.

— Quels mots seraient importants pour Clara ? demanda Jace en s'asseyant sur le bord du bureau, finissant bruyamment la dernière part de pizza froide.

— J'en ai aucune idée. Mais il faut qu'on y réfléchisse, parce qu'on ne peut essayer que trois fois avant que la connexion soit désactivée. On doit vraiment être sûrs avant de taper quelque chose.

Kat se rassit par terre à côté de la pile de papiers et commença à fouiller dedans.

Elle examina une facture de téléphone, des notes griffonnées, des pages d'un calendrier et une enveloppe vide avec une écriture indéchiffrable au dos.

Jace vint s'asseoir près de Kat. Il saisit une enveloppe tachée et l'ouvrit.

— Hé, fais-moi voir ça, lança Kat.

Jace la lui tendit. C'était une carte de vœux, adressée à Clara et à Vicente, pour leur souhaiter un *Feliz anniversário*.

— Clara est mariée ? demanda Kat.

Mais Jace était déjà sur l'ordinateur portable de Kat. Il chercha Clara de la Cruz et Vicente dans Google.

— Vicente est son mari. Vicente Sastre. Ou était son mari. Il a été assassiné il y a deux ans. Personne a jamais été inculpé.

— Vicente contient sept lettres, remarqua Kat, peut-être qu'on devrait essayer ça.

— Et si ça marche pas ? Pourquoi pas attendre et voir si on trouve quelque chose d'autre ?

— On peut pas se permettre d'attendre, avec le vote de demain. En plus, on a droit à deux autres essais. Si ça marche pas, pas de problème, le mot de passe sera automatiquement réinitialisé dans vingt-quatre heures.

Kat savait cependant qu'après avoir obtenu le feu vert du vote des actionnaires, Clara n'aurait aucune raison de rester dans les parages.

Elle tapa le numéro de compte en haut de la page et le mot de passe VICENTE.

Identifiant incorrect.

— Essaie maintenant sans majuscule.

— Tout en minuscules ou avec un V majuscule ?

Kat n'avait vraiment plus qu'une chance. Si elle échouait une troisième fois, le compte serait complètement verrouillé.

— Hmm… la façon correcte de l'écrire est avec un V majuscule, mais la plupart des gens le font pas. J'essaierais tout en minuscules.

C'est aussi ce que Kat pensait. Elle tapa le mot vicente et le fixa des yeux un instant.

— Oh, et puis zut ! s'exclama-t-elle en tapant finalement sur la touche Entrée, retenant son souffle.

Rien ne se passa.

Puis l'écran d'accueil apparut. Elle y était.

Le compte 13434589TQ appartenait à Opal Holdings.

CHAPITRE 35

— Ouah, t'es géniale ! Intelligente *et* sexy.

— Tu m'as aidée, lui répondit Kat en souriant. Voyons voir, qu'est-ce qu'on a ici.

Kat cliqua sur l'historique du compte et parcourut les relevés.

— Regarde ça, fit-elle en désignant la première ligne.

C'était un dépôt de cinq milliards de dollars, effectué deux semaines auparavant. La taille de la transaction aurait dû attirer l'attention. Rashida et tout le monde chez Bancroft Richardson auraient dû en parler.

— Alors pourquoi Rashida ne s'est pas immédiatement posé de questions ? Quelqu'un dépose cinq milliards en espèces sur un compte de courtage de ton entreprise, fait d'énormes profits sur des actions, et tu bouges pas ? demanda Jace en se dirigeant vers la fenêtre.

— Peut-être parce que des questions auraient amené des réponses qu'elle ne voulait pas entendre. Des réponses qui auraient pu compromettre le dépôt. Un dépôt de cinq milliards de dollars, ça génère beaucoup de frais de service pour Bancroft Richardson. Mieux vaut se fourrer la tête dans le sable, et faire de l'argent sur la commission et les frais de transaction. En plus, c'est pas le compte de Rashida. Il appartient à Moretti, le courtier louche. Mais d'autres ont dû s'en apercevoir ou être au courant. Les comptables et les banquiers, par exemple.

— L'argent a été déposé quelques jours après la disparition de Bryant avec les cinq milliards. Drôle de coïncidence, tu trouves pas ?

— Une coïncidence, mon œil.

Kat fit défiler l'écran. Le compte avait été ouvert avec le transfert de cinq milliards en provenance du Liban. Il y avait un certain nombre de transactions après cela, des retraits en liquide et pour les ventes à découvert de Liberty. Toutes très rentables. Le solde du compte était de presque cinquante milliards, jusqu'à trois jours auparavant.

Puis une série de transferts avait réduit le solde à juste un peu plus de cinq milliards.

— Passe-moi cette liste.

Jace la lui tendit. Elle compara les montants transférés aux chiffres notés sous le numéro de compte chez Bancroft Richardson.

— Tu vois ça ? demanda Kat en pointant du doigt vers une ligne à la moitié de l'écran. Ça correspond à la liste de Clara. C'est un transfert vers une autre banque. Elle a mis en place des comptes de passage pour garder une longueur d'avance.

— Des comptes de passage ? Qu'est-ce que c'est ?

— Si tu veux déplacer ton argent pour que personne t'attrape, tu ouvres une série de comptes dans différentes banques du monde entier. Quand la somme arrive dans le premier, tu la transfères immédiatement au second. Quand elle arrive dans le second, tu t'arranges pour qu'elle aille tout de suite au troisième compte, et ainsi de suite.

— Alors t'as toujours une longueur d'avance sur celui qui essaie de te suivre ?

— Exactement, répondit Kat. Clara couvre ses traces pour que personne puisse suivre l'argent.

— Je comprends. Et le temps que tu te rendes compte de ce qui se passe, elle a disparu.

— C'est tout à fait ça. Les autres chiffres de la liste sont d'autres comptes de courtage ou des comptes bancaires.

— En supposant donc qu'elle utilise le même mot de passe, et c'est ce que font la plupart des gens, on pourrait suivre l'argent en se connectant à ses autres comptes ?

— Espérons-le. Mais y a un problème. Y a pas de description sur les transferts, juste des numéros de compte. Ce sera difficile de savoir dans quelles banques l'argent est allé. Il y a des milliers de possibilités. Peut-être dans les îles Caïmans, à Guernesey, à Malte, qui sait ?

Comment affiner la liste de possibilités ? Clara utiliserait-elle une banque argentine ? Probablement pas, se dit Kat. Elle cherche-rait un paradis fiscal avec des lois solides sur le secret bancaire. Cela laissait encore des centaines de banques à vérifier. Elle regarda sa montre. Elle constata avec surprise qu'il était déjà trois heures et demie du matin. Le vote des actionnaires aurait lieu dans moins de six heures.

CHAPITRE 36

*L*a salle de bal Crystal de l'hôtel Waterfront était opulente, avec des draperies de brocart pendues aux grandes fenêtres offrant une vue panoramique sur le port. Un énorme lustre en cristal était suspendu au centre du plafond en forme de coupole, reflétant la lumière dans toutes les directions. Plutôt chic pour une entreprise au bord de la faillite, se dit Kat.

Elle parcourut des yeux la salle bondée, à la recherche de visages familiers. La pièce était remplie d'actionnaires ayant hâte de voter sur l'offre d'achat de Porter. Certains étaient déjà assis, mais d'autres, toujours assemblés en petits groupes, discutaient le long des rangées de sièges, en attendant le commencement de la réunion extraordinaire des actionnaires de Liberty.

Kat avait pris soin de se vêtir de son mieux pour une réunion si cruciale. Elle avait choisi un tailleur vert émeraude Elie Tahari, acheté au temps où elle avait un emploi rémunéré. Il allait bien avec la couleur de ses yeux et mettait en relief celle de ses cheveux auburn, tirés en chignon. Elle était contente de pouvoir se pomponner de nouveau. Son licenciement lui avait coûté en matière de mode. Elle se contentait de jeans déchirés et de vieux

T-shirts. Avec du maquillage et du rouge à lèvres, elle se sentait de nouveau adulte. Une montée d'adrénaline la traversa. Elle avait l'impression de pouvoir conquérir le monde. C'était une bonne chose, vu que c'était exactement ce qu'elle s'apprêtait à faire.

Devant le podium, Nick Racine était plongé dans une conversation avec une femme menue aux cheveux argentés, portant un tailleur couleur crème. Elle tournait le dos à Kat. Nick aperçut soudain Kat. Il interrompit aussitôt sa conversation et se dirigea à grandes enjambées vers la porte, ne la quittant pas des yeux.

— Excusez-moi, Kat. Cette réunion est réservée aux actionnaires. Maintenant, si vous voulez bien sortir en silence…

— Mais, Nick, je suis actionnaire. Maintenant, si vous voulez bien m'excuser, je veux être sûre d'avoir un siège au premier rang, ça promet d'être une réunion très animée, répondit Kat, s'efforçant de ne pas sourire.

Elle avait acheté une centaine d'actions la semaine d'avant dans le seul but d'avoir le droit d'assister à la réunion. Elle ne pouvait pas vraiment se le permettre, mais elle ne pouvait pas non plus se permettre de ne pas les acheter. Kat passa devant Nick et observa la salle. Elle n'allait pas se laisser intimider.

Harry était là, de retour de son tournoi de curling. Assis au second rang, il lui fit signe de le rejoindre. Lui aussi était sur son trente-et-un. Son costume était peut-être à la mode vingt ans plus tôt, mais les rayures lui donnaient l'air d'un vieux gangster.

— N'est-ce pas passionnant ? Je vais pouvoir tout savoir sur ma compagnie. Et tout ça, fit Harry en montrant la salle d'un grand geste, tout ça, c'est à moi. En partie du moins. Mon vote pourrait être décisif.

Il ne le pourrait pas, mais Kat n'avait pas le cœur de le lui dire. Elle parcourut la salle du regard, tandis que plus de personnes entraient. La réunion devait commencer dans cinq minutes, mais la seule personne dont Kat avait espéré la présence pour faire une différence n'était pas là. Cela ne signifiait pas nécessairement quelque chose. Audrey Braithwaite n'avait pas besoin d'assister à la réunion en personne. Les actionnaires de la fiducie familiale de Braithwaite votaient probablement par le biais de personnes désignées ou par procuration. Qu'Audrey soit présente ou non, Kat espérait qu'elle voterait contre le rachat de Porter.

— Kat ? Tu sembles distraite.

— Désolée, Tonton Harry. J'essaie de trouver quelqu'un.

— Ah ! Ça serait drôle si ce Bryant se pointait, tu crois pas ?

Mais Kat ne l'écoutait pas. Elle attrapa son sac à main et piqua quasiment un sprint vers la porte. Audrey venait d'arriver. Ses muscles réagirent aussitôt, sans aucun doute un avantage de son entraînement.

— Audrey ! s'écria Kat en essayant de ralentir sa respiration pour ne pas haleter.

Le parfum Chanel n° 5 l'enveloppa à son approche.

— Audrey, reprit-elle, il y a quelque chose que vous devez savoir. Liberty fait du trafic de diamants pour le crime organisé. La mine de Mystic Lake est fausse. Tout est organisé pour faire grimper le prix de l'action.

— Quoi ? Mais c'est ridicule ! D'ailleurs, je ne suis pas censée vous parler. Quand j'ai parlé à Nick de notre rencontre, il m'a dit que vous aviez été congédiée. Vous inventez juste des histoires pour vous venger. Je n'aime pas les menteurs.

— Je n'ai jamais dit que je travaillais toujours pour Liberty. Et je n'invente rien. Il y a des gens bien pires que moi dans cette salle en ce moment, croyez-moi. Puis-je avoir une minute de votre temps ? S'il vous plaît ?

Audrey lança un regard inquiet dans la salle, sans doute à la recherche de Nick.

— Bon, d'accord. Mais faites vite.

Le micro perça leurs oreilles tandis que quelqu'un testait le son.

Kat fit un résumé d'une minute à Audrey : la production falsifiée, la manipulation du marché boursier par Opal, la connexion avec la mafia argentine et comment tout cela était lié à l'offre publique d'achat de Porter.

— La mafia ? Vous plaisantez, conclut Audrey, incrédule. Pas étonnant que Nick vous ait congédiée. Inventer de folles histoires ne va rien changer.

— Audrey, s'il vous plaît, vous devez me croire. Ils se servent de Liberty pour le trafic de diamants. Ce sont des gens dangereux. Ils sont probablement responsables du meurtre de votre frère.

— Ne recommencez pas à jouer la carte Alex. Lier mon frère à cette affaire est mesquin. N'avez-vous donc aucun respect ? Je refuse de vous parler davantage, s'exclama-t-elle en s'éloignant.

— Attendez ! C'est la vérité, Audrey.

Allait-elle oser le lui dire ?

— Il y a une personne corrompue à Liberty.

Audrey parcourut la salle du regard, à la recherche de quelqu'un qui pourrait venir à sa rescousse.

— Audrey, Susan Sullivan n'est pas celle qu'elle prétend être. C'est la fille d'un parrain de la mafia argentine. Et elle est là pour vous escroquer, vous et votre famille, et s'emparer de votre entreprise.

— C'est absurde. Quelqu'un a trafiqué votre boisson ? Maintenant, laissez-moi tranquille.

Et Audrey tourna les talons.

Kat la saisit par l'épaule.

Audrey regarda Kat avec un mélange de choc et de peur. Kat lâcha Audrey. Elle se sentait comme intouchable dans une sorte de bataille interdite entre castes.

— Audrey, vous ne pouvez pas accepter l'offre. Susan Sullivan est un imposteur. Son vrai nom est Clara de la Cruz Ortega et elle est recherchée en Amérique du Sud pour détournement de fonds, trafic de drogue et blanchiment d'argent. Elle travaille pour l'un des plus grands groupes de crime organisé au monde. C'est à eux que vous vous apprêtez à donner Liberty.

Kat discerna une lueur d'hésitation dans les yeux d'Audrey.

— Vous voulez savoir ce qui est arrivé à Alex ? Je parie que Susan, ou plutôt Clara, le sait. Pourquoi ne pas lui demander ?

— Vous n'êtes pas sérieuse.

— Je suis très sérieuse. Son père est le patron le plus impitoyable du crime organisé en Amérique du Sud. Rien ne l'arrêtera. Les meurtres de votre frère et de Ken Takahashi sont juste un coût d'exploitation pour lui. Il est en train de vous voler Liberty. Ça vous est égal ?

— Je… je dois y aller.

Audrey se retourna et sortit de la pièce tandis que le présentateur annonçait le début de la réunion. Kat soupira, déçue. Elle ne s'était pas attendue à arriver à convaincre Audrey sur-le-champ, mais elle avait espéré que l'information allait au moins la faire réfléchir avant de céder les actions de la fiducie familiale de Braithwaite. Il était temps de passer au plan B.

CHAPITRE 37

Kat se leva et cria le plus fort possible, couvrant le discours de Susan Sullivan aux actionnaires. Tous se retournèrent, ahuris, et fixèrent Kat des yeux.

— Imposteur ! Susan Sullivan est une criminelle. Susan et son père mafieux tentent de s'emparer de Liberty sous votre nez.

Il y eut un grondement dans la foule, tandis que tout le monde essayait de voir l'intruse. Deux agents de sécurité costauds s'avançaient déjà du fond de la salle en direction de Kat. Celle-ci se précipita sur le podium et s'empara du micro devant Susan. Susan resta sans voix, bouche bée, regardant Kat fixement, n'en croyant pas ses yeux.

— Le vrai nom de Susan est Clara de la Cruz Ortega. Son père dirige la mafia argentine. Il fait du trafic de drogue, d'armes et de mines terrestres. Il tue des gens. Et il veut désespérément Liberty. C'est pour cela que Susan, sa fille, est PDG depuis deux ans.

— Assez !

Nick Racine se dirigea vers le podium et lui prit le micro des mains.

— Elle ment. C'est une consultante mécontente. Elle n'a pas été capable de retrouver Bryant ou l'argent manquant, et maintenant elle invente ces mensonges ridicules pour dissimuler son incompétence.

Nick pointa du doigt vers les deux agents qui se tenaient maintenant à côté du podium.

— Bon sang, sécurité ! Pourquoi vous restez plantés là ? Sortez-la, TOUT DE SUITE !

Les deux hommes s'approchèrent de Kat. L'un d'eux la saisit fermement par le bras gauche et essaya de la tirer vers l'allée. Nick lança un regard noir à Kat du podium, tandis que Susan s'agitait nerveusement à côté de lui, évitant le regard de Kat et ne disant rien.

Kat donna un coup de coude dans les côtes de l'agent et se libéra de sa poigne. Elle se retourna pour faire face à Nick.

— Dites à ce crétin de se calmer ! Vous ne voulez pas affronter la vérité, Nick. Pourquoi ? Vous faites aussi partie de ce complot ?

Nick fit de nouveau signe aux agents de sécurité d'éloigner Kat. Kat sentit quelqu'un lui tirer le bras droit. C'était Harry, qui faisait contrepoids au gardien qui lui avait saisi le bras gauche. Elle se sentait comme une poupée de chiffon sur le point d'être déchirée dans une lutte sans merci.

— Lâchez-la ! Elle a le droit d'être ici. C'est une actionnaire. Vous ne pouvez pas la jeter dehors comme ça !

— Elle perturbe la réunion, intervint Nick. Troubler l'ordre public est une raison suffisante pour se faire jeter dehors.

— Et elle a de bonnes raisons de perturber la réunion, on ne la laisse pas parler. C'est quelque chose qui nous concerne tous en tant qu'actionnaires. Je suis actionnaire et je veux entendre ce qu'elle a à dire.

Plusieurs personnes dans la foule se levèrent alors en signe de soutien. Le vacarme s'amplifia.

— Bien dit, laissez-la parler.

Avant que Kat ne puisse ajouter un autre mot, Audrey se leva du premier rang et se dirigea vers Nick et le micro.

— Attendez une minute, Nick. Moi aussi je veux l'entendre. Laissez-la au moins dire ce qu'elle a à dire.

Nick rougit, mais il garda le silence. Il lança un regard noir à Audrey, puis à Kat, mais retourna s'asseoir. Les agents relâchèrent Kat et Audrey lui fit signe de revenir devant le public.

— Susan Sullivan est un imposteur, et j'en ai la preuve, fit-elle en brandissant la photo de Clara. Là voilà. Mieux connue sous le nom de Clara de la Cruz Ortega. Elle et son père, Emilio Ortega Ruiz, espèrent que vous allez voter oui à l'offre publique d'achat de Porter. Pourquoi ? Parce qu'ils contrôlent aussi Porter. Une fois que vous aurez voté oui, ils auront une belle petite compagnie de diamants pour blanchir tous leurs diamants sales.

Kat bluffait. Elle n'avait pas encore la preuve tangible que Porter était lié à Opal, mais c'était juste une question de temps.

On entendit un grondement dans la foule. Un homme mince aux cheveux gris se leva au fond de la salle.

— C'est vrai, Madame Sullivan ? Pourquoi est-ce que vous ne dites rien ?

— C'est un mensonge ! s'écria Susan en se tournant face à Kat. Madame Carter, vous entendrez parler de mes avocats. Continuez à proférer ces accusations sans fondement, et je vous poursuivrai en justice pour diffamation.

Kat sortit la déclaration d'Opal qu'elle avait trouvée sur Internet et imprimée.

— Vous voyez ça ? Votre PDG a vendu les actions de Liberty à découvert. Et vous parlez de vote de confiance ? Et elle s'est fait un joli petit profit au passage. J'en ai aussi la preuve ici, ajouta-t-elle en brandissant le relevé de compte pour plus d'effet.

— Susan ? C'est vrai ? demanda Audrey. Si c'est le cas, vous n'avez aucun droit d'être PDG. Vous devriez démissionner immédiatement.

— Clara, pourquoi ne dites-vous rien ? demanda Kat en la fixant des yeux avec insistance. N'avez-vous donc rien à dire pour vous défendre ?

Susan restait assise, impassible, ne laissant paraître aucune émotion. Elle observait Nick, espérant qu'il vienne à sa rescousse. Kat se tourna alors vers lui.

— Et Nick Racine ? C'est lui qui l'a embauchée. Il est loin d'être stupide. Ne pensez pas une minute qu'il ignore sa véritable identité. Il sait bien que c'est Clara de la Cruz Ortega, princesse de la mafia.

Des murmures parcoururent la foule, tous les participants se tournant pour parler à leurs voisins. Kat attendit que le silence revienne avant de continuer. Mais avant qu'elle ne puisse ajouter un autre mot, Audrey s'empara du micro :

— Motion proposée pour retarder le vote du rachat de Porter de deux jours ouvrables.

— Motion appuyée ! dit Harry en levant la main en l'air.

— Motion proposée pour suspendre le PDG en attendant une enquête plus approfondie.

— Motion appuyée ! s'écria de nouveau Harry, pouvant à peine se contenir. Actionnaire activiste était sa nouvelle vocation.

Kat poussa un soupir de soulagement. Deux jours ouvrables, ce n'était pas beaucoup de temps, mais elle avait au moins réussi à repousser le vol de Liberty.

Sauf qu'elle se trouvait maintenant dans une course contre la montre. Son bluff éventé, Clara risquait de prendre la fuite, et Kat s'attendait à ce qu'elle déguerpisse à tout moment. Il n'y avait pas de temps à perdre. Kat avait peut-être retardé le rachat de Porter, mais elle venait de déclencher quelque chose de bien pire : elle venait de notifier Ortega de venir la chercher.

CHAPITRE 38

— Votre voix est différente, Mlle de la Cruz.

— Vraiment ? C'est ce mauvais rhume, je perds ma voix. Excusez-moi, dit Kat en se raclant la gorge.

— Vous ne devriez pas parler. Ça ne va faire qu'empirer, déclara l'employée de la Banque des Caïmans, serviable.

Kat avait misé sur un appel à l'heure de fermeture. Cela avait marché. Au lieu du banquier personnel d'Opal Holdings, c'était une jeune associée qui avait répondu, quelqu'un qui ne pouvait pas reconnaître sa voix ni remettre en cause sa question de routine sur un petit virement sur son compte. Il n'y avait pas de tel virement, c'était juste une excuse pour appeler la banque et vérifier que l'argent était toujours là.

— Oui, je peux confirmer que votre solde est toujours le même qu'hier. Ce sera tout, Mlle de la Cruz ?

— Aucun virement en cours, pas d'opération d'envoi ni de réception ?

— C'est exact.

— Bon. Vous m'avez été d'une grande aide.

— Je vous en prie, Mlle de la Cruz. Et s'il vous plaît, soignez votre rhume.

Kat la remercia et raccrocha, déçue que son appel n'ait pas été plus fructueux. Elle avait espéré trouver un virement en attente d'exécution qu'elle aurait pu annuler. Cela lui aurait gagné du temps et la tentative de virement aurait fourni une piste de vérification des intentions de Clara. Kat était néanmoins soulagée que l'argent soit toujours sur le compte d'Opal Holdings aux Caïmans. Il n'allait pas y rester longtemps, elle le déplacerait bientôt.

Kat devait alerter les autorités. Mais qui ? Les organismes de réglementation des valeurs mobilières ? La police ? C'était le problème avec le chevauchement des juridictions. En fin de compte, personne ne serait responsable.

Elle décida d'appeler Platt. Elle estimait que cela fournissait un mobile évident pour les meurtres. Cela pourrait également le convaincre de la rayer de sa liste de suspects. De plus, elle espérait qu'il y ait moins de chinoiseries administratives avec la police qu'avec les organismes de réglementation. C'est ce qu'elle se disait pendant que son appel était mis en attente. Platt avait l'air pressé quand il décrocha le téléphone.

— Vous ne voulez pas l'arrêter ?

— Mais ce n'est pas ma juridiction. Je suis de la criminelle.

— Mais, Détective Platt, c'est lié aux meurtres, j'en suis sûre.

— Être sûr de quelque chose n'est pas la même chose que d'en avoir la preuve, Katerina.

— Je vous offre la preuve. Il y a un risque de perdre à la fois Clara et l'argent. Je sais qu'elle est derrière les meurtres. Pourquoi ignorez-vous une piste évidente ?

— Katerina. Je ne suis pas libre de discuter des pistes que je suis ou non.

— Dites-moi, Détective, poursuivez-vous Clara ou non ?

Silence.

— Je suis toujours la suspecte ?

La seule indication que Platt était toujours en ligne était sa respiration. Elle sentit la colère monter en elle. Non seulement

Clara était sur le point d'éviter de se faire pincer pour meurtres, mais elle allait en plus s'enrichir ce faisant.

— Katerina, je...

— Détective, comment pouvez-vous ne pas vous soucier d'une personne qui a les meilleurs mobiles possible pour les meurtres de Takahashi et de Braithwaite ? Clara de la Cruz opère sous un faux nom et elle a des liens avec le crime organisé. Elle est liée à la plus grande fraude de l'histoire et elle s'apprête à quitter le pays avec des milliards d'argent volé. Quel meilleur mobile pourriez-vous trouver ?

— Bien. Je vais vérifier.

— Je vais vous envoyer mes notes.

— Ce n'est pas nécessaire.

— Vous me direz ?

— Katerina, je ne peux pas discuter des aspects de l'enquête avec vous.

— Je voulais dire, vous me direz si je suis toujours suspecte ou non.

— D'accord.

Clic. Platt avait raccroché.

Kat était furieuse.

Il était évident que Platt n'allait pas la tenir au courant. Pouvait-elle compter sur lui pour poursuivre Clara ? Elle en doutait. Elle avait besoin d'un plan d'urgence. Mais lequel ? La commission des valeurs mobilières aurait besoin d'au moins un jour ou deux pour obtenir une ordonnance du tribunal et geler les fonds. Et cela pour une banque canadienne, alors que l'argent était maintenant hors du Canada. Il n'y avait pas de recours juridique effectif, autre qu'une action en justice qui prendrait des années, bien après que Clara ait disparu avec l'argent.

Kat regarda l'heure sur l'horloge à coucou allemande au-dessus de la table de cuisine de Verna. Il était treize heures vingt. L'après-midi était ensoleillé, un phénomène rare pour Vancouver en hiver. Le temps correspondait à son humeur.

Elle avait triomphé à la fois de Nick et de Clara. Ils pouvaient l'appeler par tous les noms et remettre en question ses capacités, mais cela ne changeait pas le fait qu'elle était après eux.

Elle regarda par la fenêtre de la cuisine tout en réfléchissant à la phase suivante. Un écureuil sautait d'arbre en arbre, évitant de justesse une catastrophe quand une branche ploya sous son poids. Il se balança la tête en bas une fraction de seconde, puis descendit le long du tronc en se précipitant. Il traversa la cour en courant, puis s'arrêta soudain.

Kat n'en croyait pas ses yeux : penchée près du jardin potager, directement en face de l'écureuil, se tenait une femme en imperméable rouge et portant des gants. Elle se releva lentement, quelques feuilles dans la main droite.

Kat bondit de son siège et se précipita en chaussettes sur la véranda arrière.

— Verna ?

La femme ne répondit pas. Kat dévala les marches et courut sur la pelouse, l'herbe humide lui trempant les pieds à travers ses chaussettes. Ses pieds faisaient un bruit de ventouse tandis qu'elle s'approchait de la femme.

— Verna Beechy ?

La femme se retourna et lui sourit. Son imperméable était boutonné de travers et elle portait des sandales à bout ouvert au lieu de chaussures.

— C'est moi. Qui êtes-vous ?

— Kat.

— Qui ?

— Kat. La… euh, la gardienne.

De quelle autre façon pouvait-elle se décrire après avoir émergé de la maison de Verna ?

— Vous avez reçu mes notes ?

— Oui. Et j'ai une question à vous poser à ce propos.

Verna sembla ne pas l'entendre.

— Vous resterez ici pendant mon absence ?

— Bien sûr. Quand pensez-vous revenir ?

— Oh, je ne sais pas. Ils viennent de prolonger l'excursion. Je dois retourner au bus, sinon ils vont partir sans moi. On est en Italie cette semaine.

— Alors je ne vais pas vous retenir, reprit Kat. Verna, avez-vous oublié de payer vos impôts ?

— Bien sûr que non. J'ai décidé que j'en avais assez payé au cours des années, je n'en paierai plus. En plus, je suis en vacances. Pourquoi est-ce que je devrais payer des impôts si je ne suis pas là ?

Verna était manifestement un peu perdue.

— Vous vous occuperez de la maison, n'est-ce pas ? demanda Verna.

— Bien sûr. Quel est votre point de rendez-vous ?

— Aux Arches d'Or, au bas de la rue.

Aux Arches d'Or ? Verna vivait-elle là-bas ? Ce foyer de soins de longue durée était à deux pâtés de maisons. Cela pourrait expliquer pourquoi elle avait quitté sa maison de cette façon. Mais n'avait-elle ni famille ni amis ? Comment avait-on pu la laisser perdre sa maison en raison d'impôts non payés ?

— Je peux vous accompagner. Je vais vite aller chercher mes chaussures et je reviens.

— Si vous voulez. Mais dépêchez-vous.

Kat monta les escaliers quatre à quatre et courut vers le couloir de devant. Elle laça ses Adidas et attrapa une veste. Elle ressortit en courant, mais Verna avait disparu.

CHAPITRE 39

Kat commença son jogging dans l'obscurité. Cinq heures du matin, c'était tôt, mais elle avait besoin d'aller faire un tour pour s'éclaircir les idées. Où quelqu'un comme Clara déplacerait-il l'argent ? Suivre les virements depuis le compte d'Opal chez Bancroft Richardson était fastidieux. Elle avait vérifié et exclu des centaines de banques dans le monde entier la veille au soir, et elle en avait encore des dizaines à consulter. Si Clara arrivait à déplacer l'argent de nouveau, il disparaîtrait pour toujours.

Kat courut le long du sentier dans la nuit noire, attentive à ne pas trébucher sur des branches ou des gravillons. C'était comme courir dans la neige, quand vous engagez vos pieds avant de savoir exactement ce qui vous attend. Un faux pas et elle se tordrait la cheville ou pire.

Il n'y avait pas de lampadaires le long du chemin conduisant au fleuve. Elle utiliserait donc sa lampe frontale jusqu'à la rampe de mise à l'eau et le parking côté sud du parc longeant le fleuve. Seuls ses pas et le sifflet d'un train à un kilomètre rompaient le silence.

Sa lampe illumina une clairière à droite du chemin. Elle était jonchée de tas de déchets et de caddies. Elle remarqua trois bosses de couvertures et de cartons sous les arbres, le campement de sans-abri tentant d'échapper à la pluie. Elle n'était donc pas tout à fait seule. Elle accéléra et dépassa la clairière.

L'aube se levait lentement, la lumière grise du matin encadrant le pont de Port Mann. Le parc Maquabeak, sous le pont, était peu connu sinon des plaisanciers, des promeneurs de chiens et des coureurs. C'était l'endroit préféré de Kat pour s'éclaircir les idées.

Et il fit l'affaire aujourd'hui aussi. Une légère brise soufflait de la rivière et les buissons luisaient de la rosée du matin. La réunion des actionnaires continuait de préoccuper Kat. Son discours avait attiré l'attention des personnes présentes, mais Nick et la fiducie familiale de Braithwaite avaient le contrôle des actions. Était-elle parvenue à convaincre Audrey ? Ou la femme la prenait-elle toujours pour une cinglée en recherche d'attention ? C'était difficile à dire. Le vote aurait de toute façon lieu le lendemain.

On allait vendre Liberty sans s'occuper des actionnaires et Kat semblait être la seule à s'en soucier. À moins de pouvoir retrouver la trace de l'argent chez Porter, personne ne la croirait. C'était trop scandaleux d'imaginer que le crime organisé puisse se servir de Liberty pour le trafic de diamants.

Démasquer Clara était une bonne chose, mais sans lien avec l'argent, on ne pouvait l'accuser de rien. Sa suspension en tant que PDG n'allait sans doute pas durer non plus. Nick avait publié un communiqué de presse pour arranger les choses, disant que Susan Sullivan était tout simplement une façon pour Clara d'adopter un nom plus anglicisé et de prendre ses distances par rapport à la notoriété de son père. Kat s'attendait maintenant à ce que Clara s'enfuie, ce qui éliminerait tout risque d'être accusée ou reconnue coupable de fraude. Kat était désormais certaine que Clara était derrière toute l'affaire, y compris les meurtres de Braithwaite et de Takahashi.

Si seulement Kat pouvait déterminer quelles banques possédaient les numéros de compte figurant sur le papier trouvé dans la poubelle de Clara. Comment pourrait-elle réduire la liste des milliers de banques dans le monde entier ?

Kat coupa à travers le parking et se dirigea vers la voie ferrée. Les emplacements de stationnement étaient vides, mise à part une camionnette noire garée tout au bout. Probablement un promeneur de chien matinal, se dit-elle, bien qu'elle n'ait encore croisé personne. Pour aujourd'hui, elle décida de courir le long de la réserve naturelle de Colony Farm qui bordait le parc. Le bourdonnement de la circulation sur l'autoroute s'intensifia quand elle se dirigea vers elle le long de la voie ferrée.

Un autre coureur s'approcha. Il était trapu, pas le typique coureur de fond élancé que Kat rencontrait habituellement sur ces sentiers. La distance se réduisant entre eux, Kat essaya de discerner ses traits, mais il faisait sombre et il portait une capuche. Cela la mit mal à l'aise. Il faisait trop chaud pour courir avec une capuche sur la tête et il ne pleuvait plus.

Il évita son regard en la croisant. À sa respiration lourde, elle doutait qu'il puisse parcourir plus de cent mètres sans avoir besoin de s'arrêter pour reprendre son souffle. C'était un endroit isolé, à deux kilomètres au moins de la route. Elle se demandait pourquoi un coureur en si mauvaise condition physique se trouvait là à une heure aussi matinale.

La camionnette garée qu'elle avait vue devait être la sienne, pensa-t-elle.

Elle envisagea de faire demi-tour, mais changea d'avis. Le parking était tout aussi désert. Si elle continuait à hésiter, elle ne couvrirait jamais le nombre de kilomètres qu'elle avait planifié pour aujourd'hui. Elle décida donc de suivre la voie de chemin de fer, de tourner à l'entrée du jardin communautaire et de revenir par Eagle Trail comme elle l'avait prévu à l'origine.

Soudain, quelqu'un l'attrapa par derrière. L'homme lui passa un bras autour du cou en essayant de l'étrangler et l'autre autour de la taille. Luttant pour respirer, elle avait des haut-le-cœur. Elle sentit le souffle chaud de l'homme sur son cou.

Puis elle se débattit. Elle donna des coups de pied, essayant de frapper son agresseur. Il resserra son étreinte, au point de l'immobiliser complètement.

Stupide. Quelle idée stupide de courir toute seule dans le noir ! Dans combien de temps trouverait-on son corps ? Elle ne referait jamais rien d'aussi bête, se promit-elle, si elle s'en sortait.

— Ferme-la, sale garce, sinon j'te tue !

Il la retourna vers lui. C'était le gars qu'elle venait de croiser.

— Vous voulez de l'argent ? J'en ai pas, mais je peux aller…

— Ferme ta gueule. T'es sourde ou quoi ?

Kat ouvrit la bouche et essaya de crier. Rien ne sortit, sinon un faible son rauque. Personne ne pourrait l'entendre de toute façon, pas même les sans-abri. Il lui enfonça le poing sous le menton, frappant sa veine jugulaire tandis qu'elle luttait pour respirer. Elle le regarda, mémorisant ses traits au cas où elle s'en sortirait vivante. Il lui sourit, montrant ses dents pourries et décolorées qui ressemblaient à des grains de maïs brûlés alignés n'importe comment. Son ravisseur semblait vraiment s'amuser.

— S'il vous plait, lâchez-moi, je vous promets de ne pas…

Il lui donna un coup sur le côté de la tête et elle vit trente-six chandelles. Ses jambes s'affaissèrent sous elle et elle tomba à terre. Il la saisit par le cou et lui serra la gorge, arrêtant sa chute. La nausée l'envahit. Elle tituba, tentant de retrouver son équilibre et de relâcher la pression sur son cou. Mais il resserra sa poigne.

Sa seule chance était de s'enfuir en courant. Si elle pouvait se dégager, puis faire quelques mètres. Après cela, elle pourrait peut-être le semer, à condition de démarrer avec une bonne longueur d'avance. Elle le jaugea. Grand et trapu, il était bâti comme un linebacker prenant des stéroïdes. Il faisait au moins cent quinze kilos, et dix centimètres de plus qu'elle. Elle devait le prendre par surprise et s'enfuir avant qu'il ne réagisse.

Il avait enlevé sa capuche et elle voyait mieux ses traits. C'était le gars qui était entré dans son bureau par effraction, l'accro à la meth. Sauf que maintenant, il portait des vêtements haut de gamme, avec son survêtement Reebok. Il la dévisageait de ses yeux verts, sauvages. Elle eut le sentiment qu'il n'était sous aucune obligation de la garder en un seul morceau.

L'effraction de son bureau n'avait donc pas été le fait du hasard. C'était clairement lié à Liberty. Toute satisfaction d'avoir raison était éclipsée par le sentiment d'effroi qui l'envahissait. Était-ce ce qui était arrivé à Takahashi et à Braithwaite ? Qu'allait-il faire ensuite ?

Le drogué relâcha momentanément sa prise pour chercher quelque chose dans sa poche. Il en sortit un lien en nylon et lui attacha les poignets ensemble devant elle.

— Tout ce que vous voulez, je vous paierai. Mais laissez-moi partir. Je vous donnerai plus que celui qui vous a embauché. Et j'en parlerai à personne. Je vous le promets. S'il vous plaît, laissez-moi…

— Qu'est-ce que je vous ai dit ?

— De pas parler ?

— C'est ça. Alors ferme-la, sinon tu vas le regretter.

Kat fit un mouvement vers la droite et bondit en avant, agitant les bras pour échapper à l'homme. Mais il l'attrapa sur le côté par sa chemise. Elle se précipita en avant. Elle s'était dégagée de son étreinte. Puis il la ressaisit, la poussa par terre et lui fourra le visage dans le sol boueux.

La dernière chose qu'elle sentit fut un coup sur le derrière de la tête. Puis plus rien.

CHAPITRE 40

Kat se réveilla avec un mal de tête atroce. Allongée trop longtemps sur le carrelage, son dos était douloureux et elle avait froid. Elle essaya de bouger les bras, mais s'arrêta quand le lien en nylon lui pénétra davantage dans les poignets. La scène lui revint à l'esprit : l'accro sur le sentier. Elle se promit de ne plus jamais courir seule.

Elle se trouvait dans un bâtiment humide mais non chauffé. L'obscurité l'enveloppait et elle frissonnait dans son survêtement encore mouillé. Elle gisait silencieuse, à l'écoute de tout signe de vie, mais aucun bruit ne lui parvint. Elle semblait être seule.

Après quelques tentatives, elle réussit à manœuvrer ses bras devant elle pour se mettre en position assise. Elle fit un inventaire rapide : à part le lien autour des poignets, elle pouvait se déplacer librement. Elle ramena les genoux sous elle et se mit debout. Elle crut alors sentir le sol bouger sous ses pieds. Elle s'arrêta un instant, cela ne se reproduisit pas. Elle avait peut-être le vertige à cause du coup reçu à la tête, se dit-elle en passant le doigt sur sa bosse.

Elle reprit son équilibre, puis décrivit lentement un arc autour d'elle avec ses bras, pour découvrir ce qui l'entourait. À hauteur de hanche, elle sentit un comptoir. Elle passa la main le long de la surface supérieure et trouva deux éviers. De l'autre côté, ses bras se heurtèrent à une porte battante. Elle était dans une salle de bain.

Elle suivit des doigts le bord du comptoir jusqu'au mur. Elle appuya sur un interrupteur, mais rien ne se produisit. Elle étendit son doigt pour appuyer sur la lumière de sa montre. L'attache en nylon la serrait inconfortablement autour de l'os du poignet. Après quelques essais, la montre émit une faible lumière, ce qui lui permit de distinguer la porte. Elle l'entrouvrit tout doucement et regarda à l'extérieur de la pièce.

Elle découvrit les tables et les chaises d'un fast-food, fixées au sol. La lumière du jour filtrait à travers les vitres recouvertes de crasse. L'endroit semblait abandonné.

Elle s'avança lentement dans le restaurant, attentive à ne pas faire de bruit. Elle tourna à l'angle d'un mur et son sang ne fit qu'un tour : juste devant elle se tenait un homme, immobile, le dos tourné. Elle se figea. Elle pourrait retourner en courant dans la salle de bain, mais il l'entendrait probablement. Au lieu, elle s'avança plus près sur la pointe des pieds pour mieux voir.

C'était une statue géante de Ronald McDonald, boulonnée au sol. Elle se maudit pour ne pas avoir reconnu plus tôt l'affreuse tenue jaune et rouge, même vue de derrière. Elle regarda lentement autour de Ronald, balayant le restaurant du regard en quête de tout signe de vie. Il n'y en avait aucun, juste davantage de tables et de chaises poussiéreuses. Elle se glissa dans le coin, attentive au moindre mouvement.

À en juger par les prix bas sur le menu, ils n'avaient pas servi de Big Mac ici depuis très longtemps. L'écriteau disait que les sourires étaient gratuits, mais il n'y avait personne derrière le comptoir pour en offrir. Elle eut une fois de plus l'étrange sensation que le sol bougeait sous ses pieds, mais juste un instant.

Elle sursauta en entendant un homme tousser. L'accro devait être là. Elle se dirigea soigneusement vers le bruit, avançant le plus silencieusement possible dans ses Adidas trempées. Elle regarda à l'angle d'un mur et aperçut une forme sombre assise sur une chaise à une table éloignée.

C'était la dernière personne qu'elle s'attendait à voir dans un endroit comme celui-ci.

CHAPITRE 41

— *K*at ? C'est vous ? demanda-t-il sur un ton étrangement conciliant, bien plus aimable que d'habitude.

Pourquoi faisait-elle toujours ces rencontres bizarres ? D'abord le drogué et maintenant Nick Racine. En s'approchant de lui, elle constata que ses bras étaient attachés derrière son dos à la chaise, ainsi que ses jambes. Elle avait au moins la chance de pouvoir marcher librement.

Nick portait une barbe d'un jour et son costume était froissé.

— Nick ? Qu'est-ce que vous foutez là ? Qu'est-ce qui se passe ?

— Je ne sais pas. Quelque chose à voir avec Susan.

— Vous voulez dire Clara.

— Ouais, Susan, Clara, peu importe. Bon, vous aviez raison, d'accord ?

— Faites pas l'innocent avec moi. Vous êtes aussi dans le coup. J'ai pas encore compris comment, mais il est évident que Clara vous manipule.

— Kat, réfléchissez. Est-ce que je serais coincé là si c'était le cas ? rétorqua Nick, déplaçant légèrement son poids, mal à l'aise sur le siège en plastique dur.

Kat se demanda s'il avait jamais mis les pieds dans un McDonald avant.

— Clara ne serait même pas à Liberty sans votre intervention. Vous n'avez pas pris la peine de vérifier ses antécédents avant de l'embaucher ?

— Gardons cette discussion pour plus tard et concentrons-nous sur les moyens de sortir de là. Ils vont revenir nous chercher. Bientôt, ajouta Nick sur son ton arrogant habituel. Allez dans la cuisine chercher un couteau pour couper mes liens.

— Sûrement pas. Pas avant que vous ne m'ayez dit la vérité.

Même dans la lumière diffuse pénétrant par les fenêtres sales, elle le vit rougir de colère. Elle ne cèderait pas. Nick ne serait pas aussi coopératif dans une position moins compromettante. Elle se retourna pour s'éloigner.

— Bon, d'accord ! Comme vous voudrez. Mais j'espère que vous n'allez pas nous faire tuer.

— Alors, Nick, pourquoi êtes-vous ici ? Vous avez essayé de virer Clara de Liberty ? Pour garder tout le butin pour vous-même ?

Kat chercha dans le comptoir des condiments, mais ne trouva rien d'autre que des pailles et quelques paquets de ketchup.

— J'ai remis en question l'offre d'achat de Porter. Le montant était trop bas. Je voulais juste obtenir un prix équitable pour les actionnaires. Normalement, cela implique de comparer avec d'autres offres.

Nick n'était pas vraiment altruiste, étant donné qu'il était l'actionnaire majoritaire. Il poursuivit :

— Clara n'a pas apprécié. C'est alors que j'ai découvert qui elle était vraiment.

— Allez, Nick. Vous saviez qui elle était quand vous l'avez embauchée. Je ne suis pas aussi stupide que vous le croyez.

Quelque chose a mal tourné et vous avez essayé de vous défiler, n'est-ce pas ? Qu'est-ce qui s'est passé ?

Kat cherchait quelque chose d'assez tranchant pour couper les liens de ses poignets. Tout était-il donc en plastique dans ce lieu ?

— Bon, je devais de l'argent. Des dettes de jeu, et des voyous étaient après moi. Le père de Clara m'a prêté l'argent, et en retour il voulait qu'une de ses employés vienne pour un temps travailler à Liberty pour en apprendre davantage sur l'industrie du diamant.

Kat étouffa un rire. Nick était-il sérieux ? Un programme de mentorat criminel ? Il était encore plus incompétent qu'elle ne l'avait pensé initialement. Le père de Nick lui avait laissé une fortune, d'après la vérification de ses antécédents faite par Jace. Pourquoi avait-il besoin d'un prêt avec son salaire chez Liberty et son héritage ?

— Si je comprends bien, vous avez emprunté à un usurier et quand c'est devenu trop épineux, vous avez fait appel à un mafieux pour venir à votre rescousse ? De combien d'argent est-ce qu'on parle, Nick ?

— Juste quelques millions. Et la condition était que son employée reste jusqu'à ce que je le rembourse.

Nick bougea sur sa chaise, visiblement mal à l'aise. Kat se demanda depuis combien de temps il était là.

— Et je devine que vous ne l'avez pas remboursé.

— Non. Je comptais le faire, mais il m'a donné plus d'argent. J'ai décidé d'acheter plus d'actions sur marge avec l'argent restant. Le cours de l'action avait chuté et c'était l'occasion de gagner le double rapidement. Du moins, c'est ce que je pensais. Mais les actions ont chuté encore plus bas et je n'ai pas réussi à trouver assez d'argent pour le dépôt de l'appel de marge. Tout mon argent était verrouillé.

— Vous faites du day-trading avec votre propre entreprise ?

Nick était tombé encore plus bas. Le président de Liberty manipulait les actions.

— Hé ! n'appelez pas ça du day-trading. Mon plan était de

conserver mes actions pendant quelques mois. C'était l'occasion de récupérer ce que j'avais perdu et de me remettre sur les rails. Une fois le cours des actions remonté, je les aurais vendues et j'aurais remboursé l'argent. Le problème, c'est que le prix des actions n'a jamais augmenté. Quand j'ai vu l'appel de marge, je devais soit couvrir, soit vendre. Je n'avais pas d'argent pour couvrir, alors j'ai vendu. Ça a verrouillé mes pertes et donc je n'avais pas les moyens de rembourser le prêt.

— On dirait que votre mentorée vous a roulé.

Y avait-il quelqu'un à Liberty qui ne manipulait pas les actions ?

— Ouais, je suppose, si votre théorie est vraie et que Clara vendait les actions de Liberty à découvert.

— Ce n'est pas une théorie, Nick. C'est un fait.

Allait-il oui ou non lui accorder du crédit ?

— De toute façon, je pensais qu'une bonne histoire de rachat pourrait faire remonter les actions, alors j'ai soumis l'idée à Ortega. Le problème est qu'il est allé jusqu'au bout avec mon plan. J'ai jamais eu l'intention de vendre Liberty. C'était juste un moyen d'augmenter sa valeur.

— C'est pas illégal de faire ça ?

Nick, un initié, avait fait du pump and dump, un délit de fausse information et de manipulation.

— Ils m'ont roulé. Ils ont manipulé les actions pour que je perde mon argent. Et avec mes actions en garantie, je vais les perdre si je ne rembourse pas le prêt, conclut Nick, le dos voûté en signe de défaite.

— C'est qui « ils » ? Clara ?

— Non, pas directement. Son père. Il a dit que la garantie était juste une formalité. À l'époque, j'ignorais qu'il avait l'intention de voler l'entreprise avec une offre de rachat si ridiculement basse.

— Nick, à quoi vous attendiez-vous ? Vous avez affaire à de grands criminels ici.

Était-il vraiment stupide ? Ou faisait-il l'imbécile ? Il devait être au courant tout du long pour Clara.

— Vous ne voyez pas, Kat ? La réunion des actionnaires a lieu demain. Si je n'y suis pas, je ne peux pas voter. Et à moins de nommer un mandataire, Clara, en tant que PDG, peut se servir de mes voix comme elle le veut.

— C'est vrai. Mais vous avez embauché Clara. Il y a quelque chose qui cloche dans votre histoire. Vous me cachez quelque chose.

— Gardons cette discussion pour une autre fois et concentrons-nous sur un moyen de nous échapper. On peut s'entraider. Il faut juste qu'on trouve quelque chose pour couper nos liens.

— On ? Moi, vous voulez dire, vu que je suis la seule pouvant me déplacer pour le moment. Et je ne bougerai pas tant que vous ne me direz pas la vérité. Pourquoi devrais-je vous aider ?

Le bruit d'un moteur à l'extérieur du restaurant couvrit la réponse de Nick. Kat se retourna et repartit en courant vers la salle de bain. Elle venait juste d'atteindre le comptoir quand elle entendit une chaîne cogner contre la porte d'entrée barricadée. Puis la porte s'ouvrit soudain.

CHAPITRE 42

L'accro entra en trombe dans le restaurant. Cette fois, il n'était pas seul. Le suivait un autre voyou, plus petit et plus trapu, au front dégarni et avec une queue de cheval. Les deux portaient une veste en cuir noir et un jeans sale. Une odeur de tabac froid flotta vers Kat, assise par terre devant le comptoir.

— Il est où, Gus ?

— Ah, bordel, Mitch ! Qu'est-ce que je viens de te dire ? M'appelle pas par mon nom.

— OK, patron. Mais vous venez aussi de m'appeler par le mien. On est quittes.

Le drogué s'appelait donc Gus. Et il avait apparemment des subordonnés.

— Peu importe. Ferme juste ta gueule, rétorqua Gus en lançant un regard noir à Mitch.

Ils passèrent devant le comptoir en ignorant complètement Kat. Ils se dirigèrent vers le coin où Nick était attaché. La lumière de l'après-midi baissait rapidement. Mitch alluma une lampe de poche et la pointa en direction de Nick. Dans le faisceau lumineux, quelque chose attira l'attention de Kat. Quelque chose en acier dans la main de Gus.

— Faut toujours que je m'occupe de ce type, c'est ça, patron ?

— Ouais. Et fais vite, OK ? Pas comme la dernière fois. Pas de fantaisie.

Gus faisait-il référence à Takahashi ? Allaient-ils tuer Nick ? Pour qui travaillaient-ils ? Ces questions traversaient l'esprit de Kat, tandis qu'elle tendait l'oreille à l'angle du mur pour entendre leur conversation.

— Ça me va.

— Ah, Dieu merci, vous êtes revenus à la raison. Détachez d'abord mes mains. Il faut que je…

— Connard ! Ferme ta gueule, j't'ai dit.

— Aïe ! Hé, vous me faites mal !

Kat resta par terre, mais elle se rapprocha tout doucement pour regarder à l'angle. Gus était devant Nick, bloquant la vue à Kat. Il avait une arme dans la main droite, pointée sur Nick. Ce que Mitch lui faisait était douloureux, à en juger par ses cris.

La porte d'entrée s'ouvrit brusquement. Le cœur de Kat se mit à battre d'appréhension et elle jeta un coup d'œil derrière elle. Puis elle se détendit. Cindy apparut comme par enchantement.

— Quel soulagement ! T'as aucune idée…

Cindy interrompit Kat en lui donnant un coup de pied dans le derrière. Kat poussa un gémissement et se recroquevilla par terre sous la douleur qui lui envahit le dos.

— Ferme-la, garce !

Des spasmes de douleur lui parcoururent la colonne vertébrale et elle lutta pour garder le silence. Les larmes coulèrent le long de ses joues et elle suffoqua. C'était comme si le coup de pied de Cindy lui avait brisé le dos en deux. Elle gémit involontairement en essayant de s'éloigner.

— Ferme-la, j'ai dit !

Kat, gisant à terre, resta bouche bée. Cindy la dominait de toute sa hauteur, habillée tout en cuir, de sa veste à ses talons aiguilles qui lui avaient fait si mal. Elle tira sur sa cigarette et inspira profondément.

— T'écoutes pas très bien. Tu veux finir comme Nick ? lança-t-elle à Kat d'une voix rageuse.

Cindy n'attendit pas la réponse de Kat. Elle tapota sa cigarette, laissant tomber les cendres sur le visage de Kat.

Kat éternua en inhalant les cendres.

— Tiens-toi tranquille, garce. Compris ?

— Ou… oui.

Cindy n'allait pas la sauver. Elle avait plutôt l'intention de la tuer. Elle était l'une d'entre eux, une flic corrompue. Clara l'avait-elle soudoyée ? Tout s'expliquait maintenant. Voilà pourquoi ils avaient toujours une longueur d'avance sur elle, comment Gus avait su où elle irait courir ce jour-là. Tout, même jusqu'à Platt qui la considérait comme suspecte dans le meurtre de Takahashi.

— Allons-y les gars.

Cindy fit tomber sa cigarette sur la cuisse de Kat qui sentit la brûlure à travers ses collants de course fondant contre sa jambe. Cindy écrasa le mégot avec sa botte.

Mitch poussa Nick dehors, trébuchant et recevant des coups dans le dos. Ils lui avaient rattaché les mains derrière le dos, mais ses jambes étaient maintenant libres. Gus suivit Mitch. Les deux semblaient obéir aux ordres de Cindy.

— Bon. Maintenant ferme-la et reste dans le coin comme on t'a dit. On reviendra te chercher plus tard.

Cindy s'éloigna d'un pas lourd. Gus et Mitch la suivirent et claquèrent la porte derrière eux. Pendant qu'ils remettaient la chaîne à la porte, Kat perçut des cris sourds, suivis de peu de deux coups de feu juste à l'extérieur. Puis le moteur redémarra. Il tourna au ralenti pendant une demi-heure avant de s'éloigner finalement. Elle resta allongée par terre là où Cindy l'avait laissée, ayant toujours peur de bouger. Elle tendit l'oreille, mais n'entendit rien d'autre, ni cri ni hurlement. Tout était silencieux.

La panique de Kat s'était transformée en épouvante face à l'inévitable. Ils avaient tué Nick. C'était juste une question de temps avant qu'ils ne reviennent pour l'éliminer à son tour.

245

La lumière matinale finit par pénétrer assez à travers les fenêtres sales pour que Kat puisse voir autour d'elle. Elle fouilla de nouveau dans la cuisine, ouvrant placards et tiroirs, espérant trouver quelque chose qu'elle aurait manqué la veille. Mais les placards étaient bien vides. Il n'y avait rien pour couper le lien de son poignet, même pas un couteau en plastique.

Le vote des actionnaires avait lieu aujourd'hui. Son sursis de deux jours n'avait rien changé. Cindy s'en était assurée en la retenant piégée ici. La seule différence étant que la direction voterait au lieu de Nick. Et ce serait en la personne de Clara, puisque sa suspension prendrait fin si Kat ne fournissait pas les preuves de sa fraude.

Kat regarda sa montre et se sentit abattue. Il était déjà huit heures du matin. Cindy et ses lascars allaient bientôt revenir. Elle se laissa tomber contre le réfrigérateur, découragée. Elle examina la pièce. Son regard s'arrêta sur le comptoir en face d'elle. Elle n'avait pas remarqué la boîte de film alimentaire plus tôt. Elle pourrait peut-être couper ses liens avec le bord en dents de scie.

Elle coinça la boîte contre son ventre pour l'immobiliser et passa ses poignets le long du rebord dentelé. Après une minute, ses efforts furent récompensés : la lame fit une légère indentation dans le lien, dont le plastique se réduisit lentement en poudre.

Elle accéléra et la rainure s'approfondit. Dans sa hâte, sa main dérapa. Le bord métallique trancha son bracelet de montre, puis lui entama la peau.

— Aïe ! hurla-t-elle de douleur, comme si elle avait ressenti des centaines de coupures de papier en même temps.

Elle sursauta et sa montre tomba par terre. Le bracelet en loques devint rapidement rouge, imbibé de sang. Son cri résonna dans la cuisine vide. Mais l'attache en plastique n'était maintenant retenue que par un fil.

Kat prit une profonde inspiration, luttant contre la nausée. Elle tordit ses poignets, puis les éloigna en un mouvement rapide. Le lien se brisa et un sentiment de soulagement la submergea.

Le sang gouttait le long de son bras. S'était-elle sectionné quelque chose ? La panique l'envahit. Pourquoi n'avait-elle pas été plus attentive en classe de secourisme ? Elle devait faire un bandage, mais avec quoi ?

Kat trouva une pile de serviettes dans un placard et en saisit une poignée, les appuyant contre son bras pour stopper le saignement. Les serviettes devinrent vite cramoisies. Elle regarda avec une fascination morbide. Elle laissa tomber les serviettes trempées et pressa une seconde pile contre la plaie. Cette fois, le saignement ralentit. Elle chercha dans la cuisine quelque chose pour maintenir les serviettes en place ou pour les attacher à son poignet. N'était-ce pas ironique ? Elle jeta un coup d'œil au film alimentaire. Cela ferait l'affaire. Elle en tira un morceau de soixante centimètres, l'enroula soigneusement autour de son poignet et des serviettes et le noua.

Elle sortit de la cuisine en courant, en appuyant toujours sur son bras pour arrêter le saignement. Chaque minute écoulée la rapprochait du moment où Cindy et ses voyous reviendraient pour la tuer.

Elle poussa la porte de la cuisine et se dirigea vers l'avant du restaurant. Elle essaya la porte d'entrée, mais Cindy avait dû remettre la chaîne en place après son départ. Kat devait trouver un autre moyen de sortir. Il y avait une fenêtre à droite de la porte. Elle chercha quelque chose pour la briser et repéra un distributeur de serviettes en métal sur l'une des tables. Elle le jeta de toutes ses forces contre la fenêtre. Il rebondit et atterrit par terre, après avoir créé une très petite fissure. Elle le lança de manière répétée, visant la fissure.

Après une demi-douzaine de tentatives, le verre finit par se casser. Elle pourrait passer par la fenêtre, mais elle devait d'abord retirer le verre brisé. Comment pouvait-il y avoir tant de dangers dans un restaurant fait presque entièrement de plastique ? Il lui fallait une sorte de brosse, mais elle ne se souvenait pas en avoir vu une ou tout autre outil en fouillant dans la cuisine. Mais elle eut une idée et retira une de ses baskets.

S'en servant comme d'un gant, elle élimina rapidement les morceaux de verre encore accrochés au châssis de la fenêtre et regarda dehors.

N'ayant aucune idée préconçue, elle reçut néanmoins un choc en découvrant le spectacle qui s'offrait à ses yeux.

Le vent lui fouetta le visage, plaquant ses cheveux devant ses yeux et lui coupant le souffle. Elle s'agrippa au châssis de la fenêtre et se pencha aussi loin qu'elle put. Au lieu de bitume et de ciment, elle ne vit que de l'eau. Elle écumait en dessous de la fenêtre. Le restaurant était sur une péniche flottante, dans ce qui devait être la baie Burrard, à en juger par la proximité des montagnes North Shore, légèrement à sa gauche. Cela expliquait l'étrange sensation de mouvement sous ses pieds.

À sa droite se trouvait la terre la plus proche, un affleurement rocheux du littoral, très boisé et ne montrant aucun signe d'activité. Il était au moins à huit cent mètres, trop loin pour l'atteindre à la nage. Directement en face d'elle, il n'y avait que de l'eau. Elle devait être à huit kilomètres à l'est de Vancouver. Diable, que faisait un restaurant flottant dans la baie Burrard ?

Sous la porte à sa gauche se trouvait un petit pont entouré d'un garde-corps à hauteur de hanche, mais la balustrade ne s'étendait pas jusqu'à la fenêtre. Pour s'échapper, elle devait passer par la fenêtre, s'agripper à la rambarde et se hisser sur le pont. Un sentiment d'effroi l'envahit. Et si elle ratait son coup ?

En remettant sa chaussure, elle tendit l'oreille à l'écoute d'autres bateaux. Rien, sinon le clapotis de l'eau. Il y avait des vitres sur les quatre côtés, mais elles étaient beaucoup trop crasseuses pour voir à travers. Elle envisagea de briser une fenêtre sur le côté opposé. Il y avait peut-être un autre pont, d'où on pourrait la voir et venir la sauver. Une deuxième fenêtre ouverte signifiait cependant plus de vent froid à l'intérieur de la péniche.

Elle rejeta aussitôt cette pensée : avoir froid était mieux que d'attendre de se faire tuer. Cindy et son gang allaient revenir s'occuper d'elle après s'être débarrassés du corps de Nick. La vérité la percuta comme un boulet dans l'estomac. Comment sa meilleure amie avait-elle pu la trahir ainsi ?

Ce n'était pas le moment de s'apitoyer sur son sort. Elle se dirigea vers l'autre côté et, toujours à l'aide du distributeur de serviettes, elle brisa une deuxième fenêtre. Celle-ci céda à son premier essai, laissant un petit trou sur lequel elle frappa à répétition. Soudain, elle entendit des gens parler à voix basse. Elle se pencha par la fenêtre et aperçut deux kayakistes au loin.

— Hé !

Les kayakistes continuèrent de bavarder, pas conscients de ses cris.

— À l'aide !

Les deux kayaks se réduisirent à de petits points à la surface de l'eau. Elle les perdrait bientôt de vue. Elle ne pouvait déjà plus les entendre. Elle hurla dix minutes de plus, espérant que quelqu'un d'autre se trouvait à proximité. Pas de réponse.

Personne ne la verrait si elle restait à l'intérieur du bateau. Elle devait sortir. Il n'y avait pas non plus de pont sous cette fenêtre ni à proximité.

Son seul espoir était donc d'atterrir sur la plate-forme située en dessous de la porte. Elle repartit dans cette direction et regarda par la fenêtre. Des souvenirs des classes de gym lui revinrent. Elle n'avait jamais été bonne pour les pompes et les tractions ou pour grimper. Il y avait une bonne chance qu'elle rate son coup. Si elle tombait à l'eau, elle serait dans le pétrin. Mais d'un autre côté, cela pouvait-il être pire que sa situation actuelle ? Elle était finie de toute façon. Au moins, quelqu'un pourrait peut-être la repérer sur le pont.

Le ciel s'obscurcit au-dessus d'elle et le vent se leva, s'engouffrant en rafales dans le restaurant par les fenêtres brisées. Il ferait encore plus froid sur le pont. Elle avait peut-être une heure maximum avant que l'hypothermie se manifeste. Si elle glissait, elle se retrouverait dans l'eau, et personne pour la sauver ou la voir se noyer.

Malgré le froid, elle avait les paumes moites. Elle les essuya sur ses collants de course et prit une profonde inspiration. Elle se mit à califourchon sur le châssis de la fenêtre et se stabilisa contre le balancement régulier du bateau. Elle tendit le bras en avant pour mesurer la distance. Le garde-corps était environ à trente centimètres hors de sa portée. La seule façon de s'y agripper était de sauter tout en tendant la main dans la direction de la rambarde. Puis elle devrait saisir la balustrade de la fenêtre et se hisser sur le pont. Si elle ratait son coup, elle tomberait à l'eau. Mais la barrière n'était qu'à trente centimètres. Elle pourrait sûrement s'y accrocher.

Aurait-elle assez de force pour se hisser ?

Elle frissonna en se préparant. Une autre respiration profonde et elle sauta de la fenêtre, essayant d'avoir assez d'élan pour se propulser vers la balustrade. Elle tendit les doigts vers elle.

Mais elle ne tenait rien. Au lieu de la rampe, il n'y avait que de l'air. Elle essaya frénétiquement de s'accrocher à quelque chose, tout en se sentant tomber.

CHAPITRE 44

Ses doigts se refermèrent sur le métal froid et humide criblé de petits trous à cause de l'air marin. Ses bras semblèrent se disloquer sous le choc quand son corps se plaqua contre la balustrade. Une vague de soulagement l'envahit et elle reprit son souffle : elle avait manqué la barre supérieure et les deux en dessous, mais avait réussi à saisir la barre inférieure. Elle s'y accrochait, les yeux au ras du pont.

Le bateau dansait sur l'eau agitée qui lui arrivait au niveau des chevilles. Elle devait se hisser sur le pont. Elle essaya de lever sa jambe droite et appuya la semelle de sa chaussure contre le côté du bateau, se souvenant de sa seule tentative d'escalade deux ans plus tôt. Elle savait qu'elle devait se servir de ses jambes, pas de ses bras.

Elle tendit la main vers la barre supérieure et poussa avec sa jambe, puis répéta le même mouvement de sa jambe gauche. Elle était maintenant complètement hors de l'eau et avait une meilleure prise sur le garde-corps.

Sa confiance lui revint et elle grimpa jusqu'à ce que ses mains atteignent la barre la plus haute. L'espace vide en dessous était assez large pour qu'elle puisse y passer les pieds, puis tout le corps. Elle s'effondra comme une masse sur le pont, fière de sa réussite.

En regardant la fenêtre, elle se rendit compte qu'il lui serait impossible de retourner dans l'embarcation. Il n'y avait pas de poignées à l'extérieur de la péniche. Elle était coincée sur le pont, sans aucun moyen de se remettre à l'abri dans le restaurant. Les pieds mouillés, elle avait probablement une demi-heure, au mieux, avant que l'hypothermie ne se manifeste.

Elle parcourut l'horizon du regard. Comme avant. Pas d'autre bateau en vue et rien sur le rivage. Elle s'appuya contre la porte, essayant de protéger au maximum son corps contre le froid. Elle claquait déjà des dents. Et elle avait faim.

Le bruit d'un moteur interrompit ses pensées. Elle se redressa, le cœur battant plus vite. Et si c'était Cindy ou ses voyous ? Apparemment non, du moins d'après le bruit du moteur. C'était un remorqueur, beaucoup plus bruyant que ce qu'elle avait entendu la nuit dernière. Des vapeurs de diesel flottèrent vers elle. Elle se mit debout et cria :

— À l'aide !

Le remorqueur poursuivit son chemin, tournant vers le rivage.

Elle agita furieusement les bras tout en continuant de crier :

— Hé, par ici ! À l'aide !

Le remorqueur ralentit et s'arrêta un instant avant de tourner. Son sang ne fit qu'un tour quand elle réalisa que le gars l'avait repérée. Le bateau tourna et vint se placer le long de la péniche. Un rougeaud portant un gilet de sécurité jaune émergea de la timonerie et la regarda avec méfiance.

— Hé, la belle, qu'est-ce que vous foutez là ?

— On m'a kidnappée. Est-ce que vous pouvez me sortir de ce truc ?

— Kidnappée ? répéta-t-il, l'air sceptique. Je vais appeler les flics. Ils vont venir vous chercher.

Il fouilla dans sa poche et en sortit un téléphone.

— Non ! Vous pouvez pas les appeler. Du moins, pas tout de suite. Sinon, ils sauront où je suis.

— C'est pas ce que vous voulez si on vous a kidnappée ? Y a quelqu'un d'autre là-dedans ? demanda-t-il après une quinte de toux de fumeur.

Il faisait davantage preuve de méfiance que de sympathie.

Kat réalisa à quoi elle devait ressembler, sale, échevelée, ses collants de course recouverts de brûlures de cigarette.

— Non. Ils ont tué un homme et ils ont dit qu'ils allaient revenir pour moi. Est-ce qu'on peut partir de là ?

— À condition d'appeler d'abord les flics. Ils seront au moins en route si vos ravisseurs reviennent, rétorqua-t-il, en insistant sur le mot « ravisseurs », comme s'il ne la croyait toujours pas.

— Non, ils viendront pas. Sortez-moi de ce bateau tout de suite. S'il vous plaît !

Il lui jeta un regard dubitatif.

— Je vous comprends pas. Si vous étiez réglo, vous voudriez que j'appelle la police.

— Je sais que ça paraît bizarre, mais j'ai une bonne raison. Plus on perd de temps à causer, plus c'est dangereux. Je vous expliquerai dès que vous me sortirez de là. Est-ce que ça fait pas partie du code d'honneur des gens de mer ou quelque chose comme ça ? Est-ce que c'est pas de votre devoir de me sauver ?

Il la dévisagea des pieds à la tête, la jaugeant apparemment pour estimer combien d'ennuis elle pourrait lui créer. Il conclut finalement qu'elle était inoffensive.

— Bon, je vous prends. Mais vous allez devoir sauter.

Le remorqueur était à environ trois mètres en contrebas de la péniche. Et ce n'était pas le pire : il y avait une distance d'un mètre entre le remorqueur et la prison flottante de Kat. Pas un saut difficile en soi, mais l'air froid et le manque de nourriture avaient sapé son énergie. Si elle ratait son coup, elle tomberait dans l'eau glaciale entre le remorqueur et la péniche.

— Vous êtes prête ? Tenez, attrapez ça ! lui dit-il en lui lançant une corde.

— Pourquoi j'ai besoin d'une corde ?

— Au cas où vous rateriez votre coup, je pourrais vous repêcher.

Mais elle réussit à atterrir sur le pont. Ses genoux absorbèrent l'impact avec une secousse. Ses cartilages craquèrent de douleur, mais après une minute la souffrance diminua. Elle s'allongea sur son côté et resta immobile, à bout. Elle s'était finalement évadée de ce foutu bateau.

Le pilote du remorqueur l'empoigna de ses grosses paluches et la remit debout.

— J'm'appelle Rory. Entrez par la porte là-bas, dit-il en pointant du doigt vers la timonerie. Y a une couverture à l'intérieur. Je vous rejoins dans une minute.

Kat obtempéra et alla se réchauffer dans la cabine, s'enveloppant d'une couverture de laine moisie. Elle frissonna en jetant un coup d'œil au restaurant flottant. C'était une épave en verre et en acier des années quatre-vingt, flottant sur une plate-forme surélevée à environ quatre mètres cinquante au-dessus du niveau de l'eau. Son extérieur en acier jadis blanc était très rouillé et il gîtait sur l'eau.

Rory entra dans la cabine, s'activant aux commandes et accélérant.

— Je vais vous emmener à la marina. Mais d'abord, vous allez vous expliquer. Qu'est-ce que vous foutiez sur le McBarge ?

— Le McBarge ?

Il fronça les sourcils en étudiant son visage.

— Vous savez pas ?

— Quoi ?

— C'est un ancien restaurant McDonald. Vous êtes d'ici ?

Kat fit oui de la tête.

— Vous devez vous rappeler alors. L'Expo 86 ?

Les souvenirs de l'Exposition universelle de Vancouver

revinrent à l'esprit de Kat. Harry et Elsie avaient saisi toutes les occasions pour l'y emmener durant l'été 1986. Elle avait mangé à plusieurs reprises au McDonald flottant. À l'époque, elle ne se souciait que de la nourriture, pas du décor. Elle ne l'avait donc pas reconnu. Elle fixa des yeux l'épave rouillée flottant sur l'eau, stupéfaite qu'elle ait été là tout ce temps.

— Je crois m'en souvenir un peu. J'avais aucune idée qu'il était toujours là après tant d'années.

— Il était pas censé. McDonald voulait le garder, mais la ville s'y opposait. À chaque fois qu'ils trouvaient un nouvel emplacement, la commission de zonage refusait de leur donner l'approbation.

— Alors ils ont installé le McBarge ici ?

— Ça devait être temporaire. Les mois et les années se sont écoulés, et comme McDonald ne recevait toujours pas d'approbation, ils en ont eu marre et l'ont abandonné. Il flotte ici depuis, comme un Happy Meal pas fini. Mais vous m'avez toujours pas expliqué ! Pourquoi est-ce qu'on peut pas appeler les flics ?

Kat lui résuma brièvement ce qui était arrivé, en commençant par son jogging de la veille. Elle omit les détails concernant Liberty, disant seulement qu'elle avait été témoin d'un crime. Et que quelqu'un avait soudoyé un flic corrompu, qui avait déjà tué l'autre victime kidnappée.

Rory semblait maintenant plus compatissant.

— Ah, je comprends maintenant. Les flics corrompus sont les pires. C'est leur parole contre la vôtre. Mais il doit bien y avoir quelqu'un à qui vous pouvez faire confiance, non ?

Kat fit non de la tête. Après la trahison de Cindy, elle ne pouvait plus compter que sur une seule personne : elle-même.

CHAPITRE 45

— Qu'est-ce qui vous est arrivé ? Vous êtes dans un sacré état ! s'exclama Platt, l'examinant de ses yeux bleus.

Il lui lança un regard glacial comme il suivait l'allée à la moquette usée pour rejoindre sa table, la dernière de la rangée, près de la fenêtre. Les vitres du restaurant de la marina donnaient sur l'eau, mais elles étaient embuées, ce qui créait une douce lueur tamisée.

Le costume indigo de Platt et ses chaussures en cuir de chevreau détonnaient tout autant que le look grunge et punk de Kat dans le restaurant Maggie's Surf n'Turf. Depuis presque une heure, les habitués avaient jeté des coups d'œil furtifs dans sa direction et commenté à mi-voix sur ses collants aux brûlures de cigarette et son bandeau au poignet fait de film alimentaire. Ils n'avaient pas vraiment trouvé d'autre sujet de conversation depuis que Rory l'avait déposée là et dit à Maggie de mettre le repas de Kat sur son compte. Kat avala une bouchée d'omelette et reposa sa fourchette.

Maggie s'approcha au même moment que Platt et plaça une tasse de café fumant devant lui avant même qu'il ne s'assoie.

— Ça fait partie de ce que j'ai à vous dire. Il y a eu un autre meurtre.

Elle avala le reste de son café amer et se leva.

— Où est votre voiture ?

— Pas si vite. Vous avez promis de me donner un tuyau sur Takahashi. C'est quoi ?

Platt versa le contenu des deux crémiers dans son café, puis avala une gorgée sans le remuer.

Kat se rassit.

— Je ne peux pas vous le dire ici. Quelqu'un pourrait nous entendre.

C'était un euphémisme. Tout mouvement s'arrêta dans la salle. Quand Kat se mit à parler, les conversations s'interrompirent et le cliquetis des couverts et des plats s'arrêta brusquement.

— Je vous le dirai dans la voiture.

— D'accord, mais donnez-moi une minute, répondit Platt, d'humeur exécrable. C'est mon deuxième trajet aux heures de pointe aujourd'hui. Je voudrais quelques minutes avant le troisième.

La congestion routière de Vancouver empirait de jour en jour. Les encombrements du matin duraient au moins jusqu'à dix heures trente, suivis d'un court intervalle avant de reprendre à l'heure du déjeuner.

— OK, mais chaque minute écoulée pourrait signifier moins de preuves.

Platt se pencha en arrière sur son siège et prit le temps de siroter son café, le faisant tourner dans sa bouche avant de l'avaler. Kat essaya de cacher son dégoût. Tout en lui l'irritait. Mais c'était le seul flic à qui elle pouvait faire confiance pour le moment. Ce n'était définitivement pas l'amour fou entre lui et Cindy, Kat était donc à peu près certaine qu'il n'était pas impliqué dans l'enlèvement.

— Ça a intérêt à valoir le coup, me faire venir jusqu'ici. Je ne suis pas un service de taxi.

Quinze minutes plus tard, Kat informa Platt tandis qu'ils se dirigeaient vers le centre-ville. Son véhicule était banalisé, mais avec son antenne géante, il était évident que c'était une voiture de flic. Elle lui parla du kidnapping, du McBarge et de la mort de Nick, mais omit pour le moment l'implication de Cindy.

— Si c'est vrai, on devrait retourner au McBarge, pas conduire dans la direction opposée.

Platt serrait fermement le volant, le bout de ses doigts blancs sous la pression.

— Pourquoi vous ne m'avez pas dit ça à la marina ? J'aurais aussitôt envoyé quelqu'un sur le bateau.

Il desserra son emprise sur le volant tout en tapant gauchement sur les touches de son téléphone portable.

— Il faut qu'on arrive à la réunion des actionnaires de Liberty avant que le vote ait lieu.

— Le vote pour quoi ? demanda-t-il.

Soit Platt était bouché, soit il faisait exprès de lui taper sur les nerfs. Comment pouvait-il enquêter sur le meurtre de Takahashi et ne pas être au courant de l'offre publique d'achat ?

Il aboya quelque jargon codé à propos du McBarge dans son téléphone, pour sécuriser les lieux.

— Les actionnaires vont voter aujourd'hui sur l'offre publique d'achat de Porter. Porter Holdings est en fait une façade pour le crime organisé, lui expliqua-t-elle tout en l'observant pour voir sa réaction, mais son expression resta impassible.

— Ils veulent le contrôle de Liberty afin de s'en servir pour blanchir des diamants issus du marché noir, poursuivit-elle.

— Ils ont besoin d'acheter une entreprise pour faire ça ?

— Vous verrez quand on arrivera à la réunion. Nick est l'actionnaire majoritaire. Si Nick n'est pas là pour utiliser ses voix, un membre de la direction va s'en servir pour voter par procuration.

Une lumière s'alluma dans les méninges de Platt.

— Ah, un mobile ! Quelqu'un d'autre pourrait voter en faveur du rachat.

Brillant. L'homme avait juste besoin qu'on le mette sur la voie.

— Exactement. Après ça, Liberty appartiendra à Porter. Quand Nick a commencé à poser trop de questions sur le rachat, ils l'ont enlevé.

Ils n'étaient plus qu'à quelques pâtés de maisons de l'hôtel, mais la circulation s'effectuait pare-choc contre pare-choc.

— Pourquoi le vote de Nick est-il si important ? Pourquoi ne pas enlever les autres actionnaires ?

Kat prit une profonde inspiration. N'avait-il donc pas encore fait le lien avec le meurtre de Braithwaite et de Takahashi ? Liberty était le dénominateur commun.

— Nick n'est pas le premier. Je suis surprise que vous ne le sachiez pas, rétorqua-t-elle, une pique à peine déguisée sur sa compétence. Braithwaite était l'autre actionnaire important. Il a été assassiné en premier. À eux deux, ils possédaient assez d'actions pour décider du vote. Et Ken Takahashi travaillait aussi pour Liberty. Ça fait trois meurtres liés à Liberty. Alex Braithwaite, Ken Takahashi et maintenant Nick Racine.

— Il pourrait y avoir une connexion, admit Platt, à contrecœur. Mais pourquoi les tuer ?

Kat retint son envie de le gifler. Avait-il ignoré les informations qu'elle lui avait données quand il l'avait interrogée sur Takahashi ? Elle prit une profonde inspiration et reprit son explication.

— Celui qui veut Liberty souhaite se débarrasser d'eux. Alex Braithwaite et Nick Racine étaient les deux principaux actionnaires. Braithwaite était contre le rachat. Nick était contraint de voter pour, à cause de prêts pour couvrir ses dettes de jeu. Takahashi, en tant que géologue en chef, devait être éliminé quand il a soupçonné que les découvertes de diamants étaient trafiquées.

— Quelles nouvelles informations avez-vous sur Takahashi ?

— Je viens de vous le dire. Nick *est* la nouvelle information.

— Katerina, pourquoi vous ne m'avez pas dit tout ça à la marina ? Ou au téléphone ? Vous m'avez fait déplacer jusque là-bas en me promettant de me montrer de nouvelles preuves sur l'affaire Takahashi.

Ils étaient arrêtés à une intersection à moins d'un pâté de maisons de l'hôtel. Le feu était vert, mais ils étaient bloqués par un taxi qui avait essayé de passer un feu rouge devant eux. Platt lança un regard méchant à un gosse avec des dreadlocks prêt à nettoyer son pare-brise, le défiant de subir les conséquences s'il y posait le moindre doigt. Il n'allait pas apprécier son quatrième trajet en heure de pointe pour retourner au McBarge après la réunion des actionnaires.

— Détective, si je vous l'avais dit plus tôt, vous ne seriez pas venu. Quoi qu'il en soit, c'est à propos de Takahashi. Vous verrez à la réunion.

Elle lui parla aussi de Clara, agissant sous le nom de Susan, et d'Ortega. Tous ceux qui leur faisaient obstacle se faisaient assassiner.

Platt resta silencieux un instant. Le bouchon s'éclaircit et ils repartirent.

— Et vous dans tout ça ? Vous ne travaillez pas pour Liberty.

— Si, jusqu'à il y a environ une semaine. Ils m'ont embauchée pour enquêter sur la fraude de Bryant. Quand j'ai commencé à creuser, j'ai découvert l'histoire des diamants blanchis. Et c'est à ce moment que Takahashi a été assassiné.

— Pourquoi vous ont-ils enlevée ? Pourquoi ne pas tout simplement vous tuer aussi ?

— Ils ont déjà essayé de me tuer en me faisant quitter la route et en m'envoyant dans l'eau. Et puis ils m'ont tiré dessus. Je n'abandonne pas facilement, j'imagine. Quand j'ai exposé Clara, ils m'ont enlevée. Ils veulent m'éloigner de la réunion des actionnaires pour que le vote ait lieu.

— Pourquoi ne vous ont-ils pas tuée en même temps que Nick ?

— Je ne sais pas. Il doit y avoir une raison. Demandez donc à Cindy Wong, lui lança-t-elle.

L'homme était exaspérant.

CHAPITRE 46

K at traversa le hall d'entrée en courant, devant le concierge ébahi. Elle faillit rentrer dans une vieille dame âgée qui arrivait sur sa droite. Kat feinta à gauche et évita de justesse une table basse sur laquelle était posé un vase à l'air coûteux.

— Désolée ! cria-t-elle en se retournant vers la femme qui brandit son parapluie en direction de Kat.

— Ralentissez, mademoiselle ! lança-t-elle sur un ton accusateur. Montrez un peu de respect et regardez où vous allez !

Sa voix s'estompa et Kat monta les escaliers quatre à quatre vers la salle de bal Crystal. Platt la suivit à distance.

Les lustres scintillaient et reflétaient les murs recouverts de miroirs. Kat mit un moment à remarquer que la plupart des sièges étaient vides. Était-elle arrivée trop tôt ? Elle voulut regarder sa montre, mais son poignet était recouvert de film alimentaire. La montre était toujours dans le McBarge, où elle l'avait laissée après avoir sectionné le bracelet.

Elle n'eut pas besoin de chercher Audrey. Elle se trouva enveloppée de Chanel n° 5 avant de la voir.

— Oh, mon Dieu ! Regardez-vous un peu ! s'exclama Audrey en examinant Kat de la tête aux pieds. Est-ce que tous vos vêtements sont à la lessive ?

— Je vais vous expliquer, Audrey. Quelqu'un m'a kidnappée et je viens juste de m'évader il y a une heure. J'étais captive sur le McBarge et…

— Le McQuoi ? Laissez-moi deviner. C'est la McMafia qui est à blâmer cette fois ?

Kat ne pouvait pas reprocher à Audrey son scepticisme, elle n'aurait pas cru cette histoire elle-même.

— Audrey, je ne suis pas folle. Mais peu importe. À quelle heure commence la réunion des actionnaires ?

Kat se retourna, perplexe. Où donc était tout le monde ? Il y avait moins d'une douzaine de personnes présentes, dispersées dans toute la pièce.

— Commence ? Elle a pris fin il y a vingt minutes.

Le cœur de Kat se serra. La réunion était prévue à dix heures. Elle n'avait pas réalisé qu'il était si tard.

— Mais qui a voté avec les bulletins de Nick ?

— Moi.

— J'espère que vous avez voté non.

— Nous avons voté oui.

Kat crut recevoir un coup dans l'estomac. Comment Audrey avait-elle pu renoncer à Liberty sans se battre ? Elle était trop stupéfaite pour ajouter quoi que ce soit.

Le détective Platt finit par les rejoindre, le visage rouge et couvert de sueur. Bien que svelte, il n'était pas en grande forme physique, remarqua Kat avec une pointe de satisfaction. Il prit une profonde inspiration et souffla par la bouche en essayant de ralentir sa respiration.

— Audrey Braithwaite, je vous présente Détective…

— Nous nous sommes déjà rencontrés, répondit Audrey laconiquement. Mais je ne vous ai pas vu depuis un moment, ajouta-t-elle en se tournant vers lui.

Platt enquêtait probablement aussi sur le meurtre d'Alex Braithwaite. Apparemment, Audrey ne faisait pas non plus partie du fan-club de Platt.

Audrey jeta un châle de cachemire autour de son cou et s'éloigna, ignorant la main tendue de Platt. Elle marcha d'un pas rapide vers les portes à deux battants à l'arrière de la salle. Kat la suivit, déterminée à retenir son attention.

— Audrey, Nick a été assassiné, lança Kat, pensant que c'était la seule chose qui pouvait empêcher Audrey de partir.

— Non ! s'exclama-t-elle, blanche comme un linge.

Elle s'arrêta brusquement dans le couloir avant de s'effondrer dans un fauteuil. Elle sembla y disparaître, plus menue que jamais.

— D'abord Alex et maintenant Nick ? Cela explique pourquoi il n'était pas à la réunion, réfléchit-elle, agrippée aux accoudoirs, se préparant à entendre d'autres mauvaises nouvelles. Que lui est-il arrivé ?

Kat lui résuma brièvement l'enlèvement et comment ils avaient finalement fait sortir Nick avant de l'exécuter.

— Vous pensez que Susan est aussi derrière cela, n'est-ce pas ? demanda Audrey.

Kat ne pouvait pas dire si Audrey la croyait ou non. D'ailleurs, cela n'avait plus d'importance. Avec le vote, Liberty était désormais entre les mains d'Ortega. Ceux qui représentaient une menace avaient presque tous été réduits au silence.

— Peut-être pas directement. Mais se débarrasser de l'actionnaire majoritaire ne fait pas de mal, surtout s'il ne coopère pas.

Elle parla à Audrey des problèmes de jeu de Nick et de la tentative de chantage d'Ortega.

— Que vais-je faire ? dit Audrey en se relevant et en parcourant le couloir des yeux. Suis-je la prochaine cible ?

— Je ne m'inquièterais pas de ça.

Mais Audrey ne l'écoutait plus. Elle appuya sur le bouton de l'ascenseur et se tourna vers Platt.

— Vous n'avez pas été d'une grande aide, lui lança-t-elle avec un regard noir, le front plissé. Travaillez-vous toujours sur le cas de mon frère ?

— Madame Braithwaite, nous travaillons très dur. Mais quand les gens refusent de divulguer des informations, ils retardent l'enquête, expliqua-t-il, les yeux ostensiblement fixés sur Kat. Si on ne nous dit pas tout, on ne peut pas prendre les mesures nécessaires.

Kat l'interrompit, furieuse :

— Je vous ai tout dit, Détective. Mais vous m'avez ignorée. Je vous ai dit que le meurtre d'Alex Braithwaite était lié à celui de Takahashi, et voilà ce qui est arrivé maintenant. Vous auriez pu empêcher l'assassinat de Nick et mon enlèvement. Pourquoi ne m'avez-vous pas écoutée ? Vous êtes resté trop longtemps assis à ne rien faire.

La porte de l'ascenseur s'ouvrit et Audrey s'y engouffra.

— Chaque jour écoulé sans que vous ne trouviez rien, c'est un jour de plus accordé au tueur d'Alex pour s'enfuir, Détective Platt.

La porte se referma avant que Kat ne puisse rejoindre Audrey.

Un jour de plus pour échapper à la justice.

CHAPITRE 47

— Audrey, attendez-moi !

Kat dégringola les escaliers vers le hall, suivant le parfum Chanel. Elle rattrapa bientôt Audrey, avançant à pas chancelants sur ses hauts talons quelques mètres devant elle. Il était trop tard pour changer quoi que ce soit, mais elle devait savoir.

— Pourquoi avez-vous voté oui ?

— Qu'est-ce qui vous prend ? Avez-vous de nouveau changé d'avis ?

Audrey s'arrêta et enfila ses gants sur ses doigts impeccablement soignés.

— Que voulez-vous dire ? Vous venez de donner Liberty à une bande de criminels.

— Non, on a voté en faveur du blocage du rachat. Le conseil a rédigé une nouvelle résolution pour voter contre. J'ai voté avec les voix de la fiducie et celles de Nick par procuration. N'est-ce pas ce que vous vouliez ?

Le temps sembla s'immobiliser un instant, puis Kat comprit.

— Si ! Oh, Audrey, merci ! s'exclama-t-elle en serrant Audrey dans ses bras.

Liberty avait échappé à Ortega. Un problème de résolu.

— Je suis donc arrivée à vous convaincre ?

Audrey se libéra de son étreinte et brossa son manteau de fourrure de la main. Apparemment, elle n'aimait pas trop le contact physique.

— Quand vous avez dit que Susan s'appelait en fait Clara, j'ai fait quelques recherches. J'ai effectivement trouvé un article sur les Ortega. Susan, je veux dire Clara, était sur la photo avec son père. L'histoire n'était pas très élogieuse. Ce sont tout bonnement des voyous. Et puis j'ai appelé les références présentes sur le curriculum vitae de Susan Sullivan. Ces personnes n'avaient jamais entendu parler d'elle. J'avais pratiquement pris ma décision, mais quand elle ne s'est pas présentée à la réunion aujourd'hui…

— Quoi ? Elle n'est pas venue ?

Les pensées de Kat se bousculèrent. Pourquoi Clara disparaîtrait à un moment si crucial ? L'argent était gelé, elle ne partirait jamais sans lui. Que se passait-il ? Kat devait retourner au bureau et à son ordinateur pour avoir la rassurance que l'argent était toujours là.

— Vous devez vous doucher. Appelez-moi cet après-midi. Nous avons beaucoup de choses à nous dire.

Sans plus tarder, Audrey monta à l'arrière d'une Cadillac noire qui l'attendait sur le trottoir.

CHAPITRE 48

— *B*ryant ? demanda Ortega, surpris.

Il se reprit rapidement. Le gars était censé être mort.

— Bryant qui ? reprit-il, feignant l'ignorance.

Ortega posa la paume sur le combiné et fit signe à sa nouvelle secrétaire de s'éloigner, une beauté vénézuélienne dont les talents n'étaient pas ceux d'une standardiste ni d'une dactylo. Elle devenait pénible et la chirurgie esthétique coûteuse.

— Tu sais très bien qui, Ortega, bon sang ! rétorqua la voix au bout du fil. Maintenant, écoute-moi bien. J'ai quelque chose que tu veux.

— Ça ne m'intéresse pas. Et je suis en retard pour une réunion.

Pourquoi diable était-il toujours en vie ? Clara n'avait-elle pas fait son boulot qui était de l'éliminer ?

— Oublie ta réunion. On a beaucoup plus important à se dire.

Ortega tendit l'oreille pour mieux percevoir les bruits de fond. Bryant l'appelait d'un lieu public. On entendait des annonces, comme dans un aéroport ou peut-être une gare. Il devait déterminer exactement où se trouvait Bryant. Si, bien sûr, cet insolent était bien cette ordure de Bryant.

— De quoi est-ce que je pourrais vous parler ?

Outre le fait d'être le bouc émissaire pour l'argent volé, Bryant ne lui était d'aucune utilité.

— Je peux penser à cinq milliards de raisons pour lesquelles tu devrais me parler.

Ortega fit une pause. Bryant recherchait simplement des informations. Bien sûr qu'il était au courant pour l'argent. Après tout, ils avaient monté un coup contre lui. Mais où Bryant avait-il obtenu ce numéro de téléphone ?

— Vraiment ? Donnez-m'en une.

De sa photo sur son bureau, Clara le fixait des yeux, souriante. Il retourna la photo. Elle n'était plus sa fille.

— J'ai l'argent.

Impossible. Le compte d'Opal Holdings chez Bancroft Richardson était toujours gelé par les régulateurs. Ce qui en soi n'inquiétait pas Ortega. On pouvait soudoyer n'importe qui si on y mettait le prix.

— Quel argent ? demanda Ortega d'une voix égale, déterminé à ne pas manifester sa fureur.

Pourtant, il se sentit rougir et avait très mal à la tête.

— Les cinq milliards de dollars, couillon. Arrête ton manège, tu sais très bien de quoi je parle.

Ortega se connecta au site de Bancroft Richardson et en eut le souffle coupé : l'argent avait disparu, confirmant ce que Bryant venait de lui dire. On l'avait retiré la veille en trois virements séparés. Tout l'argent. Mais il devait y avoir une erreur. Il garda le même ton neutre et une voix calme, tandis que la panique l'envahissait.

— Dites-moi ce que vous voulez.

— Cinquante pour cent. La moitié des cinq milliards.

— La moitié ? répéta Ortega, abasourdi.

Les gens comme lui ne se faisaient pas rouler. Bryant ne réalisait-il pas à qui il avait affaire ?

— Vous pouvez toujours courir.

— Réponds pas trop vite. Réfléchis bien. Si tu refuses, tu te retrouveras sans rien du tout.

— Pourquoi est-ce que je me retrouverais avec rien ? C'est mon argent. En plus, ce compte est gelé pour le moment.

Il devait y avoir une erreur, une sorte de confusion entre les comptes. Mais quelles étaient les probabilités d'avoir confondu son compte avec un autre ayant aussi des milliards de dollars ?

— Il est pas du tout gelé, Ortega. En fait, l'argent coule bien en ce moment même.

Ortega perçut un sourire dans la voix de Bryant.

— Pourquoi devrais-je vous croire ?

— T'es pas obligé. Vérifie par toi-même. Je reste en ligne.

Ortega appuya sur le mode silencieux.

— Luis ! Viens ici !

Les portes en bois sculpté s'ouvrirent et Luis apparut à l'entrée du bureau. Il passa sa main sur son front pâle et arrangea ses cheveux clairsemés.

— Trace-moi cet appel. Trouve d'où il appelle.

Il allait récupérer son argent, d'une façon ou d'une autre. Bryant pourrait aussi le conduire à Clara.

Luis acquiesça de la tête et sortit pour appeler celui qu'ils soudoyaient à la compagnie de téléphone.

Ortega remit l'appareil en mode normal et reprit la conversation :

— Comment est-ce que je peux être sûr que vous êtes celui que vous prétendez être ?

— Un : je suis au courant pour l'argent. Deux : je te connais. Personne d'autre n'a fait le rapport. Du moins, pas encore. Ça devrait te suffire.

— Vous me menacez, Monsieur Bryant ?

— Je menace pas les gens, Ortega. Je pensais juste qu'on pourrait partager.

— Je ne partage pas ce qui est à moi.

— C'est sujet à interprétation. La dernière fois que j'ai vérifié, l'argent appartenait aux mines de diamants Liberty.

— Je pourrais envisager de vous donner quelque chose. Mais pas cinquante pour cent. C'est hors de question.

— T'as pas une grande capacité d'écoute, Ortega. Je t'ai dit ce que je voulais. Cinquante pour cent. Non négociable.

Ortega fit une pause. Il avait appris longtemps auparavant à ne jamais tirer de conclusions hâtives. Pourquoi Bryant demanderait-il une part de l'argent s'il l'avait déjà ? Il ne le ferait pas. Cela signifiait donc qu'il avait besoin de quelque chose d'autre pour l'obtenir. Qu'est-ce qui lui manquait ? Clara ? L'argent pour un pot-de-vin bien placé ? Un mot de passe ?

— J'ai besoin de temps.

— Rien ne vaut le moment présent, Ortega.

— Monsieur Bryant, vous ne m'avez rien prouvé. Si l'argent n'est plus sur le compte, ça ne prouve pas que vous l'ayez ni que vous sachiez où il est.

— Je m'attendais à ce que tu dises ça. Alors, en geste de bonne foi, je t'ai envoyé un acompte, dit-il en riant. Regarde sur ton compte de fiducie au Liban. Tu vois le million ?

— Quel million ? demanda Ortega tout en tapant furieusement pour essayer de se connecter à son autre compte.

Les mains tremblantes, il attendit l'ouverture de la session. Il entra dans son compte. Exactement un million de dollars avaient été déposés la veille.

— Tu le vois maintenant ? C'est un petit cadeau de ma part. Pour te prouver ma bonne foi.

— Comment avez-vous fait ça ? demanda Ortega, furieux.

Où Bryant avait-il obtenu les informations sur son compte ? Seuls Clara et son comptable étaient au courant de ce compte. Lequel des deux l'avait trahi ? Combien de ses comptes bancaires avaient été piratés ? Quelles autres informations sur son organisation avait-on découvertes ? Il sortit son mouchoir de lin et essuya les gouttes de sueur qui perlaient à son front.

— Qu'est-ce que ça change ?

Ortega ne répondit pas. Il avait besoin de temps pour réfléchir.

— Tu sais, Ortega, la plupart des gens font preuve de plus de gratitude quand on leur donne un million de dollars. Tu pourrais au moins me dire merci.

Ortega explosa :

— Espèce d'ordure ! C'est mon argent ! Vous l'avez volé. Il n'est pas à vous.

— C'est sujet à interprétation. Officiellement, c'est moi qui l'ai volé, mais on sait tous les deux que c'était toi en fait.

Ortega crut percevoir un sourire dans le ton de Bryant. Il s'amusait manifestement à le torturer par ses paroles, faisant durer le plaisir aussi longtemps que possible.

— Ortega ? Tu sais ce qu'on dit : « C'est pas un crime de voler un voleur ». Ça nous décrit parfaitement, tu trouves pas ?

Ortega garda le silence. Il était en furie et essayait de ne pas exploser.

Il ajouta un nom à sa liste. Avec ou sans l'argent, Bryant n'allait pas passer la semaine.

CHAPITRE 49

— *L*âche-moi ! cria Kat, s'enfuyant de son bureau en courant, Cindy sur les talons. Je vais appeler les flics !

Elle saisit son téléphone portable et tapa le numéro d'appel d'urgence. Cindy, portant un blouson en cuir, lui saisit le bras et le cloua sur le bureau. Les doigts de Kat heurtèrent le bois tandis qu'elle essayait de resserrer sa main sur son téléphone. Elle pesta contre sa stupidité. Bien sûr que Cindy aurait été au courant de son évasion. Pourquoi n'avait-elle pas saisi son ordinateur et n'avait-elle pas aussitôt quitté son bureau, au lieu d'attendre que Cindy vienne en finir avec elle ?

— Aïe ! Tu me fais mal !

Kat était plus grande que Cindy, mais cela ne lui servait à rien face à ses mouvements d'arts martiaux.

— Kat ! Arrête de te débattre et je te lâcherai. Qu'est-ce qui te prend ?

Le bras de Cindy bloquait celui de Kat, le tenant cloué au bureau comme dans une partie de bras de fer. Kat entendit la voix lointaine de l'opérateur alors qu'elle se débattait pour essayer de libérer son bras. Au moins, elle avait toujours le téléphone en main. Elle prit garde à ne pas déconnecter l'appel.

— Numéro d'urgence. C'est pour la police, les pompiers ou une ambulance ?

— La police ! À l'aide ! cria Kat en direction de son téléphone.

Cindy lui tira sur les doigts, essayant de lui arracher le téléphone de sa main libre. Kat resserra ses doigts autour de l'appareil pour empêcher Cindy de déconnecter l'appel. La voix était faible, difficile à entendre avec son bras tendu.

— … appelez d'un téléphone portable ? À quelle adresse est-ce que… ?

— Aïe !

Kat laissa échapper un cri de douleur au moment où Cindy pressa fortement sur sa paume. Ses doigts lâchèrent involontairement le téléphone. Cindy l'attrapa et appuya sur la touche « Fin d'appel ». La connexion était perdue.

— Kat, arrête ta comédie ! Tu peux pas te détendre une minute et me laisser expliquer ?

Kat se frotta la paume. La douleur atroce qu'elle avait ressentie avait complètement disparu, comme si rien ne lui était arrivé. Comment Cindy pouvait-elle infliger une telle douleur, sans impact durable ? Kat revint au présent. Son bras était libre, mais elle était toujours seule dans une pièce en présence d'une tueuse.

— Est-ce que tu vas me tuer maintenant ?

— Bien sûr que non ! Tu te fiches plus dans le pétrin toute seule, sans mon intervention. Tu vas courir dans des parcs déserts dans le noir, tu pénètres sur des lieux de crime et tu menaces les filles de truand. C'est moi qui ai sauvé ta peau. Gus voulait te tuer !

— Tu m'as sauvée ? En me donnant des coups de pied et en me laissant pour morte sur le McBarge ? demanda Kat, les bras croisés et en lançant un regard noir à Cindy. J'aurais pu mourir de froid.

— T'as pas l'air de te porter mal. Mais t'as besoin d'une douche, tu pues les algues, répondit Cindy en fronçant le nez. Si j'étais pas allée sur le McBarge avec eux, ils t'auraient finie sur-le-champ. Je suis arrivée à convaincre Gus que t'avais plus de valeur vivante que morte. Vous enlever, toi et Nick, c'était mon idée, pour te garder hors de danger et nous donner du temps avant de pouvoir les arrêter.

— T'as pas protégé Nick, tu l'as fait tuer.

— Relax. Il est en sécurité.

— Mais j'ai entendu le coup de feu.

— C'était mis en scène. Nick a fait le mort jusqu'à ce qu'on retourne sur la terre ferme.

C'était plausible. Cindy disait peut-être la vérité.

— Et Gus et Mitch ? demanda Kat, observant Cindy, à l'affut de tout signe de tromperie.

Elle n'était pas pressée de les rencontrer à nouveau. Elle s'assit sur le bord de sa chaise. Son cœur retrouvait un rythme normal.

— Arrêtés. Enfermés, au moins jusqu'à demain.

Cindy avança davantage dans la pièce et vint prendre place dans le fauteuil rembourré en face du bureau de Kat. Avec son blouson en cuir, elle avait un style très motard chic.

— Kat, je suis flic. Je devais rendre la scène réaliste. Sinon je grillais ma couverture. Ce qui nous aurait mises toutes les deux en réel danger.

— Tes coups de pied étaient bien réels. Mon dos va jamais s'en remettre.

Un spasme de douleur lui parcourut la colonne vertébrale à ces mots.

— Je préfère te faire des bleus que de te laisser mourir.

— Merci pour tes grands égards, rétorqua Kat en évitant le regard de Cindy. T'avais vraiment besoin d'y mettre tout ton poids ?

— Kat, les deux gars avaient reçu l'ordre de te tuer. Fallait que ça ait l'air authentique. J'ai convaincu les Scorpions Noirs d'attendre. Je leur ai dit qu'ils pourraient se servir de toi comme monnaie d'échange avec Ortega.

C'était peut-être vrai.

— En assumant que je puisse te croire, on en est où maintenant ? demanda Kat, soudain très fatiguée, s'appuyant contre le dos de la chaise.

Elle détendit ses épaules et expira profondément.

— Tu me dis ce que tu sais et je fais la même chose. C'est ce que j'essaie de faire depuis dix minutes.

— D'accord. Mais je veux plus de tes trucs de torture d'arts martiaux.

Kat étudia sa paume. Il n'y avait plus aucune trace du point de pression où Cindy avait opéré sa magie.

— Marché conclu. Et t'avais raison à propos de Clara. Ortega l'a fait entrer à Liberty pour surveiller Nick. Et tes soupçons sur les diamants blanchis étaient justifiés aussi.

— Je le savais. Et quand Ortega a découvert combien l'affaire pouvait être lucrative, il a décidé de racheter l'entreprise.

Kat mit Cindy à jour concernant l'offre de Porter et l'absence de Clara à la réunion des actionnaires le matin.

— Tu crois qu'elle a déguerpi ?

— Je pensais pas qu'elle s'en irait sans l'argent. Et il est gelé, non ?

Kat réalisa avec horreur que sa session était toujours ouverte sur le site Web de Bancroft Richardson. Cindy n'avait qu'à la rejoindre de l'autre côté du bureau et elle verrait qu'elle avait piraté le compte d'Opal. Depuis qu'elle avait cracké le mot de passe, elle avait gardé sa session ouverte pour s'assurer que l'argent était toujours là. Cette fois cependant, il n'y était plus. Quelqu'un avait fait un virement. De cinq milliards de dollars. C'était l'un des trois montants figurant sur la liste tachée de café de Clara. C'était aussi exactement la somme volée à Liberty.

— Exact. Kat, pourquoi tu me regardes comme ça ?

— Comment ça « comme ça » ?

— Comme si t'avais fait quelque chose que tu veux pas que je sache. Je connais ce regard.

— Je sais pas de quoi tu parles.

Kat cliqua sur la souris pour se déconnecter du compte. Mais l'écran avait planté, avec le compte d'Opal toujours visible. Kat retint son souffle. Cindy la flic serait très en colère de découvrir que Kat avait enfreint la loi. Et Cindy la canaille la tuerait. Que ce soit l'une ou l'autre, elle ne pouvait pas la laisser voir cela.

— Pourquoi serait-elle partie sans l'argent ? Elle devait savoir que le vote du rachat n'allait pas passer, reprit Cindy, inconsciente de la panique qui envahissait Kat.

Elle poursuivit ses déductions :

— Peut-être qu'Ortega l'a retirée lui-même. Les choses ont chauffé récemment avec les Scorpions Noirs. Ortega a manqué un paiement. Exprès. Les Scorpions Noirs ont pas apprécié.

Le gang des Scorpions Noirs avait la main sur le trafic de drogue local. Ils s'occupaient aussi du commerce d'armes sur le marché noir et on les soupçonnait dans un certain nombre de fusillades non résolues du Milieu.

— Comment est-ce que tu sais tout ça ? demanda Kat en appuyant sur toutes les touches, mais l'écran était toujours figé.

Elle essaya de dissimuler sa panique. Quelqu'un était-il arrivé à soudoyer Cindy ?

— Est-ce que tu travailles aussi pour Ortega ?

— Euh, pas officiellement.

— Qu'est-ce que ça veut dire ?

Le cœur de Kat se remit à battre plus vite. Elle jeta un coup d'œil à son téléphone, que Cindy venait de reposer sur le bureau. Même si elle pouvait l'atteindre, elle ne ferait pas le poids contre Cindy. Et son écran était toujours figé.

— Kat, ça fait plus de deux ans que j'ai infiltré les Scorpions Noirs. C'est moi qui suis en charge de la logistique, y compris l'arrivée et l'écoulement du produit sans détection. C'est comme ça que j'ai rencontré Ortega. Il fournit des armes pour notre, je veux dire, *leur* héroïne.

— Et il a le contrôle de ce gang ?

Kat retourna son ordinateur. Elle ouvrit le boitier et retira la batterie. Elle devait absolument éteindre cet écran compromettant.

— Non. Ils sont partenaires. Mais Ortega est intelligent. Il essaie toujours de trouver des façons de maximiser ses profits. Alors il me paie en douce. Je lui passe un peu plus de produit et il me donne un peu d'argent de poche. Et un bonus si tout se passe bien. Pourquoi tu démontes ton ordinateur ?

— C'est vraiment pénible, il arrête pas de planter. « Si tout se passe bien » ? Qu'est-ce que ça veut dire ? Kidnapper des gens ? Les tuer ?

— Relax. Ça fait partie du travail d'infiltration. On arrête les choses avant qu'elles aillent trop loin. J'ai infiltré les Scorpions Noirs pour pouvoir mettre fin à leur commerce d'héroïne. Quand on a découvert qu'Ortega était impliqué, l'opération a pris une toute nouvelle dimension à cause de ses connexions avec le terrorisme international et le crime organisé. En plus d'approvisionner les Scorpions Noirs, Ortega fournit aussi des armes à la plupart des grandes organisations terroristes du monde. On travaille avec la police en Argentine et au Liban pour démanteler son empire.

— Est-ce que les Scorpions Noirs sont pas impliqués dans tous ces meurtres pour éliminer les autres gangs du coin ?

Au moins, Cindy ne pouvait plus voir ce qui était sur son écran. Kat remit la batterie en place et redémarra l'ordinateur. Elle se demandait s'il restait de l'argent.

— Oui. Et ils ont à peu près accaparé tout le trafic d'héroïne ici. Ortega est impliqué avec eux depuis environ deux ans.

— Est-ce que t'aurais pas pu me dire tout ça avant ?

— Non. Même si j'avais su, ce qui était pas le cas, ç'aurait grillé ma couverture. Je comprends toujours pas complètement ce que Liberty vient faire dans tout ça.

— Hmm. Depuis deux ans ? Clara est donc arrivée chez Liberty à peu près au même moment où ton gang a commencé à magouiller avec Ortega.

Les choses se mettaient en place dans la tête de Kat.

— C'est à cette période que Nick a reçu des menaces de mort anonymes. Et puis il a encaissé toutes ses options d'achat d'actions, ce qui a provoqué la panique chez les actionnaires. Il a jamais dit pourquoi. Ça a fait toute une histoire à l'époque.

— Il a dû avoir besoin d'argent pour quelque chose. Tu m'as dit que Nick avait une dépendance aux jeux, non ?

— Il y avait des rumeurs disant qu'il avait pris trop de risques au casino.

Plus que de simples rumeurs, se dit Kat. Tout le monde savait qu'il était en difficulté.

— Il a dû se servir de l'argent des actions pour payer ses dettes de jeu. Mais ça n'a pas suffi. Alors il a remboursé un usurier en empruntant à un autre ?

— Pas exactement, précisa Kat. Ortega a dû régler sa dette. Mais les gars comme Ortega sont pas des bons samaritains. Et Ortega est trop gros pour s'occuper de petits prêts. S'il a renfloué Nick, c'était pas sans condition. Nick a dû lui donner quelque chose en retour.

— Comme quoi ? T'as dit qu'il était fauché.

— Même à court d'argent, il a encore quelque chose qui a de la valeur. Il contrôle Liberty. Ça vaut quelque chose.

— Et comment ça aiderait Ortega ?

— Ça lui donne accès. D'un seul coup, Ortega a accès aux mines de diamants Liberty, surtout avec Clara comme PDG. Et Ortega blanchit des diamants. Les diamants que t'as fait tester provenaient du Congo et de la Sierra Leone, tu te souviens ?

Kat examina l'écran de son ordinateur. Il lui fallait retourner sur le compte d'Opal chez Bancroft Richardson. La personne qui avait fait les deux premiers virements avait peut-être maintenant transféré le reste de l'argent. Mais avec Cindy dans son bureau, elle ne pouvait pas risquer d'ouvrir une session.

— Kat, tu es brillante. Alors les cinq milliards doivent aussi être liés aux diamants ?

Kat ne répondit pas. Elle parcourut des yeux la liste des virements sur le papier taché de Clara. Il ne faudrait que quelques minutes pour transférer le reste de l'argent.

— Kat ?

— Hein ?

Kat, pétrifiée, fixait des yeux la liste de Clara. Les deux autres transferts sur la liste étaient de 23,4 et 21,6 milliards de dollars. Une fois l'argent disparu, il serait perdu à jamais.

— Kat, tu m'écoutes ?

Kat décida de prendre le risque. Elle rouvrit une session, écoutant Cindy d'une oreille. Celle-ci était en train de parler du blanchiment des diamants. Cette fois, elle compara les chiffres sur la liste à ceux visibles sur l'écran. La première transaction reflétait les détails du compte qu'elle avait pêchés dans les ordures de Clara, mais à une différence près : cette fois, le nom de la banque était mentionné, élément qui ne figurait pas sur la liste cryptique de Clara. Les cinq milliards avaient été transférés à la Banque des Caïmans ce matin, à peu près à l'heure de la réunion des actionnaires de Liberty. Kat devait se débarrasser de Cindy.

Les deux transferts suivants étaient à destination de banques des îles Anglo-Normandes et du Liechtenstein. Au total, 49,9 milliards de dollars, la quasi-totalité de l'argent présent sur le compte Bancroft Richardson.

CHAPITRE 50

— Comment cela a-t-il pu arriver ? Dites-moi que c'est une erreur, s'il vous plaît.

Kat ne pouvait entendre que les réponses de Cindy, apparemment pas contente de ce que son interlocuteur lui disait. Kat s'en fichait. Tant que Cindy était au téléphone, cela lui gagnait du temps. Elle passa à la vitesse supérieure.

L'argent avait peut-être disparu du compte d'Opal chez Bancroft Richardson, mais elle avait au moins une bonne idée de l'endroit où il pouvait se trouver. Elle copia le numéro de compte de la Banque des Caïmans à partir des détails de la transaction visibles sur l'écran et le compara à celui figurant sur le papier taché récupéré durant son affrontement avec le raton laveur chez Clara. Les numéros de compte correspondaient. Il lui suffisait maintenant de pirater le compte d'Opal à la Banque des Caïmans. Cela semblait assez facile.

Elle entendit la voix de Cindy s'éloigner dans le couloir. Bien. Elle pouvait travailler trente secondes sans être interrompue.

Écoutant Cindy d'une oreille, Kat tapa soigneusement le numéro de compte et vérifia l'écran. Elle ne pouvait pas se permettre de perdre même une seule tentative de connexion à cause d'une faute de frappe, puisqu'elle n'aurait droit qu'à quelques essais pour deviner le mot de passe.

La voix de Cindy se rapprocha de nouveau.

— D'accord, rappelez-moi quand vous en saurez plus. Quoi ?

Elle s'éloigna de nouveau.

Kat devait faire vite. Elle ne pouvait pas laisser Cindy découvrir qu'elle piratait des comptes bancaires.

Et maintenant la question du mot de passe. Clara avait-elle utilisé de nouveau le nom de Vicente ? Probablement. La plupart des gens se servent du même mot de passe partout, le changeant juste quand ils sont obligés, en ajoutant un chiffre ou une majuscule, selon ce qui est requis par le système ou le site Web. Incroyable de constater comment des gens par ailleurs intelligents se rendaient vulnérables. Ils ouvraient leur porte aux pirates. Techniquement parlant, elle en était une à ce moment-là. Elle tapa le mot « vicente », regardant le champ du mot de passe se remplir de sept astérisques.

La voix et les pas de Cindy redoublèrent de volume alors qu'elle se rapprochait du bureau. Kat garda les mains immobiles au-dessus du clavier, comme momentanément paralysée tandis qu'elle écoutait Cindy discuter avec l'interlocuteur non identifié.

— Que voulez-vous dire, ils sont partis ? Qui a donné le feu vert pour les relâcher ?

Cindy était juste devant la porte.

Les doigts de Kat restèrent suspendus en l'air, prêts à taper ou à abandonner, selon ce que Cindy allait faire.

— Ah oui ? Eh bien, j'aimerais bien lui parler.

Cindy tourna les talons et retourna dans le couloir vers la réception. Sa voix s'estompa.

Kat tapa sur la touche Entrée et se mordit la lèvre.

L'écran de la Banque des Caïmans se rafraîchit. Kat avait pénétré dans le compte. Les informations du compte d'Opal étaient devant ses yeux.

— Non, je ne vais pas attendre. Faites-le tout de suite.

Cindy était de plus en plus en colère. Elle parla plus fort. Kat fit une pause, entendant le cliquetis rapide de ses talons. Cindy revint vers le bureau de Kat et s'arrêta à la porte.

Kat reconcentra son attention sur l'écran. La transaction la plus récente était un dépôt de cinq milliards. C'était donc l'autre face du retrait qu'elle avait vu quelques instants plus tôt sur le site de Bancroft Richardson. Elle poussa un soupir de soulagement et se pencha en arrière sur sa chaise. Il lui suffisait maintenant d'empêcher que l'argent parte ailleurs.

La façon la plus simple serait de changer le mot de passe.

— Je me fiche de la réunion que vous devez interrompre. C'est important !

Kat écouta Cindy réprimander son interlocuteur pour ne pas l'avoir appelée plus tôt. Quel nouveau mot de passe devrait-elle choisir ? Elle tapa *plusfort* et cliqua sur la touche Entrée.

Votre mot de passe a été modifié avec succès.

Elle retourna à la page des transactions du compte et s'immobilisa sous le choc : le solde était désormais proche de zéro. Le temps qu'il lui avait fallu pour changer le mot de passe, les cinq milliards avaient été transférés ailleurs, cette fois à la Banque du Liechtenstein. Quelqu'un d'autre était sur le compte en même temps qu'elle. Clara.

— Vous ne comprenez pas. Gus et Mitch sont la clé. S'ils sont en cavale, qui sait ce qui pourrait arriver ? Sans eux, on n'a pas de cas.

Quoi ? Kat repensa au jour où Gus était entré dans son bureau par effraction. Puis à l'attaque sur le chemin. Elle se sentit soudain très vulnérable. Qu'est-ce qui pourrait empêcher Gus de revenir ? Il avait aussi voulu la tuer sur le McBarge et il savait où la trouver.

— Je veux que vous les arrêtiez maintenant.

Cindy rentra dans le bureau et se laissa tomber dans l'énorme fauteuil.

— Pas la peine de m'appeler tant qu'ils ne sont pas de nouveau derrière les barreaux.

— Gus et Mitch se sont échappés ?

— Pas tout à fait, dit Cindy, se prenant la tête entre les mains et se frottant les yeux. Ils ont été libérés par accident. Erreur de dossier.

— Génial. Est-ce qu'ils vont revenir m'attaquer ?

Kat chercha la Banque du Liechtenstein sur Google et se rendit sur le site. La tête lui tournait.

— Peut-être. Ils ont promis à Ortega.

Kat tapa le numéro de compte et le mot de passe et cliqua sur Entrée.

Échec de connexion. Veuillez réessayer.

Elle se maudit de s'être précipitée. Elle avait perdu une précieuse tentative.

— Promis quoi ?

Cindy hésita avant de répondre :

— De te tuer.

— Mais tu les as convaincus que j'avais plus de valeur vivante que morte ?

— C'est vrai. Mais tu dis pas non à quelqu'un comme Ortega.

— Cindy ! Est-ce que tu me protèges ou non ?

— Relax. Je vais m'assurer que tu sois pas en danger. Mais sors pas toute seule et va pas faire quelque chose de stupide.

Kat relut l'écran, un peu plus lentement cette fois.

Les mots de passe étaient sensibles à la casse.

Vicente. La première lettre serait en majuscule.

Elle retapa le mot avec un V majuscule et cliqua sur Entrée.

Cela marcha. La Banque du Liechtenstein avait les cinq milliards. Elle changea immédiatement le mot de passe. Elle revint à la page des détails de la transaction et rafraîchit l'écran. Cette fois, le solde était inchangé. Cela lui donnait un peu de temps. Elle devait maintenant faire la même chose pour la douzaine d'autres banques figurant sur la liste de Clara.

— Tu dois pas aller quelque part ?

C'était difficile de se concentrer sur la tâche de geler les autres transferts avec Cindy en face d'elle.

— Non. Pas maintenant, répondit Cindy en mettant les pieds sur le bureau de Kat. T'as du café ?

— Non, j'en ai plus. Faut que t'ailles attraper Gus et Mitch, tu te souviens ?

— C'est vrai. Mais je peux pas te laisser là toute seule.

— Si. Tout ira bien.

Chaque seconde qu'elle perdait à discuter avec Cindy donnait le temps à Clara de déplacer le reste de l'argent. Elle devait absolument se débarrasser de Cindy.

— J'en suis pas si sûre, Kat. Est-ce que tu peux appeler Jace ?

— Bien sûr.

Jace était parti pour une autre mission de recherche et de sauvetage. Il s'agissait cette fois d'un étudiant japonais en échange linguistique qui s'était aventuré en raquettes hors des limites permises. Mais Cindy n'avait pas besoin de le savoir. Elle fit semblant de composer le numéro de Jace et de lui parler.

— Voilà, c'est arrangé. Il sera là dans quinze minutes. Tu peux partir maintenant.

— Je ferais mieux d'attendre.

Cindy se pencha en arrière sur sa chaise et regarda par la fenêtre avant de poursuivre :

— Quoique je suis pas très tranquille de confier l'affaire à Platt. C'est à cause d'une erreur dans ses papiers que les deux gars ont été libérés.

— Va-t'en maintenant, Cindy, s'il te plaît.

— Pourquoi est-ce que t'essaies de te débarrasser de moi ?

— C'est pas ça. Je veux juste être sûre que Gus m'attaque pas une nouvelle fois.

— Tu crois pas que ce serait mieux si je restais là avec toi ?

— Cindy, Jace sera là dans quelques minutes. Et t'as beaucoup à faire. Je veux plus répondre à tes questions ni entendre tes conversations sur Gus et Mitch qui se sont échappés. Après avoir passé ce que j'ai cru être mes dernières heures sur terre avec Nick sur une péniche abandonnée, et puis toi qui m'as pratiquement brisé le dos, j'en ai assez. Maintenant, si tu veux bien t'en aller ?

Cindy leva les paumes devant elle en signe de protestation.

— Relax, Kat. J'ai compris. Ça fait trop pour un jour. T'aurais dû me le dire plus tôt.

Cindy n'attendit pas de réponse.

— Téléphone-moi si tu quittes ton bureau, dit-elle en se levant. Et quand tu seras rentrée chez toi.

— OK.

Kat entendit le cliquetis des bottes de Cindy dans le couloir.

— Je ferme la porte à clé. Oublie pas de m'appeler.

Cindy referma la porte derrière elle. La serrure claqua.

Enfin. Kat pouvait maintenant se concentrer sur sa mission d'attraper Clara.

Si Clara ne pouvait pas accéder à son compte, la première chose qu'elle ferait serait d'appeler la banque. Les riches comme Clara appelaient leur banquier privé par son prénom. Kat vérifia l'heure sur son ordinateur. Une heure cinq. C'était après la fermeture aux îles Caïmans et ailleurs dans les Caraïbes, mais c'était déjà le lendemain matin au Liechtenstein. Changer les mots de passe lui avait donné un peu de temps, mais c'était juste une solution temporaire au mieux.

L'argent revenait à Bancroft Richardson. Mais l'y retransférer offrirait à Clara une autre occasion de le voler. Il n'y avait qu'une seule autre solution possible. Elle tapa le mot de passe. Si quelque chose arrivait à Kat, Harry saurait quoi faire.

CHAPITRE 51

Harry suivit l'allée sinueuse vers la vaste maison de style Tudor et se gara devant elle. Suite à leur précédente rencontre, Kat savait qu'Audrey ne s'était jamais mariée. Elle s'était imaginé qu'Audrey vivait dans un appartement de grand standing en centre-ville, pas dans une grande propriété dans la banlieue de Vancouver. Avec un domaine de cette taille, Audrey devait avoir du personnel. Kat se demanda s'ils seraient déjà là si tôt le matin.

Elle sortit de la Lincoln et traversa l'allée circulaire en direction de la porte d'entrée, s'arrêtant un instant pour examiner la propriété. À sa gauche se trouvaient un corral et des étables, le long d'un vaste pâturage. Aucun cheval en vue, mais il était tôt et il faisait encore sombre, au point d'avoir besoin des phares.

Le doux parfum du jasmin d'hiver émanait de la haie basse bordant l'entrée. Elle actionna le heurtoir de cuivre et se retourna vers Harry. Il se tortillait déjà sur le siège du conducteur. Combien de temps pouvait-elle le faire rester tranquille dans la voiture ? Il croisa son regard.

— T'es sûre que tu veux pas que je descende ? demanda Harry, espérant qu'elle change d'avis à la dernière minute.

Kat fit non de la main. Elle n'avait pas besoin de lui pour compliquer davantage les choses avec Audrey.

Harry avait offert de la conduire puisque sa Celica était toujours au fond du fleuve Fraser et qu'elle n'avait pas les moyens de la remplacer. Après les ordures malodorantes de Clara, il ne lui faisait plus assez confiance au point de lui redonner les clés de sa Lincoln. Elle se sentait comme une gamine déposée par ses parents pour une journée de jeu chez une copine.

Kat attendait à la porte, ignorant Harry qui essayait encore d'attirer son attention. Après une minute, Audrey la surprit en venant ouvrir elle-même la lourde porte de chêne. Elle semblait tout juste sortie de la douche, les cheveux enveloppés dans une serviette correspondant exactement à sa robe de chambre en satin bleu azur. Elle était pieds nus et tenait un jus d'orange à la main, la pulpe visible dans le verre. Cette Audrey nature offrait un contraste flagrant avec la version recouverte de fourrure et de perles que Kat avait vue à la réunion des actionnaires.

Audrey ne l'invita pas à entrer. Pas une bonne chose, car cela signifiait qu'Harry pourrait entendre leur conversation sur le pas de la porte. Kat frissonna dans la fraîcheur matinale, malgré sa veste en molleton. Elle regarda son haleine dans l'air.

— Était-ce vraiment nécessaire de venir ici à six heures et demie du matin ? Vous avez dit que vous aviez l'argent. C'est tout ce qui compte. Qu'avons-nous d'autre à nous dire ? demanda Audrey, sa main tremblante menaçant de renverser son jus d'orange.

Kat recula pour éviter de se faire éclabousser.

— Oui, j'ai l'argent, en quelque sorte. Mais je ne sais pas quoi en faire.

— Rendez-le. Que pourriez-vous faire d'autre ?

— Si seulement c'était aussi simple que ça !

Kat jeta un coup d'œil vers Harry, inconscient du fait que sa valeur nette avait soudain augmenté de près de cinquante milliards de dollars. Elle avait décidé au quart de tour de transférer l'argent des comptes de Clara sur le sien. Cela avait peut-être résolu un gros problème, mais en avait également créé de nouveaux.

Les yeux mi-clos d'Audrey s'ouvrirent soudain en grand.

— Audrey, je ne peux pas tout simplement reverser l'argent sur le compte d'Opal chez Bancroft Richardson. Clara a réussi à le voler sous le nez des régulateurs, même quand le compte était gelé. Si elle a trouvé le moyen de faire ça la première fois, elle le refera une deuxième fois. J'ai donc dû le placer ailleurs, précisa Kat à mi-voix, pour qu'Harry ne l'entende pas.

Pourquoi Audrey ne la faisait-elle pas entrer ?

— Ailleurs ? Que voulez-vous dire ?

Audrey avala la moitié de son jus d'orange et ferma momentanément les yeux. Puis elle poussa un soupir de contentement.

Ce devait être du jus d'orange fortifié.

— J'ai dû réfléchir vite. Je l'ai donc déposé sur le compte d'Harry.

— Harry ? demanda Audrey en plissant le front.

Kat fit une grimace.

— Oui, c'est moi.

À la mention de son nom, Harry bondit pratiquement de sa Lincoln. Il arriva à la porte plus vite que ne l'aurait fait un sprinter de cent mètres sous stéroïdes.

— Enchanté de faire votre connaissance, Madame…

— Braithwaite. Audrey Braithwaite.

Audrey rejeta la tête en arrière et avala le reste de son verre. Sa boisson, quelle qu'elle fût, l'avait ragaillardie comme de la caféine.

— Vous ne m'aviez pas dit que vous seriez accompagnée, fit-elle remarquer en observant Kat.

— Ce n'était pas prévu. Désolée.

Kat plissa les yeux et lança un regard menaçant à son oncle. Il connaissait parfaitement Audrey. Il faisait juste l'idiot pour participer à la conversation, exactement ce qu'il lui avait promis de ne pas faire.

Harry évita délibérément son regard.

— Vous êtes donc le gars qui a tout l'argent, dit Audrey en lui souriant.

L'estomac de Kat se serra. Audrey se moquait-elle de lui ou était-elle sincèrement heureuse de savoir où se trouvait l'argent ?

À moins que sa remarque ne soit causée par le jus d'orange arrosé d'alcool. Quoi qu'il en soit, Kat devait réorienter cette conversation, et vite.

— Hein ? Oui, je suppose. J'ai toujours économisé. Gardez vos centimes et les dollars se débrouilleront tout seuls, lança Harry avec un large sourire, satisfait de se voir complimenté sans en connaître la raison.

— Tonton Harry, je croyais que tu avais un coup de téléphone à passer.

— Ah oui, j'allais oublier. Ravi de vous avoir rencontrée, Audrey. Si jamais vous…

— Tonton Harry ?

— C'est exact, fit Harry en soupirant et en s'éloignant.

Kat le regarda marcher vers sa Lincoln. Une fois qu'il fut assis dans la voiture et hors de portée de voix, elle se retourna vers Audrey.

— Il n'est pas au courant ?

— Pas encore. Audrey, j'ai dû transférer cet argent ailleurs pour que Clara ne puisse pas y toucher.

— Vous avez donc donné l'argent à Harry, qui se trouve être votre oncle. N'est-ce pas un peu inhabituel ?

— Ce n'est pas ce que vous croyez. J'avais juste une fraction de seconde pour agir avant que l'argent ne soit perdu pour toujours, je devais donc le déplacer. Puisque le compte d'Harry est aussi chez Bancroft Richardson, je me suis dit que je pouvais au moins le rendre à la même institution d'où il avait été volé.

— Vous m'avez déjà menti avant, Kat. Pourquoi devrais-je vous croire ? Vous m'avez dit travailler pour Liberty alors qu'ils vous avaient licenciée.

— Je n'ai jamais dit que je travaillais pour Liberty à ce moment-là. Je vous ai juste dit que Liberty m'avait embauchée pour...

— Vous jouez sur les mots. Vous m'avez laissé croire que vous y travailliez toujours, sachant qu'autrement, j'aurais refusé de vous parler. Avouez-le.

Audrey baissa les yeux vers son verre, puis regarda derrière elle, se demandant si elle allait le remplir de nouveau.

— Audrey, pourquoi est-ce important ? J'ai retrouvé l'argent. J'aurais pu le prendre et quitter le pays, comme Clara. Et je ne me tiendrais pas à votre porte en ce moment. Cela ne prouve-t-il pas que je suis honnête ?

Que pouvait-elle dire d'autre pour gagner la confiance d'Audrey ?

— Je suppose que oui.

Kat sentit la colère monter en elle.

— Et c'est vrai, Liberty m'a licenciée. Les hommes de main de Clara ont aussi essayé de me tuer, ils ont esquinté ma voiture, ont tué mon chat, et malgré tout cela, j'ai continué à travailler sur l'affaire. Je ne suis pas payée un centime pour tous mes efforts. Et on va bientôt m'expulser parce que je n'ai pas les moyens de payer mon loyer. Je devrais peut-être m'enfuir avec l'argent.

— Vous avez raison, admit Audrey à contrecœur. Je suis désolée. Vous êtes probablement la seule personne honnête que je connaisse en ce moment.

— Parfaitement ! J'ai empêché Clara de partir avec l'argent et j'ai prouvé que les meurtres de votre frère et de Ken Takahashi étaient liés au blanchiment des diamants de Liberty. Et maintenant, j'ai sauvé Liberty de la faillite, enfin, presque. Je dois juste rendre l'argent à Liberty.

— Est-ce que vous ne pouvez pas le retransférer sur le compte bancaire de Liberty ?

— Ce n'est pas aussi simple. Ils vont demander comment j'ai récupéré l'argent. Ils vont penser que j'étais impliquée dans le vol.

— Et comment exactement l'avez-vous récupéré ?

Kat résuma comment Clara s'était servie des cinq milliards comme de capital d'amorçage pour vendre les actions de Liberty à découvert, puis s'était fait quarante-cinq milliards de profit. Elle lui raconta comment elle avait trouvé la liste dans les ordures de Clara et avait deviné son mot de passe pour pirater ses comptes.

— Vous n'y allez pas par quatre chemins ! Mais, n'est-ce pas illégal ? demanda Audrey en baissant la voix.

— L'éthique l'emporte sur le juridique, à mon avis. L'argent doit revenir à ses propriétaires légitimes. Si j'avais suivi la loi à la lettre, tout aurait pris du temps et aurait permis à Clara de disparaître avec l'argent.

— Que voulez-vous que je fasse maintenant ?

— Parlez aux autorités pour moi. Soyez mon intermédiaire. Les avocats et les organismes de réglementation voient tout en noir et blanc. Je veux qu'ils aient toute l'histoire avant de les rencontrer. Autrement, ils refuseront d'écouter.

— Mais comment est-ce que je peux faire ça ? C'est en dehors de mon domaine d'expertise.

— Je vais vous expliquer ce que vous devez leur dire. Acceptez-vous de m'aider ?

— Vous ne pouvez pas tout simplement transférer l'argent ?

— Pas sans explication. Ils doivent comprendre le cheminement de l'argent et comment le démêler. Sinon, l'argent restera gelé pendant des années. En attendant, Liberty fera faillite, et ils pourraient penser que je suis impliquée.

— Pourquoi n'avez-vous pas appelé pour leur dire où était l'argent ? Et laissé la police s'en occuper ?

— Je devais agir vite. C'était après l'heure de fermeture des banques et je devais arrêter Clara avant que l'argent ne soit perdu pour toujours. Le temps que la police obtienne une ordonnance du tribunal, l'argent aurait disparu.

Le soleil s'était levé, juste au niveau de l'horizon maintenant. Le personnel de Bancroft Richardson était probablement en train de mettre en route leurs ordinateurs. Ils étaient sur le point de découvrir les transferts d'argent opérés pendant la nuit.

— On parle de cinquante milliards de dollars ! Et vous voulez maintenant m'impliquer dans votre tromperie ? reprit Audrey, les yeux baissés vers son verre vide. Vous n'avez qu'à appeler la police. Je ne veux plus entendre parler de cette histoire.

— Audrey, vous devez m'aider. Voulez-vous que Clara et son père s'en tirent impunément ? On doit poursuivre cette affaire jusqu'au bout. L'argent mène à eux, et du coup, je peux prouver qu'ils étaient impliqués dans les meurtres.

— Le meurtre d"mpliqués dans les meurtres. " jusqu'et aurait____ demanda Audrey d'une voix émue, toujours accablée de chagrin après la perte de son frère.

— Oui, Audrey, répondit Kat. Pourquoi pensez-vous qu'il a été assassiné ? Il n'allait pas les laisser s'emparer de Liberty sans se battre. Même chose pour Takahashi. Il est mort en essayant de révéler le blanchiment des diamants. Est-ce que je peux compter sur vous ?

Audrey regarda Kat fixement, les yeux larmoyants et la lèvre inférieure tremblante.

— Que voulez-vous que je fasse pour vous ?

Kat le lui expliqua.

CHAPITRE 52

— *A*ssez ! lança Ortega en frappant de son gros poing sur le lourd bureau en bois.

Il cogna si fort que sa tasse à thé vide, en porcelaine de Wedgwood, vola avec sa soucoupe et alla s'écraser sur le plancher. Luis lui offrait une autre explication foireuse pour justifier son impossibilité à traquer Clara et l'argent. C'était la dernière d'une longue série d'excuses et Ortega était las de les entendre. Devait-il tout faire lui-même ?

— Patron… j'ai vérifié, comme vous m'avez dit. L'argent…

Luis, mal à l'aise, se balançait d'un pied sur l'autre, comme s'il était sur le point de faire dans son slip.

— Pourquoi diable tu m'as pas dit que le solde était différent ?

Ortega se rendit soudain compte qu'il n'avait pas non plus remarqué l'argent supplémentaire. Quand il s'était connecté à son compte la veille pendant sa conversation avec Bryant, il avait juste fait attention aux trois derniers virements. Pas aux quarante-neuf milliards transférés juste avant. Il n'allait bien sûr pas avouer cela à Luis.

— Mais, patron, vous m'avez demandé de vérifier que tout l'argent avait été transféré. J'ai fait exactement ce que vous m'avez demandé. Tout l'argent du compte avait été transféré. Vous n'avez pas demandé combien.

Luis attendit la réponse d'Ortega, inquiet.

Ortega lança ses mains en l'air.

— Imbécile ! Tu savais que c'était cinq milliards. Tu t'es pas demandé pourquoi c'était tout à coup devenu cinquante milliards ?

— Je... je croyais que vous saviez. C'est pas bien ? Plus d'argent ?

— Non, espèce d'idiot. Ça veut dire que quelqu'un suit pas le plan.

Plus précisément, Clara. Quel mauvais coup était-elle en train de préparer ?

— Quelque chose tourne pas rond. Et quand quelque chose ne va pas, tu dois me le dire.

Ortega composa de nouveau le numéro de Clara, pour la troisième fois en une heure. Pas de réponse.

Luis se tenait toujours devant Ortega, mal à l'aise.

— Qu'est-ce que t'as ? Pourquoi t'appelles pas la banque ? Trouve cet argent avant qu'il disparaisse pour de bon !

— Tout de suite, patron.

Luis, semblant soulagé, se retourna et sortit du bureau pratiquement en courant.

Clara était peut-être sur une plage quelque part, se réjouissant de son solde bancaire nouvellement grossi, riant en voyant ses tentatives désespérées de l'appeler. Toutes sortes de pensées traversèrent l'esprit d'Ortega. Et si tout l'argent avait disparu ? Non, cela n'avait aucun sens. Clara n'était pas une joueuse. Surtout pas avec l'argent des autres. Néanmoins, ce serait mieux de récupérer l'argent.

Le compte d'Opal était ouvert devant lui sur son écran. Les autres transferts avaient tous été effectués vers la même banque dans les Caïmans. Il poussa un soupir de soulagement.

— Luis ?

— Je suis en train de les appeler.

— Luis, reviens ici !

Luis réapparut. À bout de souffle, ses cheveux filasse collés à son front en sueur.

— J'ai trouvé l'argent. Il a été viré sur le compte des Caïmans.

Le visage de Luis s'illumina. Il n'allait peut-être pas mourir après tout.

— Retourne à ton bureau et appelle-moi notre banquier.

Cette fois, il se chargerait lui-même de la transaction. Il transfèrerait l'argent sur un compte que personne d'autre ne connaissait. Ça ficherait peut-être la trouille à Clara et lui donnerait une bonne leçon. Luis revint moins d'une minute plus tard.

— Patron ?

— Quoi encore ? Je t'ai dit de m'appeler la banque.

— Je... je l'ai fait. Madame Covington dit qu'il n'y a pas d'argent sur le compte, expliqua Luis, les yeux fixés sur le tapis devant le bureau d'Ortega, évitant soigneusement son regard.

— Qu'est-ce que tu veux dire, pas d'argent ? Il a été transféré ce matin.

— Oui, mais il a été retiré juste après.

Luis s'assit.

— Impossible !

Était-ce vraiment impossible ? D'abord l'appel de Bryant, et maintenant Clara semblait avoir disparu. Y avait-il un lien entre eux ? Bryant avait dû obtenir l'argent quelque part. Pourtant, Ortega ne voyait pas de virement d'un million de dollars.

Il avait toujours l'enregistrement de l'appel de Bryant. Ortega enregistrait tous ses appels. On ne savait jamais quand cela pourrait servir, comme preuve ou pour faire du chantage. Il appuya sur la touche et écouta le message, la colère montant en lui au ton insolent de Bryant.

Il se tordit les mains en pensant aux différentes possibilités. Clara avait disparu. L'argent avait disparu. Et Bryant disait qu'il l'avait. Avait-il Clara aussi ? En supposant que c'était vraiment lui, pourquoi Clara ne l'avait-elle pas éliminé comme elle en avait reçu l'instruction ?

Clara devait assister au vote des actionnaires et partir aussitôt après. C'était le plan. Était-elle même allée à la réunion ?

Il réalisa soudain qu'il n'était pas seul.

— Luis ? Pourquoi est-ce que tu restes planté là à me regarder avec ton air stupide ? Rappelle la banque, tout de suite !

Ortega se dit de ne pas oublier de remplacer Luis par quelqu'un qui n'avait pas besoin d'instructions étape par étape.

— Tout de suite, patron, lança Luis en se dirigeant vers la porte.

— Oh, et Luis ? reprit Ortega d'une voix calme, d'un ton égal.

— Patron ?

— Tu déniches cet argent. Et tu trouves Clara. Aujourd'hui. Pas demain. Sinon...

Ortega finit dans un murmure, tout en faisant le geste de lui trancher la gorge. Sa phrase resta suspendue, inachevée. Il fit signe à Luis de sortir, mais pas avant que Luis ne comprenne ce qu'il avait en tête.

Luis sortit furtivement du bureau et referma la porte derrière lui.

Ortega retourna son attention vers l'enregistrement.

Bien sûr. Pourquoi ne l'avait-il pas remarqué plus tôt ? Il repassa la bande, écoutant attentivement les bruits de fond. Cette fois, il l'entendit clairement. L'annonce en fond sonore était en espagnol. Cela voulait au moins dire que Bryant ne l'appelait pas d'un lieu public au Canada. D'où alors ? Il rembobina la bande et l'écouta de nouveau, en montant le volume.

— ... à destination de Rosario.

Il ne connaissait qu'un seul Rosario, et c'était en Argentine. Bryant était donc là. Il avait peut-être même appelé de l'aéroport de Buenos Aires. Ortega était maintenant sûr que Bryant conspirait avec Clara. Sinon, comment aurait-il pu connaître son numéro de téléphone privé et ses coordonnées bancaires ?

CHAPITRE 53

Clara avait l'index sur le cran de sûreté, satisfaite de mener à bien ce qu'elle avait tant de fois rejoué en esprit. Elle savoura l'instant. Elle allait enfin se venger pour Vicente, pour sa mère et pour les innombrables cruautés que son père lui avait infligées au fil des années.

Le premier souvenir de la brutalité de son père était quand il avait abattu Bingo et laissé sa carcasse pourrir dans le pré devant la maison, celui qu'elle pouvait voir de sa fenêtre de chambre. L'animal était resté là des semaines, paraissant plus petit chaque matin après la visite nocturne des charognards.

Le cheval avait raté le saut. Était-ce de sa faute ou de sa faute à elle ? Elle ne le savait pas. Ortega n'avait pas jugé utile de l'expliquer à un enfant de huit ans, surtout une fille. Elle se souvenait comment il l'avait arrachée de son premier concours hippique, un cadeau d'anniversaire, et l'avait confiée à un de ses hommes, toujours aux aguets autour d'eux. Mais pas avant de la faire regarder, lui disant que c'était une leçon d'autonomie. Ne jamais trop s'attacher à quelque chose ou à quelqu'un d'autre que soi. Elle avait compris le message.

Elle avait pourtant essayé de lui plaire, espérant pouvoir en quelque sorte compenser sa déception liée au fait que son enfant soit de sexe féminin. La seule bonne chose était que c'était grâce à son père qu'elle avait rencontré Vicente. C'était l'un des gardes de la propriété. Tous ces hommes s'intéressaient à Clara, mais seulement parce que c'était la fille d'Ortega. Vicente était le seul qui l'avait considérée pour elle-même, en tant que personne.

Ils s'étaient mariés quand elle avait eu dix-huit ans. Pour Clara, Vicente était un moyen d'échapper à l'emprise de son père sur sa destinée. Au lieu, la mainmise de son père se resserra, puisqu'il contrôlait Vicente autant qu'elle. Puis il l'avait tué, en représailles pour avoir pris un pourcentage dans un trafic de diamants. C'est comme cela que son père voyait les choses : noir et blanc, vie ou mort.

C'était elle maintenant qui faisait ce choix. Elle déverrouilla le cran de sûreté tout en observant les hommes sur le tarmac en contrebas. Elle était cachée dans les arbres au sommet d'une petite falaise surplombant la piste, à l'extrémité de l'aérodrome.

Elle était venue là directement depuis le terminal de l'aéroport. Elle savait que son père se pointerait ici pour s'enfuir. La piste de l'argent conduisait à lui. Elle n'eut pas besoin d'attendre longtemps. Sa berline noire était arrivée et était maintenant stationnée sur la piste, à moins de soixante mètres d'elle.

Sa bouche se durcit. Clara fronça les sourcils en regardant son père courir sur le tarmac vers le Cessna. C'était le seul avion sur la piste et son moteur tournait au ralenti. À l'est se trouvait l'aéroport principal d'où elle venait de sortir. Au loin, de minuscules silhouettes et des camions avec des remorques de transport de marchandises se faufilaient activement entre les avions immobiles. Cette piste était plus calme. Cette partie du premier aéroport servait désormais uniquement aux petits Cessna et Piper préférés par les riches *porteños*.

Certaine que personne ne regardait, Clara retourna son attention vers son père et son entourage. Les membres courts de son corps grassouillet ressemblaient à de minces branches sur un bonhomme de neige. Malgré sa corpulence, il avait bien six mètres d'avance sur les quatre autres hommes. Toujours en train de courir. Pressé d'obtenir la meilleure table dans un restaurant, le meilleur pourcentage dans un trafic d'armes ou de se mettre l'un des hommes les plus puissants du gouvernement dans la poche. Elle le regarda se précipiter pour s'enfuir, ne ressentant que haine et dégoût à son égard. Cette fois, il partirait avec rien. Elle avait tout l'argent.

Luis courait derrière Ortega, son toupet lui fouettant le cuir chevelu comme un drapeau flottant au vent. Ses mains étaient encombrées d'une valise chacune, probablement l'argent avec lequel voyageait toujours son père. Il ne durerait pas longtemps.

Rodriguez le suivait de près. Elle le haïssait. Pour avoir trahi Vicente et pour s'être attiré les bonnes grâces de son père en vue de remplacer Vicente. Rodriguez était prêt à écraser n'importe qui, y compris son père, pour arriver au sommet. Pourquoi lui, Ortega, mieux que quiconque, ne voyait-il pas qu'on pouvait soudoyer tout le monde ? Mais son père était étonnamment aveugle aux effets de la nature humaine quand cela le concernait.

Deux costauds en costumes sombres fermaient la marche. Clara ne les reconnaissait pas, mais elle savait que c'étaient les nouveaux gardes du corps de son père, prêts à tirer sur toute personne s'approchant trop près et représentant une menace, réelle ou imaginaire.

Passer en Argentine avec un faux passeport avait été facile. Échapper au réseau d'observateurs de son père à l'aéroport était plus difficile, mais pas beaucoup plus. Ils étaient partout à Buenos Aires, mais elle savait comment les repérer. Pour le moment, ils semblaient distraits, comme s'ils guettaient autre chose.

Sa main stable, elle suivait des yeux l'avancée impatiente d'Ortega. Elle attendit qu'il atteigne les marches de l'avion et se retourne vers ses hommes. Il ouvrit la bouche, mais elle ne put entendre ce qu'il disait à cause du vent. Il les maudissait probablement pour leur lenteur, les insultant comme il le faisait toujours. C'était incroyable ce qu'ils enduraient pour un gros salaire et une vie sans foi ni loi.

Tandis qu'elle se préparait, son père s'immobilisa soudain et regarda au-delà des hommes, comme s'il pouvait la voir. Mais c'était ridicule. Elle était parfaitement camouflée derrière le feuillage. Son index sur la gâchette, elle était prête.

Elle visa. Elle voulait voir son visage quand cela arriverait.

Elle appuya sur la gâchette.

Ils n'entendirent pas le coup de feu, étouffé par un silencieux. Elle avait complètement raté sa cible, mais n'avait rien atteint qui puisse les avertir de sa présence. Cela ne l'inquiéta pas. Elle avait beaucoup de temps devant elle pour réussir. Un coup manqué entraînait le risque de se faire repérer, mais une montée d'adrénaline la traversa aussi, sachant qu'elle pourrait faire durer ce moment aussi longtemps qu'elle le voulait. C'était un jeu qu'elle ne voulait pas voir finir.

Mais elle n'était pas non plus du genre à gaspiller ses chances. Elle rechargea son arme et tira de nouveau.

Cette fois, elle atteignit sa cible. Elle le regarda s'effondrer par terre comme un jouet gonflable perforé. Cela lui parut étrangement décevant de regarder la vie lui échapper.

Luis laissa tomber les valises et courut vers son père. Une tache sombre commença à se répandre sur la chemise blanche d'Ortega, juste en dessous de son épaule. Elle observa Luis redresser son père, essayant désespérément d'empêcher le sang de couler. La tache se propageait rapidement.

Devrait-elle aussi tuer Luis ? Il était au courant pour l'argent, il connaissait tous les secrets de son père. Non. Sans Ortega, Luis était inefficace. Au lieu, elle le laisserait dépérir lentement. Elle s'apitoya presque sur son sort : une autre vie de perdue dans l'orbite de son père. Et les autres ? Mieux valait les laisser vivre et raconter ce qui s'était passé.

Elle inspira profondément et sentit sa poitrine s'alléger.

L'homme le plus puissant d'Argentine éliminé par une simple femme. Qu'en penseraient-ils ?

À elle seule, elle était arrivée à faire décupler les cinq milliards de dollars. Ç'avait été son idée de vendre les actions de Liberty à découvert, sachant que le scandale de Bryant allait les faire chuter. Elle le lui avait caché, certaine qu'il ne tiendrait pas compte de ses idées. Quand l'argent supplémentaire était arrivé sur le compte d'Opal, il s'était attribué le mérite devant ses complices. Il n'avait jamais reconnu qu'elle était brillante. C'était elle aussi qui avait pensé au rachat de Liberty. Il ne l'avait jamais félicitée pour cela non plus. Un coup à toute épreuve : il pourrait revendre Liberty en réalisant d'énormes profits ou garder la compagnie comme moyen infaillible de blanchir ses diamants sales.

Ç'aurait été parfait, si ce crétin de courtier n'avait pas dupliqué ses échanges, attirant ainsi l'attention sur Opal. Son père n'aurait peut-être même jamais été au courant de l'argent supplémentaire si le compte de Bancroft Richardson n'avait pas été gelé. Une fois qu'Ortega avait découvert qu'Opal avait cinquante milliards, avait-il pensé à la féliciter ? Absolument pas. Il s'était contenté de la réprimander pour avoir attiré l'attention sur le compte. Puis il avait essayé de s'emparer de l'argent. Mais elle avait été plus maligne que lui, que les organismes de réglementation et que tout le monde. Elle était prête à embrasser une nouvelle vie dans un pays où personne ne la connaissait, où on ne la surveillerait pas, un lieu où sa richesse n'attirerait pas l'attention. Elle serait libre de mener sa nouvelle vie avec plus d'argent qu'elle ne pourrait dépenser en une vie.

L'impact de la balle poussa brusquement son cou en avant et projeta Clara au sol. Elle essaya de retrouver son équilibre, mais ne pouvait plus sentir ses jambes sous elle. Elle ressentit un spasme dans son bras. Elle lâcha prise et son pistolet, maintenant inutile, tomba sur les rochers au bord de la piste. Elle gisait par terre, incapable de sentir son corps. Tout autour d'elle devint noir, pas comme quand la nuit tombe peu à peu, mais l'extrême obscurité de la cécité totale.

Mais elle pouvait toujours entendre. Elle écouta le tireur se rapprocher, le bruit lourd de ses pas atténué par les feuilles sèches.

Puis elle comprit. Tout cet argent n'avait rien changé du tout. Elle était toujours prisonnière des gardes de son père. Ils étaient partout, omniprésents, comme des parasites opportunistes payés pour la surveiller où qu'elle soit, même chez Liberty. À cet instant, tout s'éclaircit : le bouc émissaire, la victime désignée, n'était pas tant une victime après tout.

CHAPITRE 54

— Paul, Dieu merci tu es là ! Emmène-moi à l'hôpital, dit Clara dans un murmure, luttant pour respirer. Aide-moi, s'il te plaît.

— Pourquoi ? T'avais l'intention de garder tout l'argent pour toi, non ?

Clara était censée virer l'argent sur le nouveau compte qu'ils avaient ouvert ensemble à Guernesey. Au lieu, elle l'avait transféré sur son propre compte aux Caïmans, lui coupant l'herbe sous le pied. Bryant le savait, parce qu'il avait gardé une copie des informations bancaires de Clara et avait installé un logiciel de traçage sur son ordinateur. Il ne faisait confiance à personne.

— C'est pas vrai. J'allais t'appeler.

Puis elle se tut, épuisée par son effort pour mentir.

— Quand, Clara ? Dans un an ? Après qu'on m'ait condamné et emprisonné pour avoir pris l'argent ?

Il n'attendait pas de réponse et elle ne lui en donna pas. La peau pâle de Clara commençait à virer au bleu, ses longs cheveux emmêlés dans la mare de sang se coagulant sous elle. Quelques semaines seulement s'étaient-elles vraiment écoulées depuis qu'ils avaient planifié le vol ensemble ? Seulement voilà, elle ne lui avait pas fait part du reste de sa stratégie : les diamants blanchis, les actions vendues à découvert et le plan de le tuer une fois qu'elle aurait l'argent.

Il se sentait étrangement détaché, comme s'il s'agissait d'une autre personne, pas de la femme qu'il aimait. Pas de celle avec qui il avait prévu de s'enfuir, celle pour qui il avait sacrifié sa carrière. C'était clair maintenant. Il ne pourrait jamais retourner à son travail, déjà condamné pour avoir pris l'argent, que ce soit vrai ou non. Elle s'en était assuré, le désignant comme le bouc émissaire, le coupable, que l'affaire finisse d'une façon ou d'une autre.

Pendant tout ce temps, il avait attendu à Bruxelles, inquiet, pour rien. Un jour, puis un autre, puis une semaine. Elle avait prétendu devoir attendre quelques jours de plus pour obtenir l'argent. Mais les autorités avaient découvert le compte d'Opal et Clara avait dû s'enfuir sans l'argent. Du moins, c'est ce qu'elle lui avait dit.

Les deux hommes s'étaient présentés à l'hôtel de Paul presque en même temps. Basanés, en costume et portant des lunettes de soleil, comme les gardes du corps d'une personnalité. Mais ils n'avaient personne à protéger autour d'eux. Il comprit soudain pourquoi ils lui semblaient familiers : c'étaient les mêmes hommes qu'il avait vus parler à Clara à Vancouver. Un appel avait confirmé le fait : Clara avait disparu. Pas en route vers Bruxelles comme ils l'avaient prévu, mais à destination de l'Argentine.

Il s'était dirigé vers l'aéroport sans retourner dans sa chambre pour prendre ses effets personnels ou devenir la prochaine victime de Clara. Il était arrivé à Buenos Aires juste à temps pour la voir abattre son père. Elle n'avait jamais prévu de suivre Paul.

Cela n'avait plus d'importance maintenant. Il savait exactement où se trouvait cet argent, déposé en toute sécurité à la Banque des Caïmans. Il s'était assuré de cela avant de lui tirer dessus. Plus tard dans la journée, il le déplacerait sur son nouveau compte à Guernesey. Mais il devait d'abord s'assurer de se débarrasser d'elle.

Curieusement, il ne ressentait rien. Leurs deux années ensemble n'avaient plus aucun sens, effacées par la haine qui avait alimenté sa poursuite jusqu'à Buenos Aires. Il la regarda lutter pour respirer. Pourquoi avait-il jamais cru en elle ?

— Aide-moi, murmura-t-elle, plus une prière qu'un ordre.

Il ne répondit pas. La regardant de haut, il se contenta de la regarder souffrir.

Le soleil descendait à l'horizon, ne réchauffant plus la terre sur laquelle elle gisait.

— Tu peux avoir l'argent. Je te dirai où il est.

— Je le sais déjà.

— Paul, aide-moi, je t'en supplie. Je te donnerai tout ce que tu veux, dit Clara, parlant avec difficulté, sa gorge commençant à gargouiller.

Elle le regarda fixement de ses yeux aveugles. La beauté de son visage avait disparu. Il ne put résister.

— J'ai déjà tout ce que je veux. J'ai l'argent. Et t'as ce que tu mérites, ajouta-t-il, espérant lui faire encore plus mal avec ces derniers mots.

Puis ce fut la fin. Le corps de Clara frissonna une fois de plus avant de s'immobiliser.

Bryant laissa échapper un soupir de satisfaction en remettant son arme dans sa ceinture. Il tourna les talons et repartit vers la route. Ç'avait été une journée productive. Il n'avait jamais tué avant.

CHAPITRE 55

— Kat, dépêche-toi !

— J'essaie, cria Kat.

Elle traversa l'aéroport en courant, traînant derrière Cindy tandis qu'elles passaient devant la statue en bronze *The Spirit of Haida Gwaii, the Jade Canoe*. Les créatures mythiques pagayaient à l'unisson vers leur destination, contrairement à Kat, détournée de la sienne.

Au moins, Bryant avait été pris en flagrant délit. Les sources policières de Cindy l'avaient confirmé une heure auparavant et l'histoire se propageait déjà partout sur Internet. La police argentine avait placé Ortega sous surveillance, donc quand la balle de Clara avait atteint sa cible, ils avaient suivi la trajectoire et trouvé Bryant. Étaient-ils vraiment arrivés trop tard pour empêcher Bryant d'appuyer sur la gâchette ? Ou était-ce simplement plus facile que d'essayer de condamner la fille d'un chef de cartel ? Kat ne le saurait jamais.

Le détour imprévu de Cindy n'aurait pas pu arriver à un pire moment. L'appel de Platt arriva quand elles étaient à quelques minutes de Liberty. Il insista pour qu'elles le rencontrent à l'aéroport, et Cindy ne lui faisait pas assez confiance pour ne pas accepter. Audrey attendait Kat à Liberty, où elles avaient prévu d'affronter Nick dans moins de quinze minutes. Même si elles faisaient aussitôt demi-tour, il leur faudrait au moins trente minutes pour revenir au centre-ville. Maintenant que les nouvelles sur Clara, Ortega et Bryant étaient publiques, Kat était sûre que Nick préparait sa propre évasion.

Cindy avait presque atteint le poste de contrôle de la sécurité. Sans s'arrêter de courir, elle se retourna vers Kat et lui dit quelque chose que cette dernière ne put entendre à cause du bruit.

— Quoi ?

Mais Cindy regardait maintenant devant elle. Elle fouilla dans ses poches et montra rapidement quelque chose aux deux gardes de sécurité se tenant à la porte. Le plus gros, qui semblait avoir dévoré trop de chateaubriands, acquiesça et fit signe à Cindy de passer. Il apparut plus gros lorsque Kat s'approcha de lui, assez près pour entendre le bruit de son jeans quand ses énormes cuisses se frottèrent l'une contre l'autre. Il se propulsa vers elle comme une otarie et vint se planter juste devant elle.

Kat montra du doigt Cindy, courant devant elle, mais un bras grassouillet lui bloqua le passage.

— Ho, minute, Madame ! Voyons voir votre carte d'embarquement.

Kat se concentra sur le double menton du garde. Il se secouait au rythme lent de sa voix traînante et apathique.

— Quoi ?

— Vous avez très bien compris. Votre carte d'embarquement. Pas de carte d'embarquement, pas d'em-bar-que-ment, précisa-t-il lentement en ricanant. Alors, montrez-la-moi.

— Je n'ai pas de carte d'embarquement. Je suis avec la police, avec la femme que vous venez juste de laisser passer.

Cindy n'aurait-elle pas pu attendre quelques secondes de plus ?

Chateaubriand regarda son collègue et leva les yeux au ciel. Son confrère était maigrichon et jaunâtre, comme s'il ne vivait que de café et de nicotine.

— Carte de police ?

Gringalet, apparemment le supérieur de Chateaubriand, agita la main devant elle.

— Je n'en ai pas. Je ne suis pas flic. Je fais partie de l'enquête sur...

— Je connais les femmes comme vous. Vous vous *croyez* plus importantes que tout le monde. Ça veut pas dire que vous l'êtes. La prochaine fois, prenez-y vous à l'avance comme nous autres.

Il saisit sa tasse de café et regarda Kat par-dessus le bord.

— Mais je suis avec la flic. Vous devez me laisser passer.

Pourquoi Cindy ne l'avait-elle pas simplement attendue ?

— J'ai dit non. Pas de carte d'embarquement, pas de carte de police. Vous avez rien à faire là.

Gringalet examina Kat avec insistance, de la tête aux pieds, jouissant clairement du pouvoir qu'il avait sur elle.

— Mon boulot est d'arrêter les gens comme vous.

— Vous ne comprenez pas. Je suis juricomptable. Vous devez absolument me laisser passer, c'est une urgence.

Cela semblait stupide, mais Kat ne savait pas quoi dire d'autre.

Gringalet se tourna vers Chateaubriand.

— George, t'entends ça ? Un problème mortel de comptabilité ! Qu'est-ce que c'est ? La mort par mille prélèvements ?

— Non. Écoutez-moi, je ne veux pas créer de difficultés, mais je dois absolument la suivre.

— Écartez-vous et laissez passer ces gens.

Chateaubriand sourit avec bienveillance à un couple de personnes âgées. Ils avaient leurs cartes d'embarquement prêtes, juste le genre de personnes qu'il aimait. Kat repensa à Audrey. Elle serait arrivée à Liberty maintenant et se demanderait où était Kat. Affronter Nick seule pourrait être dangereux. Le détour de Cindy avait compromis leur plan.

Kat poussa Chateaubriand tandis qu'il redonnait leurs cartes au couple.

— Hé ! Revenez ici !

Mais Kat avait dépassé les gardes et pénétré dans le terminal de départ. Elle courut après Cindy, maintenant à deux cents mètres devant elle.

— Cindy, attends ! Où est-ce qu'on va ?

Cindy tourna la tête sans ralentir et, d'un geste, invita Kat à la suivre. Kat fit un bond de côté pour éviter une collision avec un petit train de passagers.

— Hé ! Regardez devant vous ! s'écria le pilote costaud en faisant une embardée.

Ses deux passagères lancèrent un regard désapprobateur à Kat.

— Vous allez causer un accident, mademoiselle. Faites attention !

Kat vit Cindy tourner à gauche dans un couloir juste au moment où son téléphone se mit à vibrer. Elle ralentit pour répondre.

— Allo ?

Personne ne répondit, mais elle entendait du bruit, comme si le téléphone était tombé par terre ou qu'on le poussait du pied.

— Qui est-ce ?

Kat tendit l'oreille pour entendre malgré la cacophonie dans l'aéroport. Elle perçut deux voix, un homme et une femme en train de se disputer.

— C'est quoi ce bruit ? demanda l'homme.

Kat atteignit finalement le couloir et tourna au coin. Aucun signe de Cindy.

— Allo ? cria Kat, plus fort cette fois, espérant attirer l'attention des interlocuteurs.

— Je viens encore d'entendre quelque chose, une voix, expliqua l'homme.

— J'entends rien.

C'était Audrey. À en juger par le bruit sourd, son téléphone avait dû heurter quelque chose dans son sac à main et composer le numéro de Kat. Ou Audrey l'avait peut-être appelée exprès, comptant affronter Nick toute seule.

— L'argent a disparu, Nick, les cinq milliards de dollars.

— Qu'est-ce que vous racontez ? Il est gelé chez Bancroft Richardson.

— Pas hier soir. Tout est parti. Regardez ça, Clara a dû mourir riche.

— Donnez-moi ça !

Kat entendit un froissement de papier.

— Où est-ce que vous avez trouvé ça ? Il doit y avoir une erreur.

Kat pouvait visualiser chaque transaction du compte chez Bancroft Richardson. Nick voyait les cinquante milliards de dollars sortis en plusieurs virements, tout comme elle l'avait vu la nuit dernière. Ç'avait été son plan avec Audrey, de pousser Nick à avouer en lui faisant peur. Mais Audrey n'était pas censée l'affronter toute seule.

— Il n'y a pas d'erreur, Nick. J'ai vérifié avec Bancroft Richardson ce matin. L'argent a disparu.

— Merde, qu'est-ce qui s'est passé ?

— À vous de me le dire. Vous saviez ce que Clara faisait. Pourquoi l'avez-vous laissée faire ?

Silence. Puis un coup fort, suivi de grognements et de jurons.

— Taper contre les murs est enfantin, Nick. Est-ce que ça valait la peine ?

— Qu'est-ce qui valait la peine ? Je n'ai pas pris l'argent !

— Vous étiez dans le coup. Vous avez tué mon frère. Pour quoi ? Un pourcentage de l'argent ?

Kat retint involontairement son souffle. Audrey était réellement en danger.

— Je n'ai pas tué Alex. Je n'ai rien à voir avec son meurtre.

— Vous étiez avec lui. On vous a vus ensemble la nuit de sa mort.

— C'est un mensonge. Je ne l'avais pas vu de la journée. Qui vous a raconté ça ? Dites-le-moi !

— Arrêtez, Nick ! Vous me faites mal !

Kat atteignit alors le bout du couloir et se retrouva devant une porte sans fenêtre marquée « Police ». Elle appuya sur la poignée et se précipita à l'intérieur, soucieuse de se rendre avec Cindy à Liberty avant qu'il ne soit trop tard pour Audrey. Et assez tôt pour empêcher Nick de disparaître pour de bon.

Elle s'immobilisa tout à coup, ne sachant quoi faire. C'était comme si elle revivait sa nuit sur le McBarge.

<h1 style="text-align:center">CHAPITRE 56</h1>

— On les a ! s'écria Cindy à l'entrée, souriant à Kat.

La première pièce du bureau était vide, mais pas celle derrière Cindy. Gus lança un regard noir à Kat à travers une fenêtre recouverte d'un grillage métallique. Elle espérait juste que la pièce où il était assis était fermée à clé. Platt arpentait la pièce devant la fenêtre et parlait à Gus. Puis il croisa le regard de Kat et sortit du bureau, claquant la porte derrière lui.

— Katerina, vous êtes hors de cause. On a arrêté Gustav Eriksen et Michael Jamieson pour le meurtre de Ken Takahashi.

— Bravo. Quel a été l'indice ?

— On a trouvé quelques cheveux leur appartenant chez Takahashi. Les légistes ont réexaminé sa maison et ont trouvé des empreintes digitales. Ils n'ont pas pu prouver que c'était…

Platt s'arrêta au milieu de sa phrase, soudain conscient du sarcasme de Kat.

Platt lui devait des excuses, mais ne lui en offrit pas. De toute façon, Kat n'avait pas le temps pour ça. Elle se tourna vers Cindy :

— Cindy, allons-y. Audrey est seule avec Nick. Il pourrait lui faire quelque chose.

314

— C'est exact, interrompit Cindy. Platt, vous êtes sûr que vous pouvez vous occuper d'eux cette fois ?

— Oui. Ça ne se reproduira pas.

— Bien. À plus tard.

Cindy et Kat se dirigèrent vers la porte.

— Je ne l'ai pas tué !

Tous les yeux se tournèrent vers le téléphone accroché à la ceinture de Kat.

— D'où vient cette voix ? demanda Cindy.

Kat mit un doigt sur ses lèvres pour lui faire signe de se taire.

— Ça recommence, une voix. Qu'est-ce que… ! Hé, ça vient de votre sac à main ! Donnez-moi ça !

— Lâchez-moi ! cria Audrey. Comment osez-vous ! Vous me faites mal !

Cindy se pencha vers Kat pour écouter la dispute entre Audrey et Nick.

— Donnez-moi ce sac, tout de suite !

Le bruit de fond s'amplifia. Kat imagina leur lutte acharnée.

— Cindy ! insista Kat en chuchotant. Allons-y !

Platt pouvait s'occuper de Gus et de Mitch.

— Lâchez-moi, Nick ! Est-ce que vous voulez me tuer aussi ?

— Ne soyez pas ridicule. Je n'ai pas tué Alex, ni personne d'autre.

— Menteur. Ce n'est peut-être pas vous qui avez appuyé sur la gâchette, mais vous l'avez quand même tué. Vous l'avez attiré vers le fleuve en lui faisant croire à une réunion secrète avec Takahashi. Vous ne vous attendiez pas à ce qu'il me parle de votre réunion, hein ? Alex ne vous a jamais fait confiance. Maintenant, je sais pourquoi.

Pas de réponse de Nick, du moins aucune que Kat puisse entendre.

Gus fronça les sourcils et fit un bras d'honneur à Kat en se levant de sa chaise. Il bondit soudain en arrière. Un policier en uniforme courut dans le couloir, ouvrit la porte et entra.

— Ne vous inquiétez pas pour Gus, dit Platt. Il est menotté à la table. Mitch est déjà en route vers le poste de police.

— Faut vraiment qu'on y aille, murmura Kat.

Cindy fit oui de la tête en ouvrant la porte du bureau. Kat la suivit, mais pas avant de s'arrêter pour envoyer un baiser à Gus. Il grogna en retour.

Ils étaient à mi-chemin dans le couloir quand ils entendirent de nouveau la voix d'Audrey.

— Répondez-moi, Nick ! Vous étiez là-bas, avouez-le.

— Vous n'avez aucune preuve.

— Vous vous trompez. Il y avait un témoin. Quelqu'un vous a vu avec Alex juste avant qu'il ait été tué.

— C'est impossible, puisque je n'y étais pas. Qui ?

— Kat Carter vous a vu. Elle vous a vus quitter Liberty ensemble.

Kat tiqua. Elle les avait vus ensemble plus tôt dans la journée, mais rien de plus. Elle espérait que le bluff d'Audrey allait marcher. Elle et Cindy étaient finalement sorties du terminal de l'aéroport et traversaient le parking au pas de course vers la voiture de Cindy.

— Encore elle ? grogna Nick de dégoût. En voilà une à éliminer. Elle est gênante et incompétente, rien d'autre.

Kat ne put entendre la réponse d'Audrey.

— Hé ! qu'est-ce que vous faites ?

Audrey se mit à crier.

Il y avait quelqu'un d'autre dans le bureau avec Audrey et Nick. Puis la ligne fut coupée.

CHAPITRE 57

Cindy se gara dans le parking souterrain de Liberty, heurtant les ralentisseurs. L'estomac de Kat se serra quand elle bondit de la voiture et courut vers l'ascenseur. Elle n'aurait peut-être pas dû supposer qu'Audrey et Nick étaient à Liberty. C'était ce qui était prévu, mais le téléphone d'Audrey pouvait appeler de n'importe où.

Kat appuya à plusieurs reprises sur le bouton de l'ascenseur en attendant que Cindy la rattrape. L'ascenseur finit par arriver. Même si elle était heureuse que Gus et Mitch soient de nouveau en garde à vue, elle se demandait si le détour avait été plus important que la sécurité d'Audrey.

Elle appuya sur le bouton du vingt-deuxième étage. Il ne s'alluma pas, alors elle réessaya. Puis elle réalisa soudain : l'ascenseur était verrouillé aux heures de fermeture de Liberty, elle n'avait aucun moyen d'accès.

— Cindy, l'ascenseur est verrouillé parce que c'est le week-end. On va devoir passer par l'entrée principale, en espérant que l'agent de sécurité est là.

Elles ressortirent de l'ascenseur et traversèrent le parking en courant en suivant l'allée vers la porte principale. Entre ici et l'aventure à l'aéroport, Kat avait l'impression d'avoir couru huit kilomètres. Elles tournèrent au coin du bâtiment et coururent vers les portes vitrées du hall.

Fermé à clef. Kat regarda à travers la vitre. Personne. L'agent de sécurité devait faire sa ronde. Comment pourrait-elle le faire revenir là ? Peut-être en déclenchant l'alarme ? Elle regarda dans les jardinières en béton, en quête d'une pierre qu'elle pourrait jeter contre la porte en verre, tandis que Cindy ouvrait son téléphone.

Une minute plus tard, un garde émergea d'une cage d'ascenseur. Il semblait avoir la soixantaine, sa carrure mince évidente sous sa veste Securicor jaune vif. Il se précipita vers la porte et l'ouvrit. Cindy lui montra rapidement son badge.

— On doit aller au vingt-deuxième étage, vite !

Les trois arrivèrent à la réception de Liberty moins d'une minute plus tard. Ils entendirent de nouveaux cris, de Nick cette fois.

L'agent de sécurité regarda Cindy pour lui demander ce qu'il devait faire, mais elle l'ignora. Il resta au bureau de la réception et sortit son téléphone tandis que Kat et Cindy se précipitaient dans le couloir.

— Lâchez-moi ! hurla Nick.

— Attrapez-le ! cria Audrey.

À qui Audrey parlait-elle ?

Kat et Cindy s'élancèrent dans le bureau et trouvèrent deux hommes luttant par terre.

Audrey se tenait près de la porte, vulnérable dans un pull en cachemire et un pantalon noir à la mode. Elle semblait encore plus menue sans ses fourrures.

— Dieu merci, vous êtes là ! s'exclama Audrey en faisant signe à Kat et à Cindy d'entrer. Ce jeune homme a surgi de nulle part et m'a sauvé la vie !

Il fallut un moment à Kat avant de reconnaître l'homme de dos, tenant Nick comme dans un match de catch. Jace.

— Pas exactement de nulle part. Je t'attendais dehors, mais comme je te voyais pas venir, je me suis dit que je ferais mieux d'accompagner Audrey pour m'assurer qu'elle était en sécurité, expliqua Jace avec un large sourire, tenant Nick toujours fermement cloué au sol. Je me suis caché dans un bureau en attendant le signal d'Audrey.

— Mais comment est-ce que tu savais ?

— Audrey a appelé à la maison. Elle te cherchait. Une fois que j'ai réalisé que t'étais avec Cindy, j'ai compris que tu serais pas à l'heure, dit Jace, en regardant la réaction de Cindy.

— Qu'est-ce que vous insinuez ? lui demanda Cindy.

— Que vous arrivez souvent à la dernière minute.

Touché, pensa Kat. Un jour, les détours de Cindy tourneraient mal. Elle était à la fois heureuse et soulagée que celui d'aujourd'hui se soit bien terminé.

— J'aurais dû savoir que vous étiez impliquée, lança Nick, le visage rouge de colère. Vous allez me le payer. M'accuser de meurtre et me traiter comme un vulgaire criminel !

— Vous êtes un criminel, Nick, déclara Kat. Vous avez laissé Ortega voler cinq milliards à Liberty. Est-ce qu'il vous a promis un pourcentage ?

— Espèce d'idiote. C'est pour ça que Clara vous a engagée en premier lieu. Vous étiez trop stupide pour comprendre ce qu'elle faisait. Elle voulait faire croire que Bryant s'était emparé de l'argent, mais elle se servait de lui, dit Nick tandis que Cindy lui menottait les bras dans le dos.

Il s'assit par terre, les genoux contre la poitrine. Il s'appuya contre le canapé en cuir de chevreau avec la même expression arrogante sur le visage.

— Enlevez-moi ces menottes !

Apparemment, Nick n'était pas encore au courant de la vengeance ultime de Bryant contre Clara.

— N'y comptez pas, Nick. Clara aurait pu finir par empocher l'argent, mais ce n'est pas elle l'instigatrice du délit. C'est vous.

Vous avez conclu un marché avec son père pour blanchir ses diamants sales. Ortega a fait venir Clara chez Liberty pour vous surveiller de près, et vous n'avez pas apprécié. Vous ne pensiez pas qu'il voudrait se faire payer pour les diamants qu'il apportait à Liberty ? Votre marché n'a pas exactement fonctionné comme vous vous y attendiez, hein ?

— Je ne sais pas de quoi vous parlez.

— Ne jouez pas l'imbécile avec moi. Ortega a découvert qu'il pouvait obtenir un meilleur prix pour ses diamants de conflits s'il trouvait le moyen de les légitimer. Les acheminer via Liberty lui permettait de faire ça. Vous avez accepté, parce que c'était un moyen facile d'augmenter le bénéfice de Liberty et de faire monter le cours de ses actions. Et si les actions montaient, vous vous enrichissiez. Le problème, c'est qu'Ortega a réalisé que Liberty était la parfaite solution pour blanchir ses diamants, et vous lui faisiez obstacle. La vente des actions à découvert juste avant la disparition de l'argent lui a rapporté encore plus. Le rachat par Porter était censé être l'étape finale par laquelle Ortega se saisirait de Liberty pour son propre usage. J'ai contrarié son plan quand j'ai révélé la véritable identité de Susan. C'est qui l'imbécile maintenant ?

Nick garda les yeux fixés au sol et ne répondit pas tout de suite. Il semblait peser ses options. Puis il prit la parole :

— C'est de la folie ! Pourquoi est-ce que je prendrais des diamants sales et prétendrais qu'ils ont été exploités par Liberty ?

— Pour faire passer une mine épuisée pour une mine toujours en état de production et vous en servir afin d'accroître les revenus de Liberty, répondit Cindy. On a testé des diamants qui venaient de Mystic Lake, d'après vous. Ils ont les mêmes empreintes que les diamants provenant des mines de la Côte d'Ivoire et de la République démocratique du Congo. Curieusement, ils correspondent aussi aux diamants trouvés chez Takahashi quand il a été assassiné.

— Je n'ai rien à voir avec ça. Ce sont les voyous de Clara qui l'ont tué.

— On a aussi des enregistrements téléphoniques, Nick, ajouta

Cindy. Vous avez parlé avec Ortega, sur le fait de vous débarrasser de Kat.

— C'était son idée, pas la mienne. Je n'ai jamais consenti.

— Vous admettez donc le connaître, conclut Kat. Vous ne vous attendiez pas à ce qu'Ortega fasse baisser le prix des actions en volant l'argent et en vendant les actions à découvert, n'est-ce pas ? Quand il a préparé son coup pour s'emparer de l'entreprise, c'était trop tard.

— C'est Clara qui a volé les cinq milliards de dollars, reprit Nick d'une voix plus douce, sur un ton désespéré.

— C'était le paiement pour les diamants, rétorqua Kat. Vous croyiez que ça allait se faire sans contrainte de votre part ? L'argent était censé aller à Ortega via Opal. Mais c'était trop tentant pour Clara, elle a essayé de le voler à son père.

— Je veux un avocat. Je ne veux plus vous parler.

— Comme vous voulez, fit Kat.

L'agent de sécurité arriva, suivi de deux policiers en uniforme. Ils remirent Nick sur ses pieds et l'escortèrent jusqu'à la porte.

En passant devant Kat, Nick lui sourit avec mépris. Kat sentit l'odeur de menthe poivrée dans son haleine.

— Je crois toujours que vous êtes une idiote. Rien de tout ça n'a d'importance, puisque vous ne pouvez pas récupérer l'argent, ajouta-t-il. Ce sera de votre faute si Liberty fait faillite.

Kat voulait tout lui raconter et se gausser de sa stratégie qui lui avait permis de récupérer chaque centime, plus les profits mal acquis de Clara. Mais elle devait tenir sa langue. Elle aurait tellement aimé lui prouver qu'il avait tort, mais Cindy ne savait pas encore qu'elle avait retrouvé l'argent.

La menthe poivrée. Elle se demandait si Nick serait en mesure de garder son approvisionnement intarissable en menthe poivrée en prison.

Tout à coup, la note de Verna prit tout son sens. Pas un pied de menthe, mais de menthe poivrée. C'est Nick Racine qui avait tué Buddy.

Cindy et Kat étaient assises dans le bureau de Kat. Il était difficile de croire qu'une seule semaine s'était écoulée depuis sa première réunion à Liberty. Il faisait sombre dehors et une neige légère tombait, exceptionnellement tard dans le mois de mars. Kat regardait les flocons tourbillonner lentement. Elle se sentait plus détendue qu'elle ne l'avait été depuis longtemps. Audrey était en sécurité, Nick en prison, et elle pouvait espérer avoir de nouveau de l'argent sur son compte bancaire. Audrey avait insisté pour lui donner un bon bonus, le qualifiant de prime de danger. Et Cindy était redevenue la vraie Cindy.

— T'as réussi, Kat. Même si t'as pas retrouvé l'argent, tu m'as aidée à infiltrer l'organisation d'Ortega et à faire arrêter Gus et Mitch pour le meurtre de Takahashi. Et la confession de Nick signifie qu'on peut tourner la page sur l'assassinat de Braithwaite.

Kat était sur le point de lui expliquer qu'elle avait retrouvé l'argent quand Harry entra.

— Kat, est-ce que je peux revoir mon solde bancaire ? Elsie ne me croit pas. Je lui ai dit que j'étais milliardaire.

— Tonton Harry, pas maintenant, lui dit Kat en lui faisant signe de s'éloigner.

— Mais il sera parti demain. Je veux imprimer la page. Je ne reverrai jamais cette somme d'argent sur mon compte.

— Harry, de quoi parlez-vous ? demanda Cindy.

— Kat vous a pas dit ? Elle a récupéré tout l'argent de Clara, tout. N'est-ce pas formidable ? Et elle m'en a donné la garde.

Cindy se tourna vers Kat :

— Dis-moi que c'est pas vrai, dit-elle en bondissant de sa chaise.

— Je suis milliardaire, Cindy. En fait, je suis presque billiardaire. Kat a piraté les comptes de Clara et a tout transféré sur le mien.

— T'as fait QUOI ? demanda Cindy en devenant toute rouge. C'est illégal.

— Cindy, j'avais pas le choix. Sinon l'argent aurait disparu pour toujours.

— Peut-être pas. Clara est morte. Et la police argentine a emprisonné Bryant.

— Certes, mais je le savais pas à ce moment-là. Tout ce que je savais, c'était que Clara avait disparu et l'argent avec. Quand j'en ai retrouvé la trace, Clara avait déjà disparu depuis quelques heures. Je devais transférer l'argent dans un endroit sûr. C'est vraiment si mal ?

— Pas ce que t'as fait, mais comment tu l'as fait.

Cindy croisa les bras, le visage rouge.

— Cindy, même si Bryant, Clara et son père sont hors d'état de nuire, l'argent aurait été gelé pendant des mois, voire des années, avec toutes les querelles juridiques occasionnées. En attendant, Liberty aurait fait faillite.

— C'est vrai. Mais l'image, Kat. Ça va être difficile à expliquer.

— Relax, c'est déjà réglé.

Audrey avait parlé aux organismes de réglementation et à la banque. Le compte d'Harry était temporairement gelé jusqu'à lundi, date à laquelle ils annuleraient les transactions de Liberty et placeraient le reste de l'argent dans un fonds de dédommagement pour les investisseurs.

— Comment ? Personne va te donner l'occasion de t'expliquer. Tu ressembles à une criminelle. Comment est-ce que tu vas te sortir de ce pétrin ?

— Jace ?

Jace entra dans le bureau avec le journal. Il le posa sur le bureau devant Cindy. La bouille d'Harry leur souriait en première page.

— C'est l'édition du matin. Ça va sortir dans quelques heures. L'histoire va attirer beaucoup de clients à Kat. Et Harry va être une célébrité, lança Jace. J'ai tiré une autre demi-douzaine d'histoires à partir de cette affaire. L'organisation d'Ortega, le blanchiment de diamants et le rachat de Liberty, pour commencer. Ça va être une longue série. Et un fait divers sur notre milliardaire ici.

Kat regarda Cindy. Elle se tordait la bouche, comme elle le faisait toujours quand quelque chose la stressait.

— Cindy, j'ai appelé Bancroft Richardson cet après-midi. Ils ont déjà transféré l'argent du compte d'Harry sur un compte en fiducie. Je dois juste m'occuper de quelques détails pour qu'Harry ne soit accusé de rien. L'argent est retourné à son point de départ. Il suffit maintenant de le virer à Liberty.

— Pourquoi est-ce que t'adoptes toujours des méthodes non orthodoxes, Kat ? T'aurais pu simplement appeler quelqu'un pour qu'ils gèlent l'argent.

— À deux heures du matin ? Même s'il y avait quelqu'un que je pouvais appeler, ils m'auraient jamais crue. Je ne pouvais pas laisser l'argent et prier pour qu'il reste en place.

— Tu t'es empêtrée dans ce dilemme. Pourquoi est-ce que je devrais t'en sortir ?

— Tu m'es redevable, Cindy. Tous ces coups de pied ? Et m'avoir laissée sur le McBarge avec Nick ? C'est le moins que tu puisses faire.

— Je suppose que tu m'as en effet aidée à infiltrer l'organisation d'Ortega. Une fois que j'étais au courant du blanchiment des diamants, j'ai convaincu Ortega que je pouvais faire plus pour lui et faire circuler les pierres précieuses. Et puis Gus et Mitch se sont compromis en se vantant des meurtres de Takahashi et de Braithwaite. Finalement, Nick nous a donné assez de preuves pour se compromettre en tant que complice. C'est peut-être Clara qui a appuyé sur la gâchette, mais il a joué un rôle essentiel en arrangeant tout ça. J'aimerais juste que tu sois un peu plus... normale, dans ta façon d'agir.

— Oh ! fit Jace. Ça me rappelle que Verna a laissé une autre note.

Il passa une enveloppe à Kat. Elle glissa son doigt sous le rabat et ouvrit la lettre.

Chère gardienne,
J'ai décidé de poursuivre mon voyage. Prague est très belle
à cette période de l'année. Veuillez prendre soin du jardin. Les lilas ont
besoin d'un bon élagage cette année.
Plantons des callas des marais au printemps.
Verna

❧

Vous avez aimé *Stratégie de sortie* ?
Lire *Theorie des jeux*

Vous pouvez obtenir les autres livres de Colleen ici ou vous inscrire à sa newsletter sur son site Web :
http://www.colleencross.com
http://eepurl.com/c1hzCv
Nous vous tiendrons informé des nouvelles parutions une à deux fois par an seulement.

NOTE DE L'AUTEUR

Les lieux mentionnés dans *Stratégie de sortie* sont réels, même si j'ai changé ou embelli quelques petits détails, juste pour rendre les choses plus intéressantes. Comme la vue du bureau de Kat, par exemple. Les personnages, quant à eux, sont fictifs. Ils sont nés dans mon imagination avant de mener leur propre vie et d'emmener l'histoire dans des directions que je n'avais pas prévues.

Les diamants de conflits, le blanchiment d'argent et les fraudes ont des impacts sur nous tous. Creusez sous la surface et vous découvrirez au moins leur conséquence sur les prix et notre niveau de vie. Dans le pire des cas, les fraudes exploitent et ruinent des pays entiers et la vie des gens, pour enrichir seulement quelques personnes. La criminalité en col blanc fait aussi des victimes.

J'espère que vous avez eu autant de plaisir à lire *Stratégie de sortie* que j'en ai eu à l'écrire. Si vous l'avez aimé, veuillez envisager de rédiger un court avis ou d'en parler à vos connaissances. Le bouche à oreille est le meilleur ami des auteurs !

Pour être informé de mes dernières parutions, veuillez visiter mon site Web à l'adresse http://www.colleencross.com et vous inscrire à ma newsletter :

http://eepurl.com/c1hzCv

Les mises à jour vous seront envoyées seulement à l'occasion de nouvelles parutions. Elles contiennent des réductions spéciales pour les abonnés ainsi que des offres exclusives.

Vous pouvez me trouver sur les médias sociaux :
Facebook : https://www.facebook.com/colleenxcross
Twitter : @colleenxcross
Goodreads.com
Babelio.com

<u>Inscrivez-vous à son bulletin</u> d'information pour être immédiatement
informé de nouvelles parutions !

http://eepurl.com/c1hzCv